회
색
프로젝트 1

회색 프로젝트 1

발행일	2017년10월 11일		
지은이	함 문 성		
펴낸이	손 형 국		
펴낸곳	(주)북랩		
편집인	선일영	편집	이종무, 권혁신, 최예은
디자인	이현수, 김민하, 한수희	제작	박기성, 황동현, 구성우
마케팅	김회란, 박진관		
출판등록	2004. 12. 1(제2012-000051호)		
주소	서울시 금천구 가산디지털 1로 168, 우림라이온스밸리 B동 B113, 114호		
홈페이지	www.book.co.kr		
전화번호	(02)2026-5777	팩스	(02)2026-5747

ISBN   979-11-5987-470-3 04810(종이책)   979-11-5987-471-0 05810(전자책)
        979-11-5987-454-3 04810(세트)

이 도서의 국립중앙도서관 출판예정도서목록(CIP)은 서지정보유통지원시스템 홈페이지(http://seoji.nl.go.kr)와
국가자료공동목록시스템(http://www.nl.go.kr/kolisnet)에서 이용하실 수 있습니다.
(CIP제어번호 : CIP2017007744)

(주)북랩 성공출판의 파트너

북랩 홈페이지와 패밀리 사이트에서 다양한 출판 솔루션을 만나 보세요!

홈페이지 book.co.kr   자가출판 플랫폼 해피소드 happisode.com
블로그 blog.naver.com/essaybook   원고모집 book@book.co.kr

함문성
장편소설

회색

화려한 프로젝트 이면의 어두운 그림자

프로젝트 1

북랩 book Lab

차례

경쟁의 딜레마

"PT^{presentation: 제안발표}자료는 다 만들었나요?"

김성조 상무가 삼마그룹 프로젝트 제안팀장 강구정에게 제안서와 프로젝트의 제안발표회 때 쓸 자료를 챙기고 있다.

"네, 상무님. 아직 삼마DS^{SAMMA Data System: 삼마그룹 정보시스템 자회사} 기획팀에서 아직 프로젝트 관련 내부 정보를 받지 못해 최종 발표자료 수정을 못 하고 있습니다."

"아니, 우리가 얼마나 많은 시간과 돈을 썼는데 아직도 삼마그룹 고위층의 요구사항과 후렉스코리아의 제안 관련 정보를 입수하지 못했다는 거야?"

김성조 상무는 어이가 없다는 표정으로 강구정 팀장을 쳐다보고 있다.

"네, 상무님. 초기에는 적극적으로 도와주며 어느 정도 약발을 받는 것 같더니…. 삼마그룹 쪽에서 일들을 못 하는 것인지 아니면 내부에 접근을 못 하는 것인지 아직입니다."

몇 개월을 끌어온 삼마그룹 신전략정보시스템^{SAMMA Group New Strat-}egy Information System 구축 사업에 대한 제안서와 발표자료의 작성이 마지막에 와서 주춤거리고 있는 것이다. 하지시스템^{일본계 세계적인 정보}기술 컨설팅 및 업무시스템 구축 전문회사의 최고 경영진 의견은 최종 제안서의 내용을 삼마그룹 경영진의 입맛에 맞게 어느 정도 전략적인 접근을 해야 한다는 것이다. 영업담당 총괄 부사장의 채근이 있기도 하고 부사장 승진에 욕심이 있는 김성조 상무의 입장에서만 봐도 표면적인 의욕은 넘치고 있는 것으로 보이지만 과거 진행되어 성공한 프로젝트 같이 꼭 수주해야겠다는 절실한 의지가 생기지는 않는다. 이와는 반대로 전략영업부와 총괄 부사장 쪽에서는 경쟁사인 후렉스코리아를 능가하는 차별화된 제안을 해서 반드시 오더를 따야 한다며 현실도 모르는 대책 없는 압박을 가해오고 있다.

여러 가지 이유로 의욕은 많이 떨어졌지만 지난 10년간 한국 내에서 하지시스템의 가장 큰 고객으로 관계를 유지해온 삼마그룹을 후렉스코리아에게 넘겨준다는 것은 김성조 상무의 그간 진행한 프로젝트를 볼 때 상상조차 할 수 없고 생각하기도 싫은 끔찍한 상황인 것은 틀림이 없다. 도저히 용납되지 않는 일이기도 하기 때문에 초창기 전력투구를 하면서 의욕적으로 일했고 분위기도 하지시스템의 수주가 당연했지만, 고객과 경쟁사를 압도하는 솔루션의 부족과 정략적인 업체선정 가능성이 커지면서 기가 많이 꺾인 것은 사실이다. 왠지 모르게 다른 프로젝트를 제안할 때만큼 절박하다거나 의욕적이지 않은 것은 사실이다.

김성조 상무가 하지시스템에 입사한 지 15년이나 되었고 영업과 기술지원 부서에서 잔뼈가 굵은 최상급의 세일즈 엔지니어^{Sales Engineer: 기술적인 지식을 가지고 영업을 하는 사람}지만, 최종 제안발표를 앞두고는 수주 실패에 대한 불안감도 커졌고 피가 마르는 것 같은 조바심만 늘어가는 자신을 발견하고 이제는 좀 쉬고 싶다는 생각을 할 때가 많아졌다. 삼마그룹 내부의 지인들로부터 들려오는 소식이라고는 후렉스코리아^{미국계 다국적 하드웨어 벤더로 IBM과 쌍벽을 이루는 회사}의 인적 물적 공세가 거세지고 있다는 것과 삼마그룹 최고 의사결정권자들의 움직임이 심상치가 않다는 이야기뿐이다.

특히 미국에서 돌아온 삼마그룹의 장남인 신 부회장의 그룹 내 입지가 급격하게 높아지는 것이 하지시스템의 입지를 더욱 어렵게 만드는 데 발단이 되고 있다. 하지시스템의 입장에서는 세계적인 거대 IT 기업인 후렉스의 명성과도 싸워야 하고, 또 한편으로는 삼마그룹의 최고 경영자와 관련된 사람들의 인맥과도 싸워야 하는 것이 계란으로 바위 때리는 격이 아닌가 하는 생각이 들 때도 있다.

후렉스가 어떤 기업인가? 개방형 컴퓨팅 시스템^{Open Computing: 메인프레임과 대비되는 Unix를 OS로 하는 컴퓨팅 환경}의 선두주자이고 전 세계 IT^{Information Technology: 정보기술} 시장을 주도하는 하드웨어 부분의 기술력을 바탕으로 서서히 비즈니스컨설팅 업계에서도 두각을 나타내고 있는 기업이 아닌가?

새로운 정보기술의 흐름이라는 것이 거대 IT 기업들이 시장에서 경쟁우위를 지속하기 위해 만들어낸 용어에서부터 시작된다고 김성조 상무는 생각하지만, 시장을 이끌어갈 능력이 없는 하지시스템의 입장에서는 삼마그룹 프로젝트, 아니 삼마그룹이라는 거대한 고객을 잃어버린다면 한국 시장에서는 더 이상 버틸 수가 없다는 판단을 하고 있기 때문에 겉으로는 담담하고 태연한 척하고 있지만 사실 몇 개월째 밤잠을 설쳐가며 최선을 다해왔다.

그러나 지금은 수주 실패의 우려가 현실로 다가오며 제안팀을 보면 가슴이 아프지만 상황을 되돌리기에는 역부족이라는 현실에 거의 말을 잊은 사람처럼 지내오고 있다. 김성조 상무는 스스로 폭발할 것 같은 스트레스를 풀려고 룸살롱 은하의 유영실 사장을 만나기 위해 사무실에는 아무런 말도 없이 올림픽대로를 따라 강남으로 달려가고 있다. 스트레스가 쌓일 때면 김성조 상무는 가끔 유영실을 만나 한바탕 비지땀을 흘리며 기분 전환하는 것이 하나의 습관이 되어 버렸다. 이혼을 앞둔 아내와는 각방을 쓰면서 얼굴 본 지도 오래되었지만 그래도 아내 이외의 다른 여자를 만난다는 것은 묘한 쾌감과 부담이 늘 병존하기도 한다.

자주 만나는 유영실 사장은 일본에서 만나 동거하다가 한국에 들어와서도 거의 아내처럼 생활하는 편안한 사람이다. 그래서 이러한 생활이 이제는 아무렇지 않은 일상이 되어 버렸고 이런 것조차 없었다면 과중한 스트레스를 견디기조차 어려웠을 것이고 엉뚱한 사람들에게 괜한 스트레스를 풀게 되는 일이 발생했을 것이다.

'딩동~'

초인종 소리와 모니터의 인물이 김성조인 것을 확인하고 유영실 사장이 현관문을 열어준다.

"자기 왔어?"

"응, 잘 지냈어? 오랜만이지? 한 일주일 만에 오는 것 같군."

"자기는 프로젝트만 있다 하면 난 거의 독수공방으로 살 아야 하잖아, 호호호."

유영실은 김성조의 무관심에 마음이 상한 것인지 잘못을 지적하듯이 이야기한다.

"미안, 나도 집에 못 들어간 지 3일째야. 곧 최종 제안발표가 있거든. 사정 좀 봐주라."

"마음 넓은 내가 용서해야지, 호호호. 그럼 옷 벗고 샤워부터 해요."

유영실 사장이 김성조의 허풍떠는 말에 웃어버린다.

"여기 내가 입을 셔츠 있지? 이거는 여기 두고 갈게."

"네, 여기 있어요. 이것은 내가 세탁해놓을게요."

보통 일주일에 한두 번 들리는 사람이지만 유영실 사장은 김성조 상무가 올 것에 항상 준비하고 긴장하며 산다. 유영실 사장이 김성조 상무를 처음 만난 것은 김성조 상무가 하지시스템 일본 본사에서 근무할 때 동경에 있는 아카사카あかさか: 동경 근처 유명한 환락가의 한 술집에서였다.

당시 유영실은 일본으로 돈 벌러 온 호스티스였고 김성조 상무는 하지시스템에 근무하던 부장이었다. 일본인 직원 일행과 같이 유영실이 있는 술집에 술을 마시러 온 손님이었다. 처음 만난 유영실과 김성조는 호스티스와 고객 관계로 출발해서 외로움을 달래기 위해 가끔 만나는 사이로 발전하다가 김성조 상무가 먼저 한국으로 돌아오기 전까지 몇 년간 동거했던 사이다. 한국으로 먼저 돌아온 김성조 상무는 일본 출장길에서도 관계를 지속하여 왔고, 2년 더 있다가 한국으로 돌아온 유영실은 고급 룸살롱의 사장으로 새로운 환경에서 지내고 있는 것이다.

김성조는 날씬한 젊은 몸매를 가진 유영실을 자신의 몸 위에 올리고 침대에 앉아 있다. 한입 가득 물고 있던 가슴을 입에서 꺼내며 이야기한다.

"스트레스가 성욕을 감퇴시킨다던데 난 아닌가 봐. 초조하고 스트레스가 심하면 당신을 더 찾고 거칠어지는 걸 보면 말이야."

"내가 매일 스트레스를 줘야 할까 봐. 자기 집에 전화도 좀 하고 말이야, 그치?"

"그거 좋은 방법인데? 하하하."

김성조 상무가 조금은 가벼워진 마음으로 맞장구를 친다.

"그런데 와이프가 이혼하자고 하는 건데 스트레스를 받겠어? 호호호."

"하하하, 하긴 그건 별 효과가 없을 거야. 무관심 그 자체니까."

이혼할 아내의 이야기를 하면서도 유영실의 몸을 상하로 움직이는 것을 멈추지 않는다. 유영실의 절정을 눈치챈 김성조는 괄약근에 힘을 주지만 막을 수가 없었다. 땀으로 뒤범벅이 된 두 사람은 열기를 식히기 위해 에어컨 바람에 몸을 맞기고 숨을 고르고 있다.

"당신 이 프로젝트 제안 언제 끝나요?"

"다음 주 월요일 최종 제안발표일이고, 결과는 금요일에 나오기로 되어 있어. 왜?"

"그거 끝나면 시간 좀 나겠네요?"

"응, 발표하고 나서 우리 회사가 따든 못 따든 좀 쉬려고 해."

김성조 상무의 마음은 어느 쪽으로 결론이 나든 쉬고 싶은 마음이 절실한 상태다.

"그런데 왜 이렇게 힘이 없어 보여요? 다른 때는 자신감이 넘치더니."

"이번 일은 고생만 엄청나게 하고 우리 쪽에는 거의 승산이 없는 싸움이야."

"그걸 알면서도 이렇게 몇 달을 잠도 설쳐가며 고생을 해요?"

"아니야, 처음에는 분위기가 좋았지. 최근에 와서 완전히 뒤바뀌었지만 말이야. 그런데 왜 갑자기?"

"자기가 쉬면 같이 여행을 가고 싶어서… 일본에 있을 때 우리 자주 놀러 다녔잖아. 그때는 내가 시간 내기 어려웠는데 이제는 반대가 되어 버렸어. 오히려 그때가 좋았던 거 알아요?"

"그래, 다음 주에 여행이나 가자. 나도 쉬어야 한다는 생각을 해왔거든. 어디로 갈 건지 생각해 놓은 곳은 있어?"

당장이라도 떠날 것 같이 이야기하는 김성조 상무를 보면서 지쳐있다는 것을 느낄 수 있었다.

"아뇨. 우리 그냥 차 가지고 서해안에서 시작해서 남해안 거쳐 동해안 속초까지 올라가요. 가면서 적당한 곳에서 민박도 하고 맛있는 것도 사 먹으면서."

"한 2주 정도 잡아야겠네. 운전이 너무 피곤하지 않을까?"

성조는 2주일 정도의 계속될 운전은 무리란 생각이 들었다.

"웅. 일주일 정도 일정으로 운전은 자기하고 나하고 번갈아 하고 무리하게 일정을 잡지 않는다면 가능할 것도 같은데…. 힘들까?"

"계획을 세워 보자. 편안한 일정으로. 쉬고 즐기자고 하는 여행이 피곤함을 증가시키면 안 되니까. 차라리 계획 없이 당신 말대로 움직이다가 중간에 힘들면 다시 올라오도록 하지, 뭐."

"그래요. 우리 날 잡아서 무작정 움직여 봐요. 음… 일단은 서해안으로 출발해서 가는 것으로 하고."

"알았고, 나 회사에 들어가 봐야 해."

성조는 알몸을 일으켜 욕실로 들어간다.

쌓이고 쌓인 스트레스를 날려버리기라도 하려는 듯 찬물을 세차게 틀어 샤워를 마치고 나와 유영실이 가져온 셔츠와 넥타이를 챙기며 말을 건다.

"가게 안 가? 오늘 쉬는 날인가? 가능하면 가게도 자주 갈게. 제안서 제출하고 나면 좀 한가하니까."

김성조 상무는 사무실에 들어가 해야 할 일들을 생각하며 유영실에게 건성건성 이야기한다. 유영실의 아파트를 나온 김성조 상무는 주차장으로 걸어가면서도 프로젝트에 대한 유쾌하지 않은 감정이 계속 밀려드는 이유를 곰곰이 생각해본다.

하지시스템이 보유하고 있는 기술이나 능력, 인적 네트워크가 후렉스코리아보다 너무 뒤떨어진다는 사실에서 오는 것이 가장 큰 이유라는 것을 알면서도 그것을 인정하기가 싫은 것이 지금의 김성조 상무의 솔직한 마음이다. 하지시스템의 능력으로는 후렉스코리아와 차별화된 제안을 한다는 것은 누가 봐도 어려울 것이라 인정하는 것이다.

이런 상황을 프로젝트 팀원들이 모를 리가 없는데 의욕과 사기가 떨어질 때로 떨어져 있는 것이 당연한지도 모르겠다는 생각이 든다. 냉정한 현실이기에 더 이상 가슴에 담아두지 않으려고 하지만 항상 마음 한구석에서 짓누르는 현실을 무시하기에는 삼마그룹이 너무 크고 중요한 고객이라는 것이다.

또 다른 라인을 통해서 들려오는 후렉스코리아 김호석 상무와 삼마그룹 신 부회장과의 관계 또한 이번 프로젝트 수주 실패의 가장 중요한 요인 중의 하나일 거라 생각하지만, 애써 마음 한구석에 눌러 두고 있다. 김호석이 누구인가? 고등학교 동창이고 막역한 사이가 아닌가?

올림픽대로를 달리며 골똘히 생각에 잠긴 김성조 상무는 하지시스템이 궁지로 몰린 시점의 삼마그룹 내부 직원들의 미세한 변화와 당시 시점을 되짚어 본다. 삼마그룹 프로젝트 멤버들과 유영실 사장의 은하에서의 술자리를 마치고 난 후, 2차를 나갔던 혜진이가 한 이야기를 듣고 무엇인가 잘못 돌아가고 있다는 조짐을 알아차렸어야 했는데 하는 생각을 한다.

유영실에게 혜진이가 이런 이야기를 전했다고 한다.

"사장님, 삼마그룹 최 이사님이 형부네 회사로 프로젝트가 가지 않을 것이라 이야기하던데…."

술집의 2차 나가서 한 이야기고 프로젝트와 직접 연관이 없기에 당시에는 별 신경을 쓰지 않았지만 요즘 돌아가는 상황과 맞추어 보면 혜진이가 한 이야기가 현실이 되고 있다는 생각이 든다. 혜진이가 전해준 이야기가 사실이라고 가정하고 지금 일어나는 상황을 돌아보면 분위기든 느낌이든 정확하게 맞아 떨어지고 있는 것이 전율을 느끼게 한다.

언제부터인가 미묘하게 하지시스템이 프로젝트와 관련하여 중요한 사항에서 배제되는 상황이 연출되는 일이 벌어지고 있었던 것이다. 과거 10년간 삼마그룹의 중요한 협력자였음에도 불구하고 말이다. 삼마그룹 직원으로 하지시스템 출신인 양종희 부장이 전한 말이 생각난다. 미국에서 돌아온 큰아들이 부회장으로 취임하며 여동생, 남동생과 미묘한 경영권 다툼이 있고, 그 와중에 후렉스코리아의 김호석 상무가 빈번하게 출입하고 있다는 것이다. 과거와는 달리 양종희 부장 자신도 그룹 내 프로젝트와 관련하여 최고 경영진의 의중을 더 이상 알아내기에는 한계가 있다고 미안하다는 말을 자주 한다.

또 한편으로 김성조 상무는 이번 프로젝트를 제안하여 진행하면서 후렉스코리아로 프로젝트 수행회사를 바꿀 것이 자명한 상황에서도 제안 가격을 무리하게 낮추려고 하지시스템을 활용하는 삼마그룹 쪽 인간들의 처사가 치사해 보이기까지 했다. 아직도 미련이 남아 있는 하지시스템에서는 적자가 뻔한 프로젝트가 될 것을 알면서도 최선을 다해 제안했고 상도의는 고사하고 지금까지의 인간관계마저도 무시하고 갑자기 프로젝트를 넘겨줄 경쟁사를 끌어들여 최저가 낙찰을 유도하는 모습에 너무도 큰 배신감을 느끼고 있다. 과거 10년간 하지시스템의 최고 고객이었으니 얼마나 많은 은밀한 관계와 사연들이 있었겠는가? 사적으로는 친구인 김호석 상무와 경쟁하다 보니 김성조 상무의 마음 한구석에는 차라리 하지 않았으면 하는 프로젝트이기도 하니 진행을 하면 할수록 더욱 적극성이 떨어지고 문제가 많아지는 것이다.

그러나 국내 시장에서 생존이냐 도태냐를 놓고 보면 조그만 가능성이라도 있다면 최선을 다해야 하는 아픔이 존재하는 프로젝트인 것이다. 부정적 조건을 무시하고 최선을 다했으나 분위기는 후렉스코리아로 기울어가고 있으니 허탈감이 더 심해질 뿐이었다.

오늘 저녁 후렉스코리아 김호석 상무를 만나 술이나 한잔해야겠다는 마음을 먹고 전화기를 들었다가 먼저 사무실로 들어가 상황을 보고 약속을 해야겠다는 생각에 핸드폰을 내려놓는다. 여의도 윤중로는 언제나 활기차 보인다. 간혹 일방통행으로 도로규정을 고치면 훨씬 차량의 흐름이 좋을 것이라는 생각이 들지만, 공공교통이용이 불편해야 차를 많이 사기 때문에 세금을 많이 거둘 수 있다는 강구정 팀장의 엉뚱한 이야기가 생각나 웃음이 나온다.

김성조 상무가 사무실로 올라가는 엘리베이터를 기다리는데 마침 삼마그룹 양종희 부장이 얼굴을 내밀며 인사를 건넨다.

"상무님, 안녕하세요. 그러잖아도 프로젝트 건으로 급하게 전할 말씀이 있어서 들어오는 길입니다."

유영실 사장의 집에 있을 때 전화가 몇 번 울렸지만 방해받고 싶지 않아 무시해 버렸었다.

"아! 그래요. 올라갑시다."

"전화 연결이 안 되서서 이렇게 들어왔습니다. 바쁘셨나 봐요? 계속 전화 드렸었는데…"

"프로젝트 때문에 협력업체^{Third Party: 프로젝트 진행 시 각각의 분야를 맡아서 프로젝트를 진행하는 협력사} 만나 미팅하느라고 전화를 꺼두어서 그랬나 보네. 나 미팅할 때는 보통 핸드폰을 꺼놓잖아, 미안해."

"아닙니다. 올라가서서 이야기하시죠. 김대옥 상무님도 계시겠지요?"

"계실 거야."

양종희 부장이 김대옥 상무를 찾는 것을 보니 무엇인가 심각한 정보를 가지고 왔을 것이라 생각이 든다. 한편으로는 프로젝트와 관련한 뻔한 이야기일 것이라는 생각도 들지만 심각한 표정을 보니 혹시나 해서 듣고 싶은 생각이 든다. 엘리베이터가 25층을 가리키며 멈추자 두 사람은 삼마그룹 프로젝트 제안팀이 일하는 사무실 쪽으로 걸어간다. 자신의 사무실 앞에서 김성조 상무는 비서인 최신애에게 얼굴을 돌려 이야기한다.

"김대옥 상무님 자리에 계시는지 확인하고 삼마그룹 양종희 부장이 프로젝트 관련하여 전달 사항이 있다고 하는데 미팅할 수 있으신가 확인해봐요."

"네, 상무님."

김대옥 상무는 영업 부서장이 아니고 살림을 도맡아 하는 고참 관리 상무이기 때문에 항상 자리에 있다. 프로젝트 경험이 없어 때론 엉뚱한 이야기를 할 정도 감은 없지만, 지금은 명목상 이 프로젝트의 최고 책임자이다.

"양 부장, 내 방으로 가십시다."

두 사람은 김성조 상무의 방으로 들어가 김대옥 상무의 연락을 기다린다.

최 비서의 전화 거는 소리가 들려온다.

"언니, 김대옥 상무님 계시죠? 저희 상무님이 삼마그룹 양종희 부장과 같이 상무님 미팅 가능하시냐고 확인해달라고 하시는데요."

전화를 기다리며 최 비서가 가져온 차를 마시는 양종희 부장은 심각한 표정으로 김성조 상무에게 프로젝트 관련하여 그룹 내부의 상황을 설명한다.

"상무님, 프로젝트가 이상하게 돌아가고 있습니다. 후렉스코리아 임직원들이 신 상무와 신덕훈 부회장을 자주 만나고 있습니다. 그리고 삼마그룹 실무자들도 후렉스코리아를 도와주기 위해 분위기를 조성하고 있다는 느낌이 들고 있어요."

"그야 신승조 상무는 원래 후렉스코리아에 우호적인 사람 아닌가? 그리고 삼마DS의 박 부장, 김 과장 뭐 몇몇은 후렉스코리아 마니아들 뭐 그런 정도 아닌가? 그렇다고 의사결정을 할 위치에 있는 사람들도 아니고 신 상무도 윤 부장 눈치를 보면서 지내고 있는

데 바뀌는 것이 있겠어?"

그간의 분위기 변화를 잘 알고 있는 김성조 상무는 모른척하고 이야기를 이어간다.

"그런데 회장님 큰아들이신 신 부회장님이 신 상무 같은 후렉스코리아에 우호적인 몇몇 실무자들을 자주 불러 미팅을 하고 있다는 것이 우려스럽다는 것입니다."

양 부장은 마치 새로운 사실이라도 발견한 것처럼 심각하게 이야기하고 있다. 흥미가 떨어지는 시점에 최 비서가 노크하고 들어왔다.

"상무님, 김대옥 상무님 미팅이 좀 길어질 것 같다고 끝나면 연락 주시겠다고 합니다."

"응, 알았어. 고마워, 차 좀 더 줄래?"

"네, 상무님."

최 비서가 나가자 두 사람은 다시 대화를 이어간다.

"분위기가 조금은 이상해져 가고 있다는 것은 우리 쪽에서도 예전부터 심각하게 느끼고 있고, 우려하고 있었는데 아직 삼마DS의 신 대표_{삼마그룹 신 부회장의 동생}의 영향력이 이번 프로젝트에서는 탄탄하지 않은가?"

"그랬었지요. 그런데 최근에 신 부회장님이 그룹 프로젝트에 직접 관여하고 있다는 것이 힘의 균형이 무너지고 있는 것 아닌가 하는 판단을 하게 만듭니다."

"신 부회장님이 직접 움직이는 것만으로도 분위기가 급반전하고 있고 최근 후렉스코리아가 끼어든 것이 단순히 제안 금액을 낮추는 목적이 아니라 예상과 전혀 다른 결론을 내는 것으로 결정한 것이라 할 수 있지. 그런데 신 부회장님은 주로 미국 지사에서만 있었다고 하던데 동생들에 비해서 조직 장악이나 영향력이 떨어지지 않은가?"

이미 들은 이야기로 상황을 어느 정도 파악하고 있었지만, 김성조 상무는 양종희 부장의 이야기를 들으며 나빠진 상황에 신 부회장과의 관련성을 좀 더 확실하게 연결해보고자 이야기를 조용히 듣고 있다.

"신 부회장님이 국내에 들어오신 이후 그룹 내 조직을 흔들고 있고, 국내외 영업 상황을 적극적으로 챙기고 있습니다. 기획실 업무를 컨트롤하려고 신규 임직원들을 직접 채용하고 있고 어떤 이유에서인지 프로젝트 관련해서도 적극적으로 움직이시는 것 같아요. 그룹 내 소문은 회장님께서도 신 부회장님에게 힘을 실어주고 있다고 하고요. 새로 뽑는 임직원들 모두는 전원 HRC^{Human Resource Consulting} 인력채용전문회사를 통해서 채용하고 있다는 점도 조금은 특별한 것이고요."

"그럼 삼마그룹 내부의 역학 관계가 뒤바뀌는 조직 개편 이 곧 있다는 것인가? 둘째인 삼마DS 신 대표가 여동생과 같이 국내 사업을 총괄하면서 큰 실적을 내고 있는데도?"

"요즘 상황이 급격하게 바뀌고 있습니다. 적극적인 신규 사업 진출과 해외 인지도 상승으로 국내 매출 위주에서 해외 매출이 비약적으로 증가하고 있는 상황이거든요."

양종희 부장은 나름의 판단을 섞어가며 삼마그룹 내부의 상황과 관련된 이야기를 쏟아 내고 있다.

"그런 데다가 신 부회장님이 회장님의 장남이다 보니 자연스럽게 조직에 측근들이 늘어나고 있는 상황이고, 그 인력들의 조직 내 입지가 넓어지며 힘이 쏠리는 조짐이 보이니까 눈치 빠른 신 상무가 부회장님 쪽으로 돌아섰고, 역할과 관련하여 모종의 합의가 이루어지지 않았겠어요?"

양종희 부장의 예리한 판단에 김성조 상무는 고개를 끄덕이며 동의를 한다.

"둘째 아들인 신 대표와 딸은 우리 하지시스템에 우호적인 세력이고, 하지시스템에 익숙해진 삼마DS는 별도 인력충원이나 운용 교육 걱정 없이 그룹 내부 거래로 쉽게 매출을 올릴 수 있는데, 왜 이렇게 예상하지 못한 불편한 방법으로 일을 꼬이게 만드는 거야? 지금 시스템과 연계 개발도 용이하고… 예상보다 신속하게 바뀌는 것인가?"

양 부장이 김성조 상무가 정확하게 보았다는 것에 동의한다는 듯이 맞장구를 친다.

"그렇지요, 상무님. 신 부회장님이 귀국하고 난 다음에 후렉스코리아 쪽이 갑자기 프로젝트의 주도권을 가져가는 상황으로 바뀐 것은 잘 아시죠?"

"양 부장, 신 부회장이 어디 학교 출신이지?"

"신 부회장님이 스탠퍼드 출신인가 그럴걸요."

혹시나 했던 정보가 사실로 밝혀지는 것 같이 김성조 상무는 망치로 한 방 얻어맞은 표정으로 얼굴을 찡그린다. 후렉스코리아의 김호석 상무가 스탠퍼드 출신이고 그곳에서 MBA 과정까지 마친 것은 알고 있었기 때문에 후렉스코리아 김호석 상무가 삼마 출입이 잦다는 정보를 들었을 때 혹시나 하는 예상을 하고 있었지만 애써 처음 듣는 것처럼 표정을 지어 보이는 것이다. 어느 정도 그림이 신 부회장 쪽에서 그려지는 것을 알고 있었음에도 큰 우려를 하지 않은 것은 흔한 후발주자들의 접근방식이라 판단했고 과거 프로젝트 수주 경쟁에서 하지시스템도 많이 이용했던 방식이기도 했기 때문이다. 김성조 상무는 처음 듣고 이야기하듯이 표정관리를 한다.

"양 부장, 이제 그림이 좀 연결되는 것 같아. 후렉스코리아 김호석 상무가 스탠퍼드 출신이야. 이건 근본적으로 게임이 안 될 수도 있어."

"상무님 말씀을 듣고 보니 충분히 그럴 수 있겠는데요. 그런 관계는 명문대 출신들일수록 심하잖아요."

"이제야 스토리가 이어지는구먼. 후렉스코리아 김호석이야, 호석이…"

최 비서가 노크하고 들어와 김대옥 상무가 집무실로 내려오라 했다고 전한다.

"자, 내려가지."

두 사람은 엘리베이터를 타지 않고 비상계단으로 19층의 김대옥 상무 집무실로 내려간다. 집무실로 들어가자 변함없이 시가를 물고 있는 김대옥 상무가 반갑게 맞이한다. 김성조 상무는 속으로는 이 냄새 맡기 싫어서라도 그만두든지 해야지 하는 생각을 하면서도 겉으로는 반갑게 인사를 한다.

"상무님, 잘 지내셨습니까? 제안 준비한다고 자주 찾아뵙지 못했습니다."

"김 상무, 잘 내려왔어. 그러잖아도 이것저것 협의할 것도 있고 특별히 삼마그룹 프로젝트 관련하여 제안 가격 문제도 이야기 좀 해야 할 것 같아서 한번 부르려고 했어요."

"네, 상무님. 제안 가격에 무슨 문제가 있습니까?"

무리하게 제안 가격을 더 낮추려는 압력을 넣으려는 것임을 뻔히 알면서도 김 상무는 일부러 모르는 척 되묻는다.

"그래요, 그건 조금 있다 이야기하고 양 부장도 오랜만이군요. 우리가 자주 만나면 이상한 일이지만, 하하하."

"하하, 상무님도 안녕하셨습니까? 친정이라 애정이 많습니다."

"하긴, 어쩌겠나? 우리를 계속 도와줘야지. 원래 친정에 와서는 마음에 있는 모든 것을 풀어놓는 법이야, 하하하."

김대옥 상무의 의미 있는 농담에 세 사람은 그저 농담으로만 알겠다는 듯이 유쾌하게 웃음을 터뜨린다.

"상무님. 오늘 양 부장이 삼마그룹 쪽 분위기를 전달해 주었는데 문제가 이렇게까지 심각해진 이유를 어느 정도는 알 것 같습니다."

"나도 분위기는 대충 들어 알고 있는데 신 부회장님이 들어와 사업 전체를 챙긴다며?"

비록 영업 분야에서 잔뼈가 굵은 사람은 아니지만 삼마그룹 내부 사람으로부터 하지시스템이 이번 프로젝트에서 고전하고 있다는 소식을 들어서 상황을 잘 알고 있는 모양이다.

"네, 상무님. 양 부장 말로는 기획부서 등 전반적인 인력수급에 있어 신규 채용을 시작했고 이번 프로젝트에 대해서도 깊숙이 관여하고 있다고 합니다."

"신 회장님께서 연세가 많으시니 후계구도를 가져가려고 하는 것일 테고 아무리 해외에서만 일했다고 해도 국내에 라인들이 없었겠어? 장남인데 말이야. 그리고 그룹 차원에서 전략적인 결정이 있었겠지."

회사 전체를 바라보고 있는 자리라 판단력도 무척 정확하고 빠른 김대옥 상무다.

"그런데 우리 입장에서는 신 부회장님이 국내에 들어오신 시점에서 프로젝트에 큰 문제가 발생한 것 같고 중요한 이유 중의 하나가 신 부회장이 스탠퍼드 출신이고 후렉스코리아 김호석 상무가 동문이라는 점입니다. 좀 더 알아봐야 할 내용이지만 말입니다."

이렇게 된 이상 김성조 상무는 프로젝트 수주의 어려움의 실패의 이유를 자신과 하지시스템의 능력 문제가 아니라 외부적인 요인도 작지 않다는 점을 부각시키기는 것이 좋겠다는 판단을 한다. 좀 더 문제점을 부각시키기라도 하듯이 신 부회장과 후렉스코리아 김호석 상무의 관계를 설명한다. 그러나 김대옥 상무는 다 알고 있는 내용이라는 듯 대수롭지 않게 말한다.

"나도 다른 라인을 통해서 삼마그룹 상황을 계속 들어 왔다네. 이 일이 워낙 대형이다 보니 관심들이 아주 많지. 관련 정보를 주는 친구들이 나한테 그러더군. 부회장이 국내에 들어오면 골치 좀 아플 것이라고. 카리스마도 있고 능력도 있고…. 신 회장님 건강이 많이 안 좋으신가?"

김대옥 상무도 나름 이 업계에 많은 인간관계를 가지고 있을 것이라는 생각은 하고 있었지만, 그간 프로젝트에 전혀 관심이 없이 지내는 것 같은 인상을 받아온 김성조 상무는 김대옥 상무의 이야기에 내심 놀란다.

"건강은 좋으신 것으로 아는데요, 건강 문제는 아닌 것 같습니다. 경제위기를 겪으면서 그룹 인지도가 수직으로 상승하고 아울러 재계 서열도 올라가면서 외형이 급팽창하니까 더 늦어지면 그룹 내 후계자인 신 부회장의 입지를 굳히는 데 더 어려워질 것이라는 판단을 한 모양입니다."

양 부장이 나름 분석한 내용과 그룹 내에 떠도는 이야기를 섞어서 이야기한다.

"이 프로젝트, 언제 결정되지요?"

"네, 다음 주 월요일 최종 제안발표회가 있고 그 주 수요일에 결과가 통보되는 일정입니다."

"준비는 잘되고 있나요? 주변 상황에 신경 쓰지 말고 마지막까지 최선을 다해야지요."

"네, 상무님. 최종 리허설은 내일 할 예정이고 모든 준비는 거의 끝났습니다."

"우리가 수주할 가능성이 거의 없다면 후렉스코리아 쪽에 좀 흘려서 후렉스코리아가 제안 가격을 무리하게 낮추어 고생 좀 하게 말이야. 하하하, 농담일세."

김대옥 상무의 철없는 생각에 아랫사람이었다면 육두문자가 튀어나왔겠지만 애써 무시한다.

"삼마의 내정 가격보다 조금 낮은 가격을 제안한 것이고 가격을 너무 무리하게 낮추어 상대편을 골탕 먹이면 좁은 바닥에 회사 이미지가 나쁘게 날 것입니다. 그러면 향후 비즈니스에 문제가 많이 생길 수 있습니다. 국내 시장이 의외로 좁거든요."

김성조 상무는 국내 시장에서 어느 정도 인지도를 가지고 있고, 미래에는 아니, 가까운 장래에 다른 기업으로 옮겨서 일하게 될지 모르기 때문이기도 하지만 고향 친구인 김호석 상무를 골탕 먹이면서까지 야비한 짓거리를 하고 싶은 생각이 없었다. 김성조 상무의 정색하는 말에 김대옥 상무는 약간 당황해하며 수습을 한다.

"하하하, 진짜 농담일세. 양 부장도 있지만 김 상무가 잘 판단할 것이니까 걱정하지 않겠네. 나중을 위해서라도 이번 제안발표회에 최선을 다해주시기 바랍니다."

"네, 앞으로는 제안 가격을 제외하고 고객을 설득할 수 있는 솔루션으로 경쟁하지 않으면 저희도 시장에서 늘 실패할 수밖에 없습니다."

김성조 상무의 정색하는 말에 김대옥 상무가 그만하라는 듯이 이야기한다.

"그래. 재미는 있겠지만, 시장에서 비난받을 짓을 하면 안 되지. 김 상무가 잘 검토해서 대응하세요."

"제가 오늘 후렉스코리아의 제 친구를 만나려고 합니다. 만나서 후렉스코리아와 삼마그룹 쪽 상황을 정확하게 들어보고 판단하겠습니다."

김성조 상무는 결론 없는 뻔한 이야기를 끝내고 싶어서 화제를 바꾸지만, 김대옥 상무는 말을 이어간다.

"아, 자네 친구가 거기에 있지. 아까 이야기했던 신 부회장 동문. 김호석 상무인가?"

"네, 상무님하고 술자리 한 번 있었습니다. 요즘 업계에서 잘 나가고 있습니다."

"그 친구분 재미있는 사람이더군. 잘 놀고 매너도 좋고…."

"재미있는 친구죠. 이리로 영입하려다가 김 상무가 거절했잖아요. 우리 쪽에서만 애쓰다가요."

"그렇지. 과거에 김호석 상무를 데려오려고 애쓰다가 짝사랑으로 끝나는 해프닝이 있었지요. 하긴 그 양반 데려왔으면 지금은 하지시스템 대표가 되었겠지. 일본 후렉스에서도 명성을 날리던 유명한 사람이었더구먼."

"오늘 제가 만나 상황을 판단해보고 관련된 이야기도 좀 해보겠습니다."

"그래, 수고하시고. 김 상무 얼굴이 매우 피곤해 보여. 이거 끝나면 좀 쉬어야겠어. 건강이 최고야."

"네, 신경 써 주셔서 감사합니다."

"양 부장도 잘 돌아가요. 이번 프로젝트가 끝이 아니니까 앞으로도 많이 도와줘요."

김대옥 상무는 마치 프로젝트 수주의 결과가 난 것처럼 양 부장에 당부한다. 두 사람은 사무실을 나와 김성조 상무의 방으로 올라온다.

"최 비서, 우리 뭐 시원한 것 좀 줘."

"네, 상무님."

두 사람은 사무실에서 후렉스코리아의 제안내용 중 핵심 사항이 무엇이 될지 이야기하며, 후렉스코리아가 다국적 기업답게 로비도 집요하고 기술적인 측면에서도 대단하다는 점에 대해서는 인정한다.

"참! 나 후렉스코리아 김호석 상무에게 전화해야 해. 잠깐 기다려."

김호석 상무는 핸드폰의 전화번호가 하지시스템의 김성조 상무인 것을 확인하고 수신 버튼을 누른다.

"응, 성조야. 웬일이냐? 정신이 없을 텐데 이렇게 전화도 하고. 이형이 보고 싶냐? 하하하."

두 사람은 지방 출신에 고등학교 졸업 후 김성조 상무는 한성대를 졸업하고 하지시스템으로, 김호석은 미국 스탠퍼드를 나와 미국의 다국적 회사인 후렉스 미국 본사에 입사하여 각자의 분야에서 승승장구하며 지금까지도 죽마고우로 친하게 지내오는 사이다.

"자식, 너 하고 오랜만에 술 한잔하려고 전화했지."

"그래, 좋지. 그러잖아도 한 번 만나려 했다. 월요일이 최종 PT 아니냐? 싸울 땐 싸우더라도 만나야지. 우리끼리 싸울 일이 뭐 있냐? 하하하."

김호석 상무는 오랜만에 걸려온 친구의 전화에 반갑게 통화를 한다.

"어디서 볼까? 여의도?"

"아니야. 강남 은하 알지? 나하고 한 번 간 적 있잖아."

"아, 너 작은 마누라가 사장인 곳 말하는 거지? 솔직히 난 거기가 불편하더라. 맘 놓고 놀기도 불편하고."

"하하하, 불편해? 잘만 놀더구먼. 거기서 9시에 보자. 저녁은 해결하고 만나자."

"그래, 좋다. 9시에 보자."

김호석 상무와 전화를 끊고 김성조 상무는 기다리고 있는 양 부장에게 저녁이나 같이하자고 한다.

"양 부장 뭐 좋아하나? 술도 한잔하지, 뭐."

"간단하게 드시죠. 약속 있으시잖아요."

"잘 먹고 가야 해. 오랜만에 만나는데 많이 마시게 될지도 몰라. 양 부장 참치 좋아하지?"

"네, 이 건물 지하 참치 스테이크 집으로 가시죠."

두 사람은 참치 전문점 다께야에서 삼마그룹 프로젝트와 임직원을 안주 삼아 술을 마시며 내부 파워게임에서 누가 승자가 될 것인가를 예측해 본다.

"실세가 누구야? 신덕훈 부회장 아니냐? 결국은 신 부회장님의 부친인 회장님 의중이 중요한 것 아니냐?"

"맞아요. 회장님의 등을 업고 들어 오셨는데 결과야 뻔한 것이죠. 그런데 DS 신 사장님도 무시할 수는 없습니다. 그룹 내 인맥이 단단하잖아요."

"그럴 수도 있지. 그러지만 회장님의 의지를 넘어설 수는 없지. 그래서 우리 하지시스템은 아니라는 것이야. 난 신 부회장이 스탠퍼드 출신이라는 소리에 일찌감치 결론을 내렸다."

말은 이렇게 하지만 매실주를 연거푸 마시면서 김성조 상무는 패배감을 달래고 있다. 아무리 감을 잡고 있었다고 해도 이제 공식적인 프로젝트 수주 실패의 가장 큰 이유가 그렇고 그런 인간관계에 의해 결정되었다는 것에 자괴감이 들어서다.

"상무님, 그래도 끝까지 가실 거죠? 시작한 경쟁인데 그만두지는 않을 것이죠?"

"물론이지. 들러리라도 제대로 서야지. 솔직히 업계에 이런 유사한 일들이 한두 가지냐? 우리도 후렉스코리아의 상황과 같은 역할에서 프로젝트를 진행한 적도 많이 있었으니까 말이야."

애써 과거 성공했던 프로젝트를 떠올리며 위안으로 삼는다.

후렉스코리아의 김호석 상무는 삼마그룹 프로젝트의 제안팀으로부터 최종 제안서의 내용을 들으며 영업담당자와 제안 가격에 대하여 협의를 하고 있다.

"영업담당은 김치권 부장이지?"

"네, 상무님. 영업 김치권입니다. 김범진 이사하고 같이 일하고 있습니다."

"웅, 김범진 이사하고 같이 있어? 다른 이야기는 다 들었지? 영업도 큰 관심이 있을 테니까."

워낙 동종 업계에 유명한 프로젝트이고 후렉스코리아 입장에서 관심을 많이 두는 사이트라 가끔 임원회의에서 진행 상황과 규모에 대해서 이야기한 적이 있었다. 그래서 영업대표인 김치권도 잘 알고 있었을 것이다.

"네, 상무님. 다른 것은 다 좋은데 컨설팅 사업부에서 요구하는 금액이 너무 큽니다."

"부태인 부장. 적당하게 요구를 하지. 너무 많은 게 사실인가?"

"하하, 상무님. 꼭 그런 의미는 아니고요. 이번 프로젝트가 영업 쪽에서는 마이너스인지라 드린 말씀입니다."

김치권 부장이 순간 당황해하며 손사래를 친다.

"하하하, 나도 농담이야. 컨설팅 사업부도 적자 감수하고 진행하는 전략적인 고려사항이 있는 것이니까 서로가 조금씩 양보해야지."

김호석 상무의 위압적인 말에 김치권 부장이 꼬리를 확 떨어뜨린다.

"상무님께서 많이 봐주십시오."

"프로젝트에서 컨설팅 사업부 역할도 있고 여러 가지 감안할 것이 있어 내가 영업부 김범진 이사하고 협의를 할 테니까 먼저 제안 금액을 결정하도록 하지."

부태인 부장을 쳐다보면서 이야기하자 준비된 결론을 이야기한다.

"네, 상무님. 우리 컨설팅 사업부와 영업 쪽 비용을 잡아 보니까 440억 정도 될 것 같습니다."

"뭐 영업이 삼마그룹 쪽에 별도로 약속한 것이 더 이상 없다면 이번 제안서를 근거로 최소한의 제안 금액을 뽑은 것입니다."

삼마그룹 신전략정보시스템 구축 프로젝트의 PM^{Project Manager}인 부태인 부장이 불만이 약간 섞인 말투로 보고한다.

"김치권 부장, 제안서 내용 뒤에 숨겨진 비용이 발견되면 문제가 커질 수도 있어. 확실하게 확인해 주시게."

"네, 없습니다. 이렇게 상세하게 제안하는데 추가할 것이 있을 수 있겠습니까?"

김치권 부장이 자신 있게 단언한다.

"상무님, 영업의 그동안 일 처리 스타일을 볼 때 영업 쪽이 기억하지 않는다 하여도 나중에 발견되어 골탕 먹는 경우가 많이 발생합니다. 전에 도로공사도, KS텔레콤 프로젝트에서 충분하게 경험하시지 않았습니까?"

부태인 부장은 영업부의 이야기를 믿지 못하겠다는 듯이 보험금 받는 심정으로 무엇인가 영업 쪽에서 확실한 담보를 얻어내야 한다는 눈빛으로 김호석 상무를 쳐다본다. 이를 알아차리고 김치권 부장에게 들으라는 듯이 부태인 부장에게 이야기한다.

"부태인 부장, 영업에서 뭐 각서라도 한 장 받을까? 하하하."

김호석 상무가 이제 그만 하자는 심중을 완곡하게 표현하며 회의를 끝내자는 사인을 보내고 있다. 시계를 보니 강남에서 하지시스템 김성조 상무와의 약속시간이 다가오고 있었다.

"자, 나는 저녁에 약속이 있으니까 보안 메일로 최종 견적서, 제안서, 발표자료를 보내줘. 제안서와 견적서는 여기 김치권 부장과 김범진 이사를 참조시킨 후 나한테 오도록 해."

김호석 상무도 부태인 부장이 우려하는 것처럼 영업의 업무처리 방식을 아는 터라 인트라넷^{Intranet: 내부결제 등 업무를 처리하는 시스템}을 이용하여 사후 책임을 영업담당과 그 위 매니저인 김 이사를 포함시키려고 하고 있었다."

"네, 상무님 그렇게 처리하겠습니다."

"자, 이것으로 미팅을 종료하지."

"고생하셨습니다. 상무님. 김 이사에게 말씀 좀 잘 해주십시오."

"그래, 알았어. 최 상무님도 잘 계시는가? 난 약속이 있어 나가야 해. 윤 기사에게 내 차 1층에 대기 시켜 놓으라고 해. 바로 내려가야 하니까."

"네, 바로 전화하겠습니다."

부태인 부장이 전화하는 사이에 김치권에게 몇 가지를 당부한다.

"김치권 부장. 부태인 부장 잘 좀 도와주시게. 같이 먹고 살아야지. 영업이고 컨설팅이고. 안 그래?"

"네, 상무님 열심히 하겠습니다."

"그래, 오늘 수고했어."

프로젝트 룸을 빠져나와 1층에 내려온 김호석 상무가 차의 뒷좌석에 올라앉자 윤 기사는 능숙한 운전 솜씨로 여의도를 빠져나간다. 매일 보는 야경이지만 신선한 느낌을 준다. 조금 늦은 시간이지만 많은 직장인들이 바삐 움직이고 활기에 차 있다. 역시 여의도의 밤은 낮보다 더 역동적으로 살아 움직이고 있음을 느끼게 해준다.

이곳에서 벌써 6년이 넘게 지내왔으니 세월이 진짜 빠른 것을 느낄 수 있다. 후렉스라는 다국적 기업에 입사하여 일본을 거쳐 한국으로 들어와 상무라는 직위까지 올라 생활에 여유가 있는 연봉과 능력을 인정받으며 타인이 보기에도 부러울 것이 없어 보이는 위치까지 온 것이다.

그래도 봉급쟁이는 언젠가는 이곳에서 내려가야 한다는 불안정한 자리고, 한계가 있다고 생각하며 자신의 애마인 BMW740에서 흘러나오는 클래식 음악에 귀를 기울이며 이런저런 생각에 젖어든다. 9시가 다 되어가는 시간에 퇴근도 못 하고 있는 윤 기사에게 미안한 생각이 들지만, 올림픽대로를 속도감 있게 달릴 수 있는 시간이어서 좋다.

검은 거래

김성조 상무와 약속한 은하는 두 번째 가보는 곳이다. 성조 때문에 가보긴 했지만, 술, 담배를 잘 못하는 것은 고사하고 그런 자리조차 자주 안 하는 김호석에게는 어울리는 장소가 아니다. 고등학교 동창인 성조의 세컨드, 아니 곧 아내와 이혼 후 결혼할 사람이 사장이라 가보긴 했다. 아가씨들도 예쁘고 유영실 사장도 아름답게 생겼지만 장삿속이 보인다고 해야 하나 썩 내키는 곳이 아니었다.

"상무님, 어디로 모실까요?"

"자네 일전에 은하라는 술집에 가본 적 있지? 역삼역 한국은행 맞은편 뒷골목 말이야."

"네, 상무님. 일식당 최수사 있는 곳이지요. 하지시스템 김 상무님하고 같이 가셨던 곳 말씀하시는 것이구요?"

"응. 기억력 좋구먼. 나 거기 내려주고 자네는 퇴근하게. 좀 늦을 것 같으니까."

윤 기사가 백미러를 통해 김호석 상무를 흘끔 쳐다본다.

"아닙니다. 상무님. 기다려도 됩니다."

"아니야. 가다가 한잔하고 들어가든가. 난 내가 알아서 들어갈 테니까. 윤 기사가 끝까지 쫓아 다니면 되나, 하하하."

"알겠습니다. 상무님."

"하하, 농담이야. 내 사생활을 윤 기사가 속속들이 알아도 골치 아파. 내가 아니라 윤 기사가."

눈치가 빠른 윤 기사는 더 이상 말없이 운전에만 집중한다. 김호석 상무의 차를 운전한 지 3년째니까 김 상무의 말 한마디면 열을 헤아리고 행동을 할 정도로 눈치도 빠르고 싹싹한 친구다.

차는 벌써 한국은행 사거리를 건너 I타워를 끼고 우회전을 하려고 한다. 눈앞에 은하라고 반짝반짝하는 간판이 눈에 들어온다. 차가 세워지자 웨이터가 와서 차 문을 열어준다. 차에서 내린 김 상무는 안내를 받으며 은하로 들어간다. 어디서 귀에 익은 목소리가 들려온다.

"어머, 상무님. 오랜만이에요."

유영실 사장이 호들갑스럽게 인사를 건넨다. 일본으로 건너가 호스티스를 하며 많은 돈을 벌었다는 소문이다. 한국에 들어와 국내 최초로 텐프로 룸살롱을 차려 막대한 돈을 번 후 10개 정도의 체인 사업장을 거느리고, 각계에 인맥을 구축한 대단한 여자라는 정도로 알려졌다. 나이는 40대 초반이고 나이답지 않게 날씬하고 풍만한 몸매를 유지하고 있는 것을 보면 자기관리가 뛰어난 사람임에는 틀림이 없다.

"오늘 여기서 한잔하기로 했는데 괜찮겠습니까?"

"어머, 김호석 상무님. 저야 영광이지요. 일전에 한 번 뵙고 한 6개월은 된 것 같아요."

왠지 오늘은 기분 나쁘지 않은 대응이다. 사업상 하는 이야기라고 생각하지만 프로다운 노련함이 보인다.

"최 부장, 여기 상무님 VIP룸으로 모셔. 특별한 분이니까 신경을 많이 써서 잘 모셔주세요."

유영실 사장이 조금 오버한다 싶게 느낄 정도로 아랫사람에게 지시한다.

"네, 사장님. 상무님 이쪽으로 오시죠."

최 부장이라는 젊은 사람을 따라 방으로 안내된다. 값 좀 나가는 인테리어로 한껏 치장한 넓은 방으로 들어간 김호석 상무는 오늘 어떻게 놀아야 하나 하는 걱정이 앞선다. 성조와 결혼할 여자와 술집에서 아가씨를 앉히고 논다는 것이 참으로 어려운 것이다. 마누라라고 하면 오히려 편할 텐데라고 생각한다. 괜히 취중에 농담이라도 하다가 자존심을 건드릴 수도 있고 결혼하기 전에 성조의 밝혀지지 않는 이야기를 불쑥 할 수도 있기 때문이다.

"상무님, 성조 씨는 조금 늦겠다고 하는데 어떻게 술을 먼저 올릴까요? 식사는 하셨어요?"

이젠 대놓고 성조 씨라고 한다.

"그래요. 먼저 간단하게 저녁을 먹을 수 있을까요? 일하다 보니 식사를 아직 못했어요."

김호석 상무는 술 약속이 있다는 것도 깜빡하고 일하다 보니 허기가 지는 줄도 몰랐다. 인터폰을 들어 저녁 식사를 준비시킨 유영실 사장은 술을 무엇으로 하겠냐고 물어온다.

"간단하게 성조 오기 전에 와인이나 한잔할까요?"

요즘 룸살롱에서는 와인이 준비된다는 것을 알고 이야기한다.

"그러세요. 식사하시면서 가볍게 한잔하시는 것이 좋을 것 같아요."

"네, 좋습니다. 저녁은 간단하게 주셔도 됩니다."

"와인은 어떤 것으로 할까요? 아니면 제가 가게에 있는 와인으로 추천해 드릴까요? 아니면 원하시는 것이라도?"

김호석 상무는 와인 전문점도 아닌 곳에 와서 어려운 와인을 시켜서 불평을 듣느니 그게 낫겠다 싶었다.

"그러세요. 가벼운 식사와 어울리는 것으로…."

유영실 사장이 밖으로 잠깐 나갔다가 다시 룸으로 들어와 호석과 마주 앉는다.

"…."

둘이 한참을 말없이 어색한 시간이 지나자 웨이터가 와인과 과일 치즈 안주를 쟁반에 받쳐 들어온다. 웨이터가 코르크 마개를 따서 건네주자 유영실 사장이 김호석 상무의 앞에 내려놓는다. 코르크 마개를 코에 갖다 대고 김호석이 말없이 내려놓자 유영실 사장이 웨이터가 건네준 와인을 김호석 상무에게 정중하게 권한다. 따라주는 와인 잔에 코를 박고 깊이 향을 들이마신 김호석 상무는 가져온 와인이 무척 드라이^{Dry: 타닌 성분이 많이 함유된 와인의 한 특성}한 것이라는 것을 느끼며 꽤 값비싼 와인이라는 것도 알 수 있었다. 식전에 식욕을 돋우기는 안성맞춤이라 생각이 든다.

"우리 오랜만인데 건배해요. 상무님의 건강과 오늘 밤을 위해서."

오늘 밤을 위하여라는 말이 묘한 뉘앙스를 풍긴다. 설마 호석이 기러기 아빠로 살고 있는 것을 알고 있는 것은 아닌가 하는 걱정을 한다. 호석에게 심각한 약점이 있어서가 아니라 혼자 살아간다는 것이 처량하게 보일까 봐 걱정스러워 그런 것이다. 성조도 잘 모르는 이야기니까 유영실이 알 리는 없고 아무튼 김호석 상무는 어색한 미소를 지으며 잔을 마주친다.

"좋습니다. 오늘 밤을 위하여, 하하하."

잔을 부딪치며 기분 좋게 웃는다.

"성조 씨는 조금이 아니라 많이 늦나 보네요."

"성조는 오지 않아도 될 것 같은데요, 하하하."

와인을 두 잔 들이켜자 연어 소금구이와 조그만 쇠고기 스테이크가 잘 데코레이션되어서 나왔다. 특급 호텔에서 나오는 것 못지 않은 실력으로 만들어졌다는 것을 보여주고 있다. 김 상무는 속으로 역시 대단한 곳이구나라고 생각하며 허기를 달래기 위해 나이프를 들고 썰려고 하자 유영실 사장이 얼른 손을 내민다.

"상무님, 제가 잘라드릴까요?"

"아뇨, 내가 먹을게요. 이거 맛있어 보이는데요."

"요번에 저희가 신라호텔 양식부에서 일하던 쉐프를 스카우트했어요. 맛이 괜찮을 거예요."

연어를 잘라 입에 넣었더니 고소하게 잘 구워져 입속의 미각을 충분히 자극한다.

"요리가 일품인데요. 아주 좋아요."

식사하면서 김호석 상무는 이것저것 물으며 와인을 연거푸 마시고 있다. 와인이 입속에 들어갈 때마다 유영실의 입가에 알 듯 모를 듯한 미소가 떠오른다. 이때 전화가 울리자 유영실이 얼른 받아든다.

"사장님, 김성조 사장님 오셨습니다."

"이곳으로 모셔."

잠시 후 성조가 넥타이를 약간 풀어 헤친 채 들어온다.

"호석아, 늦어서 미안하다. 선약이 있어서 늦었다."

"아니야, 영실 씨가 접대를 너무 잘 해줘서 너 없어도 괜찮겠어, 하하."

김성조 상무는 술이 약간 오른 듯 유영실 사장을 본체만체하고 호석에게 인사를 건네다. 김성조의 입장에서는 유영실이야 오늘 낮에도 만난 사람 아닌가?

"우리 영실 씨가 나 대신 친구 접대를 잘하고 있었구먼. 어라, 와인으로 분위기 잡고 말이야."

"성조 씨, 손님 놔두고 이렇게 늦으면 어떻게 해요."

김성조 상무를 바라보는 유영실 사장의 얼굴에 미소가 가득하다.

"영실 씨가 여기 진짜 예쁜 아가씨 있으면 소개 좀 해 줘. 발랑

까진 애들 말고 영실 씨 추천으로."

"야, 인마. 까불지 마라."

"우리 영실은 호석이 혼자 살고 있는 거 알아? 홀아비 생활 벌써 2년째야."

"어머, 정말이에요? 진작 말씀하시지."

깜짝 놀라며 유영실이 재미있는 표정을 짓는다.

"호석아, 너 내가 모르고 있는 줄 알았지? 다 알고 있었어, 나는."

가족 이야기를 성조에게 절대 하지 않았던 김호석 상무는 내심 놀란다.

"어떻게 알았냐? 아무도 모르는 일인데."

"저번에 시골 내려갔다가 시장에 갔는데 작은어머니를 만났어. 내가 인사드렸더니 너 걱정하면서 눈시울이 붉어지시더라. 혼자 살아 어떡하냐고. 그래도 아주 건강해 보이시더라."

김호석 상무에게 고향에 형님이 모시고 계시는 작은 어머니가 계신다. 90세나 되셨는데 정정하시지만, 연세가 있으신지라 걱정이 많다. 호석의 작은어머니는 가족들이 호석을 버리고 다 미국 갔다고 새장가 가야 하는 것 아니냐고 하면서 걱정이 많으신 분이시다.

"그랬냐? 그럼 너 알면서도 너 혼자만 재미 보며 살았냐? 넌 진짜 나쁜 놈이야. 알면서도…. 하하하."

"그러니까 오늘 젊은 여자애 하나 소개해 주려고 하는 거야. 기대해 봐라. 영실 씨가 실망시키지 않을 거야. 그치, 영실 씨?"

"난 젊은 애들 싫다. 오히려 나이 좀 있는 사람이 좋지. 젊은 애들이 오히려 난잡하잖아. 믿을 수도 없고. 영실 씨가 소개해주는 돈 많은 과부라면 몰라도, 하하하. 농담입니다, 영실 씨."

"호호호, 호석 씨 취향을 잘 알겠어요. 한번 찾아볼게요. 술 가져올게요. 오늘은 제가 대접하는 것으로 하겠습니다."

유영실 사장은 무엇엔가 기분이 좋은지 자기가 두 사람을 접대하겠다고 하면서 문을 열고 나간다.

"오늘 무슨 날이냐? 웬 접대여?"

김성조 상무는 여의도에서 한잔 걸친 것이 취기를 돌게 하는지 눈동자가 약간 풀린 것 같아 보였으나 정신은 말짱한 것 같다. 소파에 비스듬히 누워 집에 온 것처럼 편안해 보인다.

"호석아, 발표준비 다 되었냐? 일단은 우리도 준비는 다 되었다만 너도 알다시피 삼마그룹의 분위기가 이미 후렉스코리아 쪽으로 기울어 간 것 같고. 너는 이미 알고 있었지?"

성조는 호석에게 후렉스코리아와 삼마그룹의 관계를 다 알고 있지만 애써 무관심한 듯 이야기한다. 호석 또한 신 부회장과의 관계라든가 삼마그룹 내부에서 프로젝트와 관련한 모종의 작업이 진행되고 있고 전체적인 분위기를 후렉스코리아 쪽으로 몰아가고 있는 상황을 감추고 이야기에 응한다. 고향 친구인 성조의 자존심에 상처를 줄 수도 있고 최악의 경우 감정이 상하여 제안발표회에 참여하지 않을지도 모른다는 우려 때문이다. 무엇보다도 진심인 것은 성조에게 미안한 감정이 들어서다.

"분위기? 하하, 그거야 오히려 하지가 좋지 않냐? 삼마그룹이 하지시스템의 최대 고객이고 10년 가까이 끈끈하게 유지된 관계 아니냐? 그곳에 우리의 우호적인 세력은 거의 사라졌어."

사실 삼마그룹은 10년 전에 하지시스템의 고객으로 바뀌기 전까지만 해도 후렉스코리아의 고객이었다. 당시에 하지시스템은 별로 알려지지 않은 회사였지만 그때도 후렉스는 지금과 같은 명성을 유지하던 글로벌 거대 기업이었다. 삼마그룹 역시 그룹이라고 하기에는 그다지 큰 규모가 아니었었고 또한 김호석 상무의 관리 기업은 아니었다.

10년 전 한국 내에서 후렉스코리아의 고객이 이름도 없는 하지시스템으로 넘어갔다는 것은 업계의 큰 화제였고, 더군다나 경쟁 상대로 여기기조차 하지 않았던 업체였다는 것에 후렉스코리아로서는 도저히 받아들일 수 없었던 초유의 사태였던 것이다.

"자식, 다 알고 있어. 그건. 우리 사이에 잔머리 굴리며 이야기하지 말자. 난 삼마그룹 신전략정보시스템 프로젝트 완전히 포기한 상태에서 나온 거야. 솔직해지자, 호석아. 하하하."

김성조 상무는 겉으론 웃고 있는 듯 보였지만 언뜻 보이는 숨겨진 표정에서 비장함을 발견할 수 있었다. 여기서 더 이상의 줄다리기는 무의미하다는 것을 김호석 상무는 잘 알고 있다.

"그래, 다 아는 것 같고 그렇게 네가 이야기하니까 허심탄회하게 이야기하자. 나도 오늘 그 프로젝트 관련해서 너와 협조할 사항에 대해 말하려고 작정하고 나왔어."

김호석 상무의 긴장감 있는 표정에 김성조 상무도 얼굴이 굳어진 채로 이야기를 이어간다.

"하여튼 어디서부터 이야기를 해야 할지 모르겠지만, 이 자리에서 마무리하고 가는 것이 우리 둘 사이에 좋을 것 같아."

"삼마그룹 내부의 역학 문제로 우리가 유리한 위치에 있는 것이지 누구의 능력 문제가 아니잖아. 그 이전까지야 하지시스템이 거의 확실하게 선정된다고 하지 않았냐? 신 부회장이 들어오면서 구도가 조금 바뀌는 단순한 정치적인 문제이지. 아직 어떤 방향으로 나갈지 아무도 모르잖아."

과거 하지시스템이 엄청난 기술적 성장에다가 일본 정계인사와 연결된 국내 인맥을 통하여 후렉스코리아의 고객을 빼앗아 갔으나 그 상황은 언제나 바뀔 수 있다는 것이 언제나 예상된 일이었다. 지금은 그때보다 더 치열한 환경에서 경쟁하고 있고 10년 고객이 한순간에 바뀌어 가는 상황이니 영원한 승자가 없는 것이 현실이다.

호석의 위로하는 말에 성조도 기분 좋게 화답한다.

"하하하, 나는 이번 프로젝트에서 하지시스템은 들러리밖에 안 된다고 판단하고 있어. 이번엔 우리가 깨끗하게 졌다. 기술력도, 가격도, 로비도 모두가 완패야. 축하한다, 호석아."

"임마, 축하는. 항상 입장이 바뀔 수 있는 거지."

"아니야, 이건 진심이야. 삼마그룹을 놓쳤으니 하지시스템은 국내 시장에서 설 곳이 없다고도 할 수 있어."

프로젝트와 관련된 이야기가 오가는 사이에 노크 소리와 함께 유영실 사장이 문을 열고 들어오고 뒤이어 웨이터가 술과 안주를 가져다준다.

"호석아, 술이나 마시자."

화려한 인테리어답게 술과 안주도 고급스러워 보인다. 로열 살루트 38년, 고급 육포와 화려하게 장식된 사시미가 눈에 들어온다.

"호석 씨, 이 술 제가 일본 여행 갔다 오면서 공항에서 사 온 술이에요. 399달러나 주고 산 거지만 오늘은 돈은 받지 않겠습니다, 호호호."

"아니, 이 비싼 술을 먹어도 됩니까?"

"솔직히 면세주여서 이곳에서 팔면 안 되는 것인데 돈을 받는 것도 아니니 문제 될 것은 없죠. 이왕 제가 접대하는 것이니까 최고급으로 해야죠. 상무님 레벨도 있으니까요. 기억하세요, 꼭."

고급스러운 케이스에 들어 있는 로열 살루트 38년산. 호석도 출장이 있을 때 구입해서 집에서 혼자만 마시던 술이다. 향이 일품이고 병도 고급 도자기로 만들어진 최고급 양주라 평가할 수 있다.

"영광입니다, 하하하. 이 비싼 술을 내놓다니 감사합니다."

"이 사시미는 최수사 주방장에게 특별히 부탁해 가져온 것인데 오늘 제주에서 올라온 다금바리예요. 호석 씨, 이거 다 기억하셔야 해요, 호호호."

유영실 사장은 한껏 생색을 내며 뭘 부탁하려는지 자꾸 기억해 달라고, 잊어버리지 말라고 한다.

"잘 기억하고 있겠습니다. 영실 씨."

"성조 씨, 어디서 마시고 왔어요. 빨리 정신 차리시고 똑바로 앉아 보세요."

성조는 술기운이 조금 오르는지 얼굴이 발그레 달아 올라있다.

"호석 씨, 한 잔 받으세요."

분위기가 부드러워져서 그런지 상무님이란 호칭은 사라지고 부담 없이 이름을 부른다. 비싼 술은 떨어지는 소리도 다르던가? 영실이 따라주는 술이 호석의 후각을 자극하며 마시고 싶은 욕구를 자극한다.

"저도 한 잔 주세요. 오랜만에 호석 씨하고 같이 술을 마셔보네요."

호석은 술병을 들고 유영실의 잔에 술을 따라 준다. 어색한 분위기가 흐르자 호석은 눈을 감고 있는 성조를 흔들어 깨운다.

"야, 임마. 눈 뜨고 잔 받아. 술 먹자고 한 놈이 누군데. 영실 씨, 성조도 한잔 따라 주세요. 자식, 술도 얼마 마시지 않았으면서. 빨리 정신 차려!"

"전 이렇게 있는 것이 좋은데요. 제가 애 하나 불러야겠네요."

인터폰을 들자 웨이터가 전화를 받는다.

"유리 VIP룸으로 오라고 해. 기다리고 있을 거야."

"네, 사장님."

기다리고 있다? 호석에게 소개해 줄 여자를 이미 준비했다는 이야기인가.

"성조 씨, 정신 차려요. 일부러 이러는 거 잘 알고 있으니까, 빨리요."

유영실의 말에 성조는 몸을 일으켜 세워서 정신을 차리는 시늉을 한다.

"야, 당신 오늘 진짜 좋은 술 가져 왔어."

성조는 유영실의 허리를 껴안고 볼에 입을 맞춘다.

"아이, 왜 그래요. 호석 씨도 계시는데."

영실의 싫지 않은 목소리에 성조는 보라는 듯이 더 가까이 붙어 앉는다. 노크 소리가 들리더니 눈이 부시게 아름다운 아가씨가 들어오면서 인사를 한다.

"안녕하세요. 유립니다."

이지적인 마스크에 완벽한 몸매, 이것이 텐프로의 가치인가라는 생각이 들 정도로 완벽하다.

"응, 유리야. 여기 상무님 곁에 앉아라. 잘 모셔야 한다. 사모님이 안 계신 지 벌써 2년째란다."

짧은 치마가 섹시함을 더하고 착 달라붙은 티셔츠가 볼륨감을 더 해준다.

"호석 씨, 내가 소개하려고 했던 친구예요. 똑똑하고 예쁘고 호석 씨와 잘 어울릴 것 같은데 유부녀 타령만 하시니, 호호호."

"오늘 잘 해봐라. 너에게 소개해 주려고 했단다. 그동안 얼마나 적적했겠냐? 하하하."

성조는 이제야 분위기가 무르익었다고 느꼈는지 자연스럽게 자기 앞에 놓여 있는 술잔을 들이킨다. 이 자리를 만든 목적이 있는 성조가 입을 연다.

"호석아, 후렉스코리아도 이번 프로젝트 적자 아니냐. 너네나 우리 하지시스템이나 삼마그룹 전략에 너무 말려들어 간 거 아니냐?"

"그건 나도 좀 우려스럽기는 해. 하지시스템에서 삼마를 빼앗아 오겠다고 너무 과욕을 부리며 달려든 것도 있어. 괜히 이것저것 다 해준다고 과도하게 약속한 것이 없나 걱정스러워…"

성조와는 스스럼없는 죽마고우기도 하고 또 내부적 판단으로는 이미 프로젝트 오너가 결정되었다고 생각했기 때문에 더 이상 숨길 이유가 없었다. 모든 연극에 들러리가 있고 주인공이 있는 것처럼 윗선과 사전에 합의하여 결정하고 공정한 게임을 하는 것처럼 리얼하게 연기를 하는 것이 대형 프로젝트의 본 모습이다. 호석은 이런 측면에서 삼마 프로젝트에서 후렉스코리아와 하지시스템은 주인공과 들러리로서 끝까지 같이 가야 한다고 판단하는 것이다.

"그래서 우리는 어차피 우리에게 올 프로젝트가 아니니까 가격을 확 낮추어서 제안하자는 이야기도 나온다. 후렉스 골탕 좀 먹이자고, 하하하."

성조의 농담 섞인 말조차 크게 신경 쓰이지 않는 것은 후렉스코리아와 신 부회장하고의 미팅에서 하지시스템과 차별화된 솔루션을 제공하면서 가격으로 승부하는 것이 아니라 신전략 정보시스템이라는 이름에 걸맞은 기술요소와 서비스의 질로써 평가받는 것으로 협의를 마친 상태이기 때문이다. 그래서 하지시스템이 가격 운운하는 것에 겉으로는 관심 없는 듯 말하지만 신 부회장의 입장에서 다른 임원들에게 황당하게 비치지 않는 선에서 가격이 결정되어야 하기 때문에 전혀 우려되는 것이 없는 것은 아니었다.

"성조야, 그렇게 되면 나중에 다른 프로젝트 수주 경쟁에서도 서로 감정 싸움하지 않겠냐? 어차피 대세는 기울었는데…"

호석이 가장 우려하는 것은 하지시스템에서 터무니없는 낮은 가격으로 제안이 들어가면 신 부회장의 비토 세력들의 중심인 삼마DS 대표인 둘째 동생과 여동생이 물고 늘어질 수도 있다는 생각이 들어서다. 대형 프로젝트에서는 많은 사람들이 관련되어 있어서 문제가 제기되지 않도록 합리적인 수준에서 진행되어야 한다. 긁어 부스럼은 모두에게 안 좋은 것이고 삼마그룹의 예산 집행에도 문제가 많이 발생할 것이기 때문이다. 그런 이유에서 호석은 성조를 완곡하게 설득해야 한다. 많은 이야기가 오가면서 두 사람은 서로의 입장에 대해 충분히 이해하는 계기가 되었다. 김성조 상무도 호석의 입장도 고려해 주어야 하는 것이 친구에 대한 최소한의 배려라고 생각하고 말을 꺼낸다.

"호석아, 나는 이번 프로젝트 제안을 끝으로 그만두어야 하지 않겠냐? 프로젝트 경험으로 컨설팅회사나 하나 만들어서 밥벌이나 할까 생각 중이야."

성조는 호석의 선한 감정을 자극한다.

"차기 대표가 왜 이리 약한 생각을 하고 계시나. 업계에 소문이 자자하던데 차기 대표감이라고. 본사 근무 경력도 있고 인맥도 탄탄하잖아."

실제로 성조는 하지시스템의 한국법인 대표이사 1순위 후보로 떠오르고 있다. 국내 하지시스템의 고객사 대부분은 성조가 개척했다고 해도 과언이 아닐 것이다. 그 정도로 국내 정보시스템 업계에서 그 능력과 위치를 인정받고 있는 사람 중의 하나다. 물론 이번 삼마그룹 프로젝트가 큰 영향을 미칠 수도 있겠지만, 시간이 성조를 하지시스템의 대표 자리에 밀어 올릴 것은 가능성이 크다고 할 수 있다. 지금 하지시스템 사장은 재일교포라 영업과 로비에 한계를 느끼고 있는 상황이고 김대옥 상무도 사장이 데려온 측근으로 영업적인 능력은 거의 없다고 볼 수 있다.

"웃기는 소리하지 말고 네가 우리 회사 대표로 와라. 내가 적극 추천할 테니까. 하하하, 아무튼, 이번 프로젝트 축하한다. 부사장 진급은 전혀 문제가 없을 것 같은데. 지금 대표는 워낙 쟁쟁한 분이니까 바로 올라가기는 예의가 아니고, 이번 프로젝트 규모도 그렇고 본사에서 스톡옵션도 많이 챙기겠어."

"헛소리하지 말아라. 무리수 두지 말고 적절하게 제안해라."

"하하, 호석이 네가 하기 나름 아니냐?"

업무 이야기에 빠진 두 남자는 옆의 여자들은 관심도 없다는 듯이 열심히 이번 프로젝트와 관련된 이야기에 집중하고 있다. 옆의 두 여자도 마치 오누이처럼 친근하게 대화하며 종업원과 고용주 관계를 떠나 버린 것 같아 보인다.

"호석아, 한잔하자."

"그래도 넌 이렇게 든든한 사람이 받쳐주고 있잖아. 네가 나와도 뭐가 걱정이냐? 당장 걱정거리가 없잖아. 그런데 난 달라. 애 2명에 와이프, 모두 미국에서 학교 다니잖아. 진짜 힘들다. 장난이 아니야. 요즘은 다른 아르바이트라도 해야 하는 거 아닌가 하는 생각이 들어."

"야, 무슨 엄살을 이렇게 떠냐? 벌어 놓은 돈 많잖아. 뭐가 걱정이야?"

"지금은 옛날 내가 유학할 때 하고 완전히 달라. 돈 없으면 학업 지속이 어렵고, 요즘 애들은 헝그리 정신이 없잖아."

"난 와이프가 도무지 이혼을 안 해주네. 요즘은 집에 들어가기도 싫다. 와이프도 늦게 오지, 애도 없지. 집에 가면 할 일이 없어. 넌 2년밖에 안 되었지만 난 몇 년째 그 큰 집에 혼자 있는 거와 다름 없으니 와이프 없는 너와 전혀 다를 게 없어…."

성조는 최근 자신의 처지를 넋두리하듯이 늘어놓는다.

"자식, 행복한 소리 하고 있네. 영실 씨가 있는데 뭐가 걱정이냐? 배가 불러 가지고."

유영실 사장은 자기 이름이 튀어나오니까 우리 쪽을 힐끔 쳐다본다. 성조는 결혼한 지 20년이 되었는데도 아직 애가 없다. 그것 때문인지 몰라도 아내와의 사이가 별로 좋지 않다. 대학교수인 아내는 가정보다도 사회생활을 더 좋아하는 전문 직업인이다. 하긴 호석도 이야기는 안 하지만 와이프가 자기 인생 살겠다고 미국으로 갔는데 분위기가 영 좋지 않다.

"성조야, 차라리 영실 씨하고 애를 만들지 그러냐. 일부러 안 만드는 거야, 뭐냐? 이혼, 결혼 뭐가 중요하냐? 나도 2년째 혼자 살다 보니까 그거 별 의미 없더라. 집사람 요즘은 아예 연락도 없어. 그곳에서 대학원 졸업하고 미국에 정착하려나 봐. 이참에 나도 이혼하자고 할까? 서로 편안하게 살게 말이야."

호석도 아내가 이혼을 요구하지만, 호석은 성조를 위로한답시고 풍을 떨어 보인다.

"아무튼, 호석아. 프로젝트 잘해라. 후렉스코리아 영업 애들이 삼마그룹 쪽에 많은 것을 추가로 해준다고 했다는 이야기가 돌더라. 삼마 쪽에서 들은 이야기야. 처음부터 잘 대응하지 않으면 네가 골치 아프지 않겠냐. 후렉스코리아는 영업과 컨설팅이 나뉘어 있잖아."

맞는 말이다. 영업하는 놈들이야 어떻게든 물건 팔아서 인센티브 챙기면 그만이라고 생각하고, 컨설팅 쪽에다가는 이것저것 감추어서 투입시키고 드러난 것의 뒤처리는 결국 컨설팅 쪽에서 감당하게 하여 고생시키는 것이 비일비재하기 때문이다. 그래서 항상 조심하고 안전장치를 이중삼중으로 만들어 놓는다.

"어느 정도는 감안해야 하지 않겠냐? 한두 번 겪는 것도 아니고 말이야."

"친구니까 들은 이야기 해주는 거야, 잘해라…."

프로젝트의 공은 영업이 챙기고, 고생은 프로젝트 PM이 뒤집어쓰고 하는 것이 어디 한두 번 하는 고생이고 경험인가? 그러잖아도 이번에는 영업담당과 영업이사를 경유한 메일로 제안서와 최종 제안 가격을 보내라고 했으니 조금은 안심이 된다. 그러나 여러 번 확인한들 또 드러날 것이 뻔하다는 생각도 하게 된다.

"그래, 고맙다. 그런데 하지시스템에서 제안 가격을 너무 낮추지 마라. 그 대신 삼마 프로젝트에 감리 용역을 줄 테니까. 성조 네가 외부감리 회사 하나 만들든가 다른 사람 이름을 걸고 들어 오든 가 하면 비용은 내가 충분히 잡아 놓을게."

하지시스템과 무리한 가격경쟁을 안 하고 서로 가격을 적당히 올리면 비용부담이 줄게 되고 그 여유 비용으로 프로젝트 감리 항목을 넣으면 되니까 후렉스코리아로서는 별 손해 볼 것이 없다. 어차피 고객인 삼마그룹 주머니에서 빼 주는 것이고 후렉스코리아 입장에서는 프로젝트 수행 시 구색을 갖추는 것으로 생색을 낼 수 있으니 이게 바로 누이 좋고, 매부 좋고가 아니겠는가?

"그거 좋은 생각이다. 예산은 어느 정도 잡아줄 건데? 네 것도 만들어 놓아야 하잖아."

"그럼 내가 우리 쪽 삼마 프로젝트 제안서에 프로젝트 감리라는 항목을 하나 넣고 최종발표회 때 발표할 테니까 너의 쪽도 그거 하나 넣어라. 비용은 내가 내일 회사 가서 메일, 아니 핸드폰으로 알려줄게. 아니다, 그냥 통화하자."

성조는 눈이 번쩍 뜨이는 모양이다. 하긴 공짜 돈 싫어하는 사람이 있겠는가? 프로젝트에서 고객의 예산으로 나눠 먹기를 하는 것은 흔한 이야기가 되었다. 솔직히 고객 입장에서 따지고 보면 눈 가리고 아웅하는 것이고, 눈뜨고 도둑질당하는 것인데도 어느 정도는 눈감아 주는 것이기도 한 형태이다.

"후렉스코리아 제안서에 한 18억 이내에서 잡아봐. 3년짜리 프로젝트니까 1년에 6억 정도면 가능하지 않을까?"

갑자기 김성조 상무가 의욕적으로 제안한다. 일이 너무 손쉽게 결정되는 것 같은 생각이 들기도 했지만, 감리 문제가 오늘 성조와 만남에 Key issue^{핵심 협의사항}가 될 것 같은 생각이 들어 결론을 내려야겠다는 마음을 먹는다.

"그 정도면 충분하지. 6:4로 보면 되겠지."

"그 대신 지급 조건을 좋게 주라. 계약금 50% 주고 중도금 30%, 잔금 20% 주는 것으로 하자. 중도금 없이 7대3으로 하든가. 입금되면 현금으로 전해줄게."

"그래, 나쁘지는 않구먼. 지급 조건은 내가 더 좋은 방향으로 생각해볼게. 중도금은 있어야 하니까 세 번으로 쪼개자고. 네가 직접 할 거냐?"

"아니, 내 후배 하나 넣어놓고 내가 가끔 봐주지, 뭐."

"그 후배는 돈키호테스타일의 인간은 아니겠지? 괜히 프로젝트 트집 잡고 가면 서로 어려워진다. 그리고 어느 정도 스펙도 있어야 해."

후배라는 이야기에 조금은 걱정이 되지만 성조가 직접 챙겨준다니 호석은 별다른 염려를 하지 않고 하나하나 결정해 나간다. 친구와 처음으로 의기투합하는 것이니 사소한 문제야 닥쳐서 해결하면 된다는 편안한 생각을 한다. 이러한 이면 합의가 약이 될지 독이 될지 아무도 모르지만 두 사람은 호흡을 맞추어 나가기로 약속한다.

"후배가 경험은 많지 않지만 쓸 만할 거야."

"아무튼, 감리할 친구 이력서를 내일 오전에 나한테 보내주고 그 대신 하지시스템 최종 제안 가격 낮추지 말고 적당한 수준으로 조금 올려라. 그래야 조금은 여유 있게 진행할 거 아니냐. 프로젝트는 이미 후렉스코리아로 결정된 거 너도 알고 있잖아. 그러니까 너무 무리하지 마라."

"좋아, 프로젝트 이야기는 여기서 끝내고 이제 편안하게 한잔하자. 유리라고 했냐? 여기 김호석 상무 잘 좀 해드려라. 오늘부터 네가 마누라 노릇도 해라."

이지적 이미지의 유리는 육감적인 몸매를 가지고 있었고 호석의 눈길이 자꾸 가게 할 정도로 아름답다. 호석의 옆에 짝 달라붙어 앉아서는 애교를 부린다.

"상무님 저도 한 잔 주세요. 아직 술 한 잔도 주시지 않으셨어요."

유영실 사장에게 무슨 이야기를 들었는지 유리는 최선을 다하여 무엇인가 해야 한다는 생각을 하는 것 같고, 유영실은 무엇인가 좋은 일이 있는지 한껏 미소를 머금고 접대에 최선을 다하고 있다. 프로 근성 때문인지도 모르겠다고 생각한다. 아니면 호석의 애 만들라는 충고에 기분이 좋아진 걸까? 아무튼, 삼마 프로젝트와 관련해서는 체증이 확 뚫린 것 같이 기분이 좋아졌다. 오랜만에 호석은 거나하게 취해가고 있다.

"호석 씨, 유리가 호석 씨에게 관심이 많다네요. 둘이 한 번 사귀어 보실래요? 너무 젊은가? 호호호."

"농담이죠? 너무 아름답고 젊어서 부담이 가요. 유리가 몇 살이지?"

화제가 부담이 가는 호석은 옆에 앉아 있는 유리에게 물어본다.

"저, 26살이에요. 상무님하고 몇 살 차이 안 날 것 같은데요?"

"이야, 유리도 상당히 정치적인 성향이 있네. 하하하."

"때론 정치적이라는 것이 나쁘진 않죠. 상무님도 기분이 좋으시 잖아요."

예상은 했지만, 너무 많은 나이 차이에 웃음이 나온다.

"한 바퀴 돌고 반 바퀴 더 돌지만 큰 차이는 아니지. 늑대 입장에 서는."

분위기는 익어 가고 있었지만, 내일 최종 리허설이 걱정이 된다. 호석이 직접 하는 PT는 아니지만 양 대표도 참석한다고 하니 부담 이 되는 것은 사실이다.

"성조야, 이거 마시고 일어나자. 우리 내일 최종 리허설 있잖아."

"야, 떼놓은 당상인데 뭘 호들갑을 떠나? 하하하."

호석은 시간이 흐를수록 앉아 있는 것이 부담스러워진다. 두 병 이나 비워진 38년은 4명의 기분을 띄어놓기에 충분한 양이었다.

"이제 그만 일어나지, 마실 만큼 마셨는데."

"호석 씨, 우리 나가서 같이 바람 좀 쐬러 가요. 난 일본에 있을 때 먹었던 포장마차 우동이 먹고 싶어요."

유영실 사장이 혀가 약간 꼬부라진 목소리로 이야기한다.

"어머, 사장님. 전 조개구이가 먹고 싶은데."

유리가 한술 더 떠서 한잔 더 하자는 투로 분위기를 띄운다. 백 치미가 조금 있어 보이는데 묘한 매력이 있다. 하긴 이화여대를 졸 업하고 오늘 처음 이곳에 나왔다는데 저 몸매, 학벌에 무엇 때문에 이곳에 나오는지 이해가 되지 않는다.

"그래, 호석아. 우리 소래 가자. 거기 가면 조개구이, 꽃게 뭐 이런 거 많이 있잖아. 거기 가자."

다들 2차를 가자는 분위기에 김호석 상무도 묻어간다.

"그래, 차는 두고 갈까? 아냐, 두 대 다 가지고 가자. 대리 부르라고 해라."

다들 의견 일치가 되어 소래에서 한잔 더하기로 한다.

"성조야, 우리 소래포구 공용 주차장에 세워 둘 거니까 그리로 와라. 거기서 바다도 보고 유리가 먹고 싶어 하는 조개구이도 먹고."

"좋아요, 상무님."

취기가 오른 호석은 오랜만에 여자라는 것을 느끼며 호기를 부려본다.

"그러자고. 영실아, 차 빼라고 해. 두 대 다."

"대기하고 있을 거예요. 나가서 조금만 기다리세요. 우린 옷 좀 갈아입고 올라갈게요."

2차를 나가지 않는 텐프로의 불문율을 호석에게는 예외로 하려는 모양이다. 유영실 사장은 유리를 먼저 내보낸다.

"영실 씨, 이거 그냥 나가도 되는 거예요? 부담 백배 가네. 유리도 첫 출근이라며, 참네."

공짜에 익숙하지 않은 호석은 무언가 찜찜하여 부담을 엄청 느끼며 어찌할 바를 모르고 있다.

"걱정하지 마세요. 이왕 접대하는 건데 제가 완벽하게 해야지요. 그 대신 고객들 많이 모시고 이용해 주세요. 유리도 제가 알아서 할게요. 그리고 유리하고 잘해보세요. 진심이에요. 아주 착한 애예요. 겪어 보시면 잘 아실 거예요."

유영실 사장은 무언가 의미를 가지고 있는 이야기를 하듯이 묘한 미소를 지어 보인다.

"고맙습니다. 신경 써줘서. 올라가자, 성조야."

위로 올라온 두 사람은 대리기사가 기다리는 차 앞에서 여자들이 나오기를 기다린다. 740의 엔진 소리는 언제 들어도 가슴이 설렌다. 소음마저도 소음으로 들리지 않게 하는 배려. 그 기술과 세심함에 감탄하지만, 외출복으로 갈아입은 유리는 김호석 상무를 더욱 감탄하게 만든다. 뒷좌석에 올라탄 유리는 살구 같은 상큼한 향기로 오감을 자극하며 호석을 서서히 남자로 만들어 가는 묘한 매력이 있다.

"우리 소래에서 생생해지려면 한잠 자두는 것이 좋을 것 같은데 좀 자자고. 음악 틀어 줄까? 아니, 그냥 자자."

조개구이가 묘하게 유리를 오버랩시키는 것이 호석의 심박 수를 증가시켜주고 있다. 유리의 상큼한 향의 채취가 호석의 말초신경에 에너지를 주입하고 있다. 호석은 자연스럽게 눈이 감기고 잠이 든다. 자동차의 쿠션에 놀라 눈을 떠 보니 유리의 허벅지에 머리를 올리고 편안하게 잠을 자고 있었다.

"아, 벌써 도착했구나."

화들짝 놀라 몸을 일으켜 창밖을 내려다본다. 12시가 넘었지만 소래는 불야성을 이루고 있다. 옛날에 무슨 놀이동산이 있는 곳인

지 알았었던 곳이다. 러브호텔의 조명시설인지도 모르고 나중에
알고는 웃어버린 적이 있다.

"상무님, 언니는 오지 않으신데요. 상무님 보고 조개구이 잘 드
시고 오시라고요. 좋은 시간 보내라고 일부러 안 오시는 것이라고
하시더라고요, 호호호."

유리가 좋은 시간이라는 말에 힘주어 이야기한다.

"그놈은 항상 그 모양이야. 우리 둘만 올 거면 뭣 하러 왔어, 재
미없게. 참, 그놈 웃기는 놈이야. 너 괜찮겠냐?"

"상무님, 저하고 있는 것이 그렇게 부담스러우세요? 부담 갖지 마
세요. 저 쿨한 여자예요."

호석의 말에 기분이 조금 상한 모양이다.

"아니야, 그런 뜻이 아니고 같이 오기로 한 놈이 안 오니까 그런
거야. 나야 좋지. 이런 기회가 또 있겠어. 너무 예뻐서 솔직히 부담
이 가긴 하지만. 이건 진심이야, 가자."

조개구이집을 찾아 둥그런 스테인리스 테이블에 앉자 마음 좋게
생기신 아줌마가 오더니 대뜸 얼마짜리 드실 거냐고 물어온다.

"유리야, 네가 양껏 시켜라."

조개구이를 시켜 놓고 유리의 사생활 이야기로 시간이 흐른다.
아주머니가 조개구이와 집게를 가져다주며 맛있게 들고 가라고 한
다. 두 사람은 구워진 조개구이를 열심히 먹으며 술이 부담되는지
음료수를 시켜 마신다. 호석은 이 시간 이후에 무엇을 해야 하나
고민을 한다. 집에 가야 하는가? 러브호텔이라도 가야 하는가 생

각을 한다. 유리가 일어서며 김호석 상무에게 웃으며 이야기한다.

"상무님, 이제 가서야죠. 제 오피스텔로 가실래요? 댁으로 가시긴 좀 부담스럽잖아요."

화끈하게 이야기하는 유리의 말에 얼떨결에 대답을 해버린다.

"응, 그럴까. 그럼 강남으로 다시 가야 하나? 나도 내일 출근해야 하니까 그렇게 하지, 뭐."

대리기사에 운전을 맡기고 호석과 유리는 말없이 차창 밖을 응시한다. 유리가 슬며시 호석의 손을 잡자 쑥스러워하는 호석을 귀여운 듯이 바라본다. 술집 아가씨와 한두 번 만나는 것이 아니지만, 유영실의 한번 사귀어 보라는 이야기가 부자연스럽게 만든다. 평소에는 잘 노닥거리며 다녔으면서도 오늘따라 섬 머슴애처럼 수줍기조차 하다.

잠깐 눈을 감는다는 것이 깜박 졸았다. 깨어보니 어디인지 모르겠으나 유리의 오피스텔에 거의 다 온 것 같은 느낌이 들었다.

"다 온 거냐? 내가 가도 되는 거야?"

호석은 미안한 마음에 유리에게 다시 한 번 물어본다.

"그럼요. 양복하고 와이셔츠는 제가 세탁해서 내일 아침 출근하시는데 지장 없이 준비해 놓을 테니 걱정하지 마세요."

"하하, 이 양복 드라이해야 하는데. 시간이 안 되니까 잘 털어서 목욕탕에 걸어 놓으면 돼."

"어머 혼자 사셔서 그런 것도 아시네요."

"하하, 생활의 지혜지."

유리의 오피스텔은 강남에서도 유명한 오피스텔이다. 이곳에 들어가려고 난리들을 쳤다고 신문기사에서 읽은 기억이 있다. 젊은 여자가 소득도 없이 이런 곳에서 산다는 것이 놀라운 일이다. 차를 주차시킨 다음 대리기사로부터 키를 넘겨받고 엘리베이터에 올라타자 유리는 가방에서 열쇠를 꺼내 엘리베이터 전면에 꽂고 돌린 후 맨 꼭대기 층을 누른다. 펜트하우스로 올라가는 것 같은 생각이 들었다.

"아니, 유리야. 너 펜트하우스냐?"

"네, 상무님. 펜트하우스예요. 놀라셨죠?"

대수롭지 않다는 듯이 대꾸하는 유리가 더 이상스럽게 보인다.

"좀 의외구만. 혼자 사는 아가씨가 펜트하우스에 살다니. 그것도 이 비싼 곳에서 말이야."

궁금증은 더해가고 있지만, 유리는 별 관심이 없었다. 예쁘기는 하지만 호석의 취향도 아닐 뿐 아니라 아직 마음에 여유가 없다. 한쪽에서는 와이프가 이혼해달라고 하지, 애들 보살펴야지, 회사 일 해야지, 솔직히 정신이 없다. 그래도 호석은 이러한 환경에 사는 유리가 궁금하긴 했다.

엘리베이터가 열리자 바로 출입문과 연결된다. 오늘은 호석이 저녁 내내 최고급의 수식어를 가지고 감탄하는 날이다.

"상무님 먼저 샤워하세요. 전 간단하게 음료라도 준비를 할게요."

"그래, 그러지 뭐."

"상무님, 욕실에 속옷 준비해 놓았어요. 상무님이 오늘 여기까지 오실 줄 알았거든요. 사장님이 아까 힌트를 주었고 남자 속옷은 상무님 것으로 준비해 놓은 것이니 오해하지 마세요."

"그러냐? 알았다. 오늘은 어리둥절한 날이구먼."

목욕을 마치고 가운을 걸친 호석은 혼동의 강 가운데 서 있는 자신을 발견하고 뭔가 모르게 답답해지는 것을 느낀다. 이런 안갯속 같은 기분은 호석이 진짜 싫어하는 것이다.

"상무님, 음료수 드시고 계세요. 저도 샤워 좀 하고 나올게요."

이런저런 생각에 호석은 눈을 지그시 감았다. 가족들이 버리고 갔다고 생각했던 2년간이 너무도 힘들게 지나간 것을 느끼며 때론 와이프가 이혼해달라며 전화할 때가 있었지만 그런 상황에서도 호석은 빈틈없이 정도에서 벗어나지 않으며 살려고 노력했다. 이런저런 생각을 하다가 깜빡 졸았다.

"상무님, 주무세요? 피곤하시죠? 침실로 들어가시죠."

"그럴까? 좀 피곤하네."

침실의 은은한 불빛에 머릿결이 촉촉이 젖은 유리의 모습을 보니 묘한 홍분이 온몸을 휘감고 한곳으로 힘이 집중되는 느낌이 든다. 분위기와 젊은 여자, 술기운이 묘하게 김호석을 자극하여 유리의 몸을 더듬게 한다. 봉긋 솟은 가슴을 입안 가득 넣고 애무하자 유리도 기다렸다는 듯이 호석의 머리를 감싸 안는다. 최선을 다하여 유리의 감각을 열어놓은 호석은 개선장군처럼 유리의 몸에 진입을 시도한다. 긴 신음과 함께 두 사람은 자세를 바꿔가며 절정을 향해 달려간다. 오랜만에 여자의 체취를 느끼며 다시 한 번 살아 있다는 존재감을 느낄 수 있는 밤이었다. 유리의 적극적인 대시로 다시 한 번 존재감을 부각하고, 숨을 몰아쉬며 천정을 응시한다.

"어머, 상무님. 대단한 체력이에요. 보기와는 전혀 달라요."

"그럼. 내가 매주 등산으로 다져진 몸이야, 하하하."

은근히 호석은 자신의 힘이 아직 남아 있다는 것을 자랑이나 하듯이 허벅지에 힘을 주어본다. 오랜만의 여자는 피로를 몰고 왔고 유리가 옆에서 뭐라고 조잘대고 있었지만 금방 잠이 들어버린 호석은 아침에 눈을 떠보니 8시가 넘었다. 천천히 출근할 생각을 하고 유리가 깨지 않게 조용히 샤워하고 어제의 피곤함을 말끔히 씻어버린다. 메모 한 장을 적어 놓고 잘 다려진 와이셔츠와 타이를 매고 출근준비를 한다.

"활력을 느끼며 출근한다. 나중에 보자, 고마워…."

틀에 박힌 말로 몇 자 적어 놓고 오피스텔을 나와 주차장으로 내려간다. 사무실로 출근하는 길인 올림픽대로는 활기에 가득 차 있다. 오늘은 무엇인가 좋은 일이 생길 것 같은 생각이 드는 상쾌한 기분의 출근길이다. 주차장에 차를 대니 윤 기사가 얼른 달려와서 인사를 건넨다. 자동차 키를 윤 기사에게 주고 사무실로 올라가는 호석은 윤 기사가 보기에도 새롭게 에너지를 충전 받은 사람처럼 발걸음이 가벼워 보인다.

정치적 결정과
경쟁우위의 논란

호석이 출입문에 보안인식카드를 밀어 넣자 출입문이 열리면서 오늘의 첫 출근이라 인사말이 나온다. '상무님, 안녕하세요. 오늘은 조금 늦으셨군요'라는 음성 메시지는 늦게 온 호석을 질책하는 소리로 들린다. 업무든 사적인 지각이든 상관없이 첫 출입에 대해서 떠드는 소리이지만 묘한 부담으로 작용한다. 이렇게 늦게 출근한 적이 없는 호석은 꼭 죄를 짓고 살금살금 기어들어가는 기분이다.

강 비서에게 커피 한잔을 부탁하고 메일을 확인하기 위하여 컴퓨터를 켠다. 후렉스 본사에서 최신 개발한 영상암호화 카드를 삽입하자 호석의 노트북은 미국 본사의 서버로부터 복원프로그램의 버전을 체크하여 필요 모듈을 다운로드하는 과정과 호석의 신분을 확인하는 처리 과정이 현란한 그래픽으로 보여지고 있다. 호석의 얼굴이 복원된 것과 호석의 노트북 카메라에서 읽힌 호석의 얼굴이 일치되며 사용자 신분이 확인되자 네트워크 접근이 허용되고 보안등급이 자동으로 적용되어 노트북을 쓸 수 있는 상태로 만들어 준다.

이 최신 영상 암호화 기술은 후렉스 전 세계 사무실의 모든 정보화기기에 반드시 적용되는 보안 솔루션이다. 알기로는 이 기술을 이용하여 진위를 식별할 수 있는 사업을 국내의 한 기업이 추진하고 있다는 소식을 얼핏 들은 기억이 있다. 대단한 두뇌들이 모여 있는 후렉스 연구 집단이 개발한 것이 아니라 한국의 어느 중소기업에서 만들어 한정된 기술 일부 사용권을 후렉스에 팔았다는 사실에 뿌듯하다 못해 자못 경외심까지 들 정도다. 언젠가 시간을 내서 한번 만나보고 싶은 생각이 든다.

이것을 향후 신분증이나 신용카드 등에 본인 확인 솔루션으로 적용할 예정이라니 어느 회사인지는 정확하게 모르겠지만, 보안 시장에서 거대한 블루오션을 개발한 셈이 아닌가? 첨단의 디지털 시대에 살고 있는 우리가 오히려 아날로그 기술이 세계 최고의 보안 솔루션이라니 참으로 아이러니하다는 생각이 든다.

호석은 먼저 영업을 경유한 메일을 확인하고 열어보니 약속대로 영업이사와 영업담당을 거친 삼마그룹 제안서와 최종 제안 가격 자료가 첨부되어 있다. 제안서를 열어보니 삼마그룹 신 부회장의 취향에 맞게 간단하고 심플한 색상으로 잘 만들어져 있다. 440억 정도의 프로젝트가 결코 작다고 할 수 없는 규모고 하드웨어를 제외하면 컨설팅 쪽에는 약 300억 정도의 규모가 될 것이다. 영업과 컨설팅 부태인 부장은 어제 하지시스템 성조와 약속한 감리 문제를 모르고 있으니 오늘 미팅에서 알려주어 제안서에 반영하도록 해야겠다고 생각을 한다.

이제야 이번 프로젝트에서 영업이나 컨설팅 둘 다 숨통이 좀 트일 것이다. 두 업체가 워낙 치열한 경쟁을 해서 접근했기 때문에 서로의 약점을 적나라하게 고객에게 보여 주게 되었고 그러다 보니 가격 측면에서 무리가 많았던 것이다. 그렇다고 컨설팅에서 무리하게 영업에게 큰 비용을 요구하면 프로젝트 추진을 포기할 수도 있기 때문이다. 하지시스템으로 갔던 프로젝트가 호석의 선배인 삼마그룹 신 부회장이 이 프로젝트의 오너로 바뀜으로 그나마 후렉스코리아로 넘어오게 된 것이다.

"강 비서, 잠깐만 들어올래?"

호석이 강 비서에게 미팅 관련 지시사항을 이야기한다.

"강 비서 오늘 오전에 삼마 프로젝트 미팅 좀 잡아줘. 영업 쪽하고 부태인 부장도 같이."

"네, 상무님. 커피 더 드릴까요?"

"응, 나 커피 말고 녹차나 한 잔 줄래?"

"네, 알겠습니다. 미팅은 바로 잡을까요?"

"빨리 연락하고 급한 일이라고 해. 그래야 빨리들 올 거야. 11시 전에는 해야겠지."

강 비서가 나가고 김호석 상무는 제안서를 검토하며 어제 하지시스템의 김성조 상무와 미팅한 결과를 정리하고, 유리의 집에서의 일을 생각하며 제안서를 덮는다. 외로움은 참으로 무서운 것이라고 생각하며 불현듯 어렸을 때가 생각이 난다. 부부싸움 끝에 어머니는 항상 어린 호석을 붙들고 집을 나갈 거라고 우시곤 하셨다. 그때의 상처가 남아 있어서 그런지 누구를 한번 만나 깊게 사귀는 것이 어렵지만 친해지면 떠나갈까 두려워하는 버릇이 생겼다. 사귀기도 어렵고 한번 마음 주면 언제 나를 떠나지나 않을까 걱정하며 노심초사하는 습관이 생겨 유리와의 하룻밤도 더 깊은 마음 주는 것은 안 하기로 마음을 먹는다.

미국에서 온 메일을 보다가 아들에게서 온 메일을 열어본다. 애들이야 아직 학비를 받아 쓰는 입장이고 하니 가끔 메일도 보내고 전화도 하지만 품 안의 자식이라는 말이 실감이 들기도 한다. 그저 생활비 부족을 하소연하고 있다. 얼굴은 미국 출장이나 가야 볼 수 있고 방학 때도 들어오지 않으니 남들은 미국 명문대 보내서 잘 키웠다고 생각하지만, 호석이 생각하는 입장에서는 전혀 그렇지가 못하다. 특히 애엄마의 상황은 호석으로부터 완전히 멀어지고 마음이 어느 정도 정리된 듯한 한기가 느껴진다. 전화는 없지만, 가끔 오는 메일은 사무적이고 남보다 못 하다는 생각이 들 때가 더 많다. 처음에 미국 간다고 할 때 못 가게 말렸어야 했는데 하는 후회가 든다. 알량한 자존심에 나갈 테면 나가보라 했더니 몸도 마음도 떠난 사람이 되어버린 것이다.

"상무님, 미팅 시간 다 되어 갑니다. 크리스털 룸으로 잡혀 있습니다. 다들 오신다고들 했습니다."

"그래, 수고했어. 음료도 준비해줘. 시간이 그렇게 많이 안 걸릴 거야."

"잘 알겠습니다."

이제 얼마 안 있으면 본격적으로 후렉스코리아 최대의 프로젝트가 시작될 것이다. 김호석 상무는 자신이 프로젝트 제안의 정점에서 얻을 수 있는 것이 무엇인가 생각해본다. 스톡옵션, 승진, 커미션… 뭔가 기대하는 것은 많이 있지만, 일단은 수주가 결정된 시점 이후로 모든 것을 미뤄둔다. 삼마 신덕훈 부회장의 도움과 형제간 알력을 교묘하게 이용하여 다 된 밥에 죽을 쑤게 만든 성조에게 미안하지만, 후렉스코리아 쪽으로 프로젝트를 옮겨 온 것은 스탠퍼드 동문인 신 부회장과 김호석 상무의 관계가 거의 결정적으로 작용한 것으로 보면 될 것이다. 앞으로 후렉스코리아가 삼마그룹 계열사 프로젝트까지도 독점하게 될 것이다.

"상무님, 회의실에 다 모이셨다고 하는데요."

"알았어. 나 지금 가려고 해. 전화메모 부탁하고, 그리고 점심 식사할 수 있게 예약해줘. 미팅 끝나면 식사하게. 강 비서도 같이 가지? 프로젝트 멤버잖아."

기분이 좋은 듯 호석은 농담도 건넨다. 크리스털 룸으로 가는 길에 직원들이 인사를 한다. 370명의 컨설팅조직을 이끌어 온 지 6년째다. 후렉스웨이라는 훌륭한 조직문화가 저들의 성실함, 실력과 융합하여 최고의 능력자로 만들어 국내 정보 산업계를 이끌어가고 있으니 스스로도 대견스럽다. 피상적으로 볼 때 모험을 배제한 기업문화인 것 같지만, 내면을 보면 대단한 모험을 추구하는 회사다. 창의적인 실수를 용납하는 문화, 유연한 조직관리 등 후렉스의 문화는 어려울 때일수록 빛을 발한다. 물론 상층부는 정치적인 결정으로 관리가 될 때가 많지만, 중견 관리자까지는 철저하게 실적 위주로 급여와 보상이 결정된다.

크리스털 룸에는 삼마그룹 프로젝트 핵심 관련자들이 모두 모였다.

"다들 좋은 꿈들 꾸셨나요?"

"하하, 상무님 표정이 좋아 보이십니다."

영업부 김범진 이사가 밝은 목소리로 분위기를 띄운다.

"부태인 PM도 왔구먼. 메일은 내가 확인했고 굿 뉴스와 배드 뉴스가 있는데 뭐부터 들을 거야?"

어제 하지시스템의 김성조 상무와 협의한 프로젝트 관리와 관련된 이야기를 하려고 김호석은 분위기를 잡는다.

"배드 뉴스부터 듣고 싶은데요, 상무님."

영업부 김치권 부장이 웃으면서 말을 받는다.

"하하, 배드 뉴스는 삼마그룹 프로젝트에 감리를 넣어서 가는 것으로 결정되었어. 그 비용을 잡아야 하는데 비용은 18억 정도 잡으면 될 것 같다. 감리업무는 하지시스템을 위로하는 차원에서 줘야 할 것 같아."

김호석 상무의 이야기가 이어지자 다들 주목한다. 지금도 비용이 적어 골치 아프다고 이야기하는 터라 표정들이 좋지 않다.

"아직 누가 감리를 맡게 될지는 모르겠지만, 김성조 이사 쪽에서 움직일 것 같아. 나하고 친분이 있으니까 프로젝트에 어려움으로 작용하지는 않을 거야."

얼굴에 나타나는 굳은 표정들을 보면서 김호석 상무는 감리를 가져가야 하는 당위성을 설명한다.

"그리고 굿 뉴스는 별거 아니야. 감리를 우리가 아는 사람이 맡을 수도 있다는 것이고."

한참 뜸을 들인 김호석 상무는 어제 김성조 상무와 은하에서 논의한 결정 사항을 모른다는 듯이 전달한다.

"그리고 우리가 최종 제안할 견적가격에서 20% 정도 더 깎아야… 하는 것은 아니고, 20% 올려서 제안할 거야. 하하하, 놀랐지? 20% 올리는 것은 진담이야."

다들 놀랐다는 듯 가슴을 쓸어내리면서 껄껄대고 웃는다.

"상무님, 너무하십니다. 깜짝 놀라 죽는지 알았습니다. 하하하."

"하하, 기분 좋지? 이번에 감리업무 하나 주어서 하지시스템이 엉뚱한 피해자라고 생각하는 것에 대한 감정 무마도 시킬 겸 오히려 잘 되었다는 생각이야. 자기들이 삼마그룹 내부 역학 관계의 희생양이라 생각하고 그 중심에 우리가 있다고 오해하고 있어. 향후 시장에서 껄끄러울 것 같았는데 이 건으로 잘 넘어가자고."

계속해서 어제 김성조 상무와 합의 한 계약 조건에 대하여 이야기한다.

"그 대신 감리비용 지급조건은 60% 계약 시 나머지 20%, 20%씩 지급하는 것으로 이야기했어."

김호석 상무는 김성조 상무와 이야기한 조건보다 더 유리한 조건을 이야기한다. 호석이 영업 김범진 이사를 쳐다보니 20% 불어난 비용을 어떻게 배분해야 할 것인가? 머릿속이 분주하게 움직이는 것 같아 보인다. 아직 결정된 돈도 아닌데 수중에 들어 왔다고 판단하는 모양이다. 그러나 여러 제안서들의 제안 가격이 오차 범위에서 비슷하면 통상적으로 결정되었다고 봐도 된다고 판단하니까 문제는 없을 것이다.

"상무님, 그럼 컨설팅 사업부와 영업부가 어떻게 나눌까요?"

호석의 예상과 달리 영업이 말을 꺼낸다. 김치권 부장이 영업 실무자답게 예산을 어떻게 나눌 것인가 의견을 내놓는다.

"예산이 제안서에 나와 있으니까 그 비례대로 나누면 되지 않겠습니까? 그게 제일 정확할 것 같은데요."

부태인 부장이 말을 받는다.

"아니야, 부태인 부장. 6:4로 나눠. 영업 6, 컨설팅 4. 하드웨어 터무니없이 낮춰 줬다고 매일 울고 있는데 과부 사정 홀아비가 알아준다고. 우린 인건비니까 좀 양보하자고."

영업부가 아니라 컨설팅 사업부가 40%라는 김호석 상무의 말에 뭔가 손해 아니냐는 듯이 표정을 짓고 있는 부태인 부장에게 걱정하지 말라는 투로 김호석 상무가 물어본다.

"무리 없지? 부태인 부장."

"아, 네. 괜찮습니다. 초기에 영업할 때 하드웨어 가격이 너무 싸게 간 것은 알고 있는 이야기니까 도와주어야지요. 잘 알겠습니다."

그리고 영업 쪽을 쳐다보며 만족하냐는 듯이 표정을 읽는다.

"영업 쪽에서도 컨설팅이 양보했으니까 협조 잘해주세요. 잘 협조하지 않으면 성공할 수가 없어. 우리보다 영업이 잘 아시겠지만."

"네, 상무님. 전폭적으로 지원하겠습니다."

김범진 이사가 고맙다는 표정으로 인사를 한다. 그래도 프로젝트의 PM인 부태인 부장은 여전히 걱정이고 불만인 모양이다. 김호석 상무의 스탠퍼드 후배인 부태인 부장은 미국에서 호석과 비슷한 과정을 겪으며 공부한 물류 전문가이다. 전공은 경영학이지만 오라클 본사에 들어가 ERP 분야 전문가로 성장했다. 학창시절 호석이 대학원을 다닐 때 대학을 다녔기 때문에 인연이 있어 호석이 설득하여 후렉스 본사로 데리고 들어 왔다. 그리고 호석이 일본 근무에 데리고 나갔고 다시 한국으로 데리고 들어온 것이다. 학생 때는 과감하고 결단성이 있고 민첩했으나 유학 생활을 호석보다 더 고생하며 보내서 그런지 한국 근무에 들어와서는 모든 것에 지나칠 정도로 꼼꼼해졌다. 아니, 배포가 작아졌다고 하는 것이 더 맞는 말인 것 같다.

"오늘 같이 점심이나 하지. 약속 없으면. 장소는 내가 예약해 놓았거든. 전체회식은 제안발표 결과 보고 같이하지, 뭐."

"네, 알겠습니다. 오전에는 약속이 없습니다."

영업이야 삼마그룹 프로젝트가 워낙에 큰 건이라 다른 약속이 없다고 할 것을 알고 이야기한 것이다.

"참, 리허설은 꼭 할 거지? 아니면 자료 수정해서 바로 다음 주

발표할 건가? 가능하면 리허설 한 번 하지?"

부태인 부장이 리허설을 할 것이라는 보고를 들어서 알고 있었지만, 영업이 있으니 들으라고 이야기하는 것이다.

"네, 상무님. 오늘 오후 3시에 다이아몬드 홀에서 최종 발표자료를 가지고 리허설을 할 예정입니다. 영업 쪽에서도 참석하실 거죠?"

부태인 부장이 일정을 이야기하며 은근히 영업 참여를 압박한다.

"우리 영업 쪽은 당연히 참석해야지요."

"부태인 부장. 프로젝트는 결정된 거니까 편안하게 했으면 좋겠어. 비용과 솔루션, 인력, 하드웨어 간에 불균형 없게 잘 챙겨. 삼마그룹은 작은 아이템 가지고 사업하는 회사라 돈 문제에 민감해. 신 부회장 하면 꼼꼼하기로 하면 둘째가라면 서러워할 사람이야."

"네, 잘 알겠습니다."

"내가 이야기 하나 해줄게. 부태인 부장은 신 부회장 학교 다닐 때 못 맞났지? 나하고 미국에서 같이 공부할 때 재벌 아들임에도 불구하고 후배 몇몇을 제외하고는 밥 한 번 편안하게 사주는 사람이 아니야. 그나마 난 밥이라도 한 끼씩 얻어먹던 사람이고. 소탐대실하지 말아야 해, 하하하."

김호석 상무는 이번 프로젝트가 호석의 능력이 결정적으로 작용했다는 것을 영업라인 앞에서 다시 한 번 확실하게 못을 박는다. 그것은 사실이기도 하다.

"영업 최 상무님은 잘 계신가요? 요즘 바쁘신가?"

국내 영업의 총책임자인 최욱철 상무는 한성대 공대 출신으로

IBM에서 전직하여 후렉스코리아로 온 지 6년 정도로 김호석이 일본에서 후렉스코리아로 들어오고 몇 개월 뒤에 입사한 호석과는 동향 선배가 되는 사람이다. 가끔 보드미팅^{이사회}에서 식사 몇 번 한 적이 있지만 특별한 친분을 유지하지는 않고 있다. 워낙 말 수도 적고 영업이지만 기획 쪽이 강하고 나서는 스타일이 아닌지라 6년이 지났지만, 아직도 조직 장악이 완전히 이루어 않았다고 한다. 현재 영업담당 부사장이 워낙 뛰어난 자라 능력에 비해 낮은 평가를 받고 있는 것도 사실이다. 젊은 부사장하고 일하면서 의외로 고전하고 있는 것으로 알려져 있다. 후렉스코리아가 요소요소에 선후배, 지연 등 구태적이고 관료적 분위기가 번지고 있는 것이 우려스럽기도 한 것은 사실이다. 이러한 현상이 어느 조직에서나 심각하고 부정적인 문제로 나타나는 현상이기도 하지만 나이 차이가 많은 고향 선배라서 그런지 신경이 많이 쓰이기도 했다.

언젠가는 최욱철 상무의 도움이 필요로 할 때가 올 것이라는 생각을 한다. 호석이 다음에 가고 싶은 곳이 싱가포르에 있는 아시아 태평양 본부의 GM이나 한국의 GM^{General Manager: 대표를 의미}이기 때문에 호석은 영업 쪽과 유대관계를 잘 유지해야 유리하다고 판단하고 있다.

"최 상무님도 이번 삼마그룹 프로젝트에 큰 기대를 걸고 있습니다. 자리 한번 만드시라는 지시는 받았었습니다."

"음, 그래요. 약속 한 번 잡아봐요. 내가 강남에 최 상무님의 격에 어울리는 좋은 술집을 알고 있거든. 분위기 죽이더라, 하하하.

영업은 매번 이 지긋지긋한 여의도를 벗어나지 못하는 것 같던데. 나 몰래 강남에서 노는 것은 아니겠지, 하하하."

"하하하…."

모두들 프로젝트가 잘 될 거라는 기대치가 높아져서 그런지 분위기가 부드러워졌다. 영업도 컨설팅도 이렇게 장기적이고 그룹 차원의 종합 업무시스템 개발 사업을 경험한 적이 없고, 하드웨어로만 큰 규모로 들어간 적은 있지만, 컨설팅과 더불어 토털시스템으로 들어가기는 처음인 것이다.

"자, 점심시간에 보도록 하지. 강 비서에게 장소 알려주라 하겠네. 그리고 부태인 부장은 내 방으로 좀 들어와."

자리에서 일어난 김호석 상무는 기분 좋은 얼굴로 문을 열고 나와 자신의 집무실로 돌아온다.

"상무님, 식사 예약해놓았습니다. 초원복집이에요. 8명 예약해놓았습니다."

"영업 이사에게 장소 알려주고, 강 비서도 가도록 해."

"부 부장님 AA^Administration Assistant: 업무보조하고 같이 가도 되지요? 상무님."

"물론이지. 맛있는 것 사줄게."

"감사합니다. 상무님."

호석의 공적인 일은 물론이고 사적인 일까지 꼼꼼하게 처리해 주고 있는 강 비서는 더할 나위 없이 유능한 비서다. 34살. 결혼도 안 하고 호석과 벌써 6년째 같이 근무하고 있으니 어찌 보면 와이프보다도 더 오랜 시간 같이 있던 사이다. 호석의 취향, 성격 등을 누구보다도 잘 알고 있고 표정만 보아도 호석의 마음을 꿰뚫어 보는 무서운 여자다.

"강 비서, 오늘 세 시에 리허설 있다고 하니까 스케줄 점검할 때 참고해 리허설 끝나면 기사 대기 시켜. 나 사장님하고 오늘 강남에서 저녁 약속 있어. 그건 알고 있지?"

"네, 상무님. 그리고 미국에 계신 사모님께서 전화하셨습니다. 회의 중이라 했더니 메일 보내셨다고 전해달라고 하셨어요."

"그래, 그건 알았고. 다른 것은?"

"그리고 삼마그룹 신 상무께서 전화하셨었습니다. 급한 일이라고 하시던데요."

회의 시간에 많은 연락이 와 있었다.

와이프라….

무슨 일로 전화를 다 하고 메일까지 보냈다니 무슨 내용인지 궁금하다. 유복한 가정에서 자란 아내는 오직 20년간 애들만 키우며 살아왔다. 어느 날 자신만을 위해서 살고 싶다고 하면서 미국에 있는 대학원에 입학허가를 받아 훌쩍 떠나간 사람이다. 한동안 참으로 냉정한 사람이라고 생각도 해 봤지만 오죽 답답했으면 그랬을까 생각하며 모든 서운함을 바로 접었었다. 딸애가 나이 먹어 공부라는 핑계로 아버지를 버리고 나왔다고 미국에서 집사람을 철저하게 외면하고 있는 것 같았다. 호석의 애들은 후렉스 본사가 있는 서부의 스탠퍼드에 다니고 있다. 국내에서 외고를 졸업하고 입학허가를 받아 2학년 재학 중이다. 아버지와 두 자식이 모두 같은 학교 동문인 것이다.

김호석 상무는 영상 암호화 보안카드를 자신의 노트북에 집어넣어 화면 보호기를 제거하고 메일을 확인한다. 아내에게서 온 메일을 찾아보기 위하여 수신함을 살펴보는데 미국에서 들어온 굵은 고딕체의 메일이 눈에 띈다. 첨부파일을 열고 읽어본다.

…(중략)… 학위(박사)를 다 마치려면 몇 년 더 걸릴 예정이며 이곳에서 잡Job을 찾고 정착할 예정입니다. 당신이 들어오지 않을 것이라면 신속하게 우리가 어떤 결단을 내려야 하지 않을까요.

꼭 이혼통보서를 보는 것 같다. 미국 들어간 지 2년 만에 이런 판결문 같은 메일을 보내다니 호석은 자신의 잘못이 크다는 사실은 인정하지만 부부 사이가 참으로 냉정해졌다고 생각한다. 젊어서 성공하려는 욕심에 가정을 소홀히 하고 아내와 자식들을 돌보지 않고 자신의 목표만 추구하며 산 잘못과 미안함에 미국에 가는 것에 선뜻 동의를 해주었다. 미국에서 공부한 호석은 주변에서 봐왔던 부정적 결과가 오고야 말았다는 생각을 한다.

최근 아내와의 전화 통화나 애들과의 이야기에서 예상했지만, 머리가 무거워진다. 그나마 애들이 다 자랐으니 다행이다 싶다. 사전에 이런 결론을 미리 내고 미국으로 들어간 것인지 아내는 자신 명의의 집도 처분해가고 호석으로부터 재산의 반 정도는 현금화해서 가져갔다. 그것으로 미국에서 집도 사고 한 모양이다. 친척들이 있으니 생활에는 무리가 없을 것이다. 그래서 더 당당해졌을 것이다. 호석은 이혼이라는 것을 생각해본다. 당연히 애들에 대한 양육은 호석의 책임이 될 것이고 재산은 미리 대부분을 분리했으니 의외로 간단할 것 같다는 생각이 든다. 상황과 처리에 대한 생각이 잡히자 호석은 하루라도 빨리 정리되는 것도 괜찮겠다 싶은 생각이 든다.

유리의 메일도 들어왔다. 내가 명함을 주었던가? 술기운에 연락처를 주었겠지라고 생각하면서 열어본다.

상무님, 출근 잘하셨어요? 가실 때 절 깨우시지 그러셨어요. 아침 식사 해드리려고 저녁에 준비해 놓고 잤는데…. 섭섭해요. 언제든 연락 주세요. 기다릴게요.

어젯밤이 스크린처럼 지나가며 다시 한 번 호석의 가슴을 흥분시킨다. 호석은 속으로 생각한다.

"간사한 놈. 아내의 메일을 벌써 잊어버리고 묘한 기분에 사로잡히다니."

이런 자책도 해보지만 아내의 메일을 뒷전으로 하고 유리에게 답신을 보낸다.

잘 일어났으니 다행이군. 곤히 자는 모습 계속 보고 있으면 결근

할 것 같아 급히 뛰쳐나왔어. 날씨도 좋고 또 연락하자고.

정신을 가다듬자 삼마그룹 신 상무에게서 온 전화가 생각이 난다.

"강 비서, 삼마그룹 신 상무 연결해줘요."

"네, 상무님. 잠깐 기다리세요."

'뚜~' 소리와 함께 수화기를 들자 늙은 여우 같은 삼마그룹 신 상무의 목소리가 들려온다.

"상무님, 후렉스코리아 김호석입니다."

언제나 신 상무의 목소리는 소래포구 어시장 상인들의 카랑카랑 호객하는 목소리를 연상케 하는 경박스런 톤이다.

"김 상무님, 전화 잘했어요. 바쁘시니 통화하기가 무척 어렵군요. 다른 게 아니라 내일 시간 괜찮으시죠? 회장님 자택에서 와인 파티가 있는데 초대자 명단에 들어 있어서 그렇습니다."

삼마그룹 회장의 와인 파티는 재계에서는 꽤 알려진 친목 모임이다. 내놓으라 하는 정치, 경제계 인사들과 가끔 정부 관료 쪽에서도 참석한다는 이름난 모임이고 다들 이 모임에 끼고 싶어 하는 것으로 알려져 있다. 삼마그룹 신 부회장이 호석을 명단에 넣었을 것이다.

"시간은 괜찮습니다만, 무슨 특별한 이슈라도 있는 것입니까?"

김 상무는 모른척하고 신 상무에게 되묻는다.

"이슈는 무슨 이슈. 그냥 인맥이나 쌓자는 자리입니다. 내일이 휴일이라 걱정을 했는데 다행이군요. 비서 통해서 초대장을 보내도록 하겠습니다."

"네, 잘 알겠습니다."

"제안발표 준비는 잘 되어 가고 있습니까? 잘해봅시다. 회장님 관심이 워낙에 크시고 김 상무에 대한 기대는 상상 이상이지요. 하긴 부회장님과 같이 동문수학했으니 잘 알아서 하실 거고 말입니다, 하하."

신 상무는 묘한 여운을 남기는 말을 남기고 크게 웃는다.

"하하, 상무님이 많이 도와주십시오. 열심히 하겠습니다."

"저야 무슨 도움이 되나요. 내일 뵙도록 하시지요."

수화기를 내려놓고 김호석 상무는 어떤 이슈로 신 부회장이 호석을 초대 명단에 넣었을까 생각하며 몇 가지를 추려본다. 단순하게 이슈 없는 일반적인 친목 모임일까? 아니면 신 부회장을 그룹 후계자로 공식 발표하고 선보이는 자리일까? 여러 생각이 들지만 단순하게 초대받아 간다는 생각으로 가기로 하고 다른 생각은 접는다.

"강 비서. 나 내일 삼마그룹 회장댁에서 열리는 와인 파티에 참석해야 하니까 윤 기사에게 스케줄 알려줘. 삼마 비서실에서 초대장 보내올 거야."

"네, 상무님. 잘 알겠습니다."

설마 아침부터 파티할 리는 없고 오후니까 복장을 어떻게 해야 할지 생각해본다. 미국에 있을 때야 이런저런 명목으로 파티가 많으니까 자연스러운 복장으로 다녔는데 한국에서는 파티라는 것이 흔하지도 않지만 다들 딱딱한 정장 차림으로 참석들 하는 것 같아

의상에 신경이 쓰인다. 룸살롱 문화가 외국의 파티 같은 개념이라고 하니 문화의 차이지만 한국인인 호석도 처음에는 무척 적응하기가 어려웠었다. 호석은 정장 차림으로 가서 상황을 보고 자유스러운 복장이면 나비넥타이를 벗어 버리기로 생각을 한다. 그때 강 비서가 들어온다.

"왜? 무슨 볼일 있어?"

"바쁘세요? 점심시간 다 되었습니다, 상무님."

"아, 그래. 가자. 초원복집이라고 했나?"

"네, 상무님."

"술은 못 마실 거야. 3시에 리허설 있으니까. 양 대표도 참석하신다고 하던데. 좀 준비시켰나?"

"네, 상무님. 좋아하시는 것으로 이것저것 주문해 놓았어요. 사시미, 튀김 그리고 식사는 지리와 함께 하는 것으로요."

"하하, 강 비서도 좋아하는 것 아닌가?"

역시 예상한 대로 강 비서는 육식을 잘하지 않는 호석의 스타일대로 음식을 주문해 놓았다. 누가 이렇게 챙겨주겠나 싶어 고마운 마음을 늘 가진다. 엘리베이터를 타고 내려가는 중에 Admin^{Administration: 관리부서}의 구본황 부장이 올라타면서 반갑게 인사한다.

"상무님, 오랜만에 뵙습니다. 건강하시죠?"

김호석 상무 아내의 미국 정착과 취업비자를 받게 하는 데 큰 도움을 준 관리팀의 고참 부장이다. 그러면서 가끔 술도 한잔하고 농담도 할 정도로 가까워졌다.

"잘 있었어? 진짜 오랜만이야. 내가 연락을 안 하면 구 부장은 전화도 안 하네. 요즘 젊은것들은 말이야, 위아래가 없어. 하하하."

"상무님이 워낙 바쁘시니 그런 거죠. 그리고 여기 강 비서가 시어머니같이 방해를 많이 합니다. 하하하."

관리팀에서 경력을 쌓은 구 부장은 모든 부서의 업무와 관련이 있다 보니 전 부서의 관리자들, 비서들과 안면이 있다.

"하하, 우리 강 비서 아직 싱글이야. 혼나려고 강 비서를 물고 늘어지나. 책임도 못 질 거면서, 하하하."

"그러게요. 구 부장님은 저를 왜 걸고 넘어지세요. 힘 있는 자리에 계신다고 저 같은 민초는 신경도 안 쓰시면서, 호호호."

노련한 강 비서의 대꾸에 구 부장도 웃음을 터뜨리며 할 말이 없는 모양이다.

"구 부장, 점심 약속 있나?"

"아뇨, 없습니다."

"잘 됐군. 나하고 같이 하지. 어차피 관리팀이 관리해야 할 삼마 프로젝트고 도와줄 일도 많을 거니까. 미리 인사나 같이하지. 다 아는 사람들이야."

"선약도 없이 괜히 불청객으로 끼는 것 아닙니까?"

"아니야, 모두 식사하는 편안한 자리야."

엘리베이터가 1층에서 멈추고 초원복집을 향해서 걸어가며 김호석 상무는 구 부장에게 이번 삼마 프로젝트에는 전략적인 지원이 필요하다는 이야기를 하고 있다. 후렉스코리아의 관리 구조상 모든 계약서의 내용과 프로젝트에 대한 비용 지출구조, 미국 본사에 넘겨주는 이윤 3% 등은 관리팀의 승인과 지원을 받게 되어 있다. 각 프로젝트는 완전한 독립성을 가진 조직들 아니 회사라고 이야기하는 것이 더 정확한 표현일 것이다. 물론 해당 부서에서 일차적인 계약 문구나 조건을 정하지만, 회사 전체의 원칙에 위반되면 안 되는 것이고 미국 본사의 이윤을 최우선으로 보호하게끔 문서가 프로그래밍 되어 있어서 이 모든 조건을 충족시키지 않는다면 프로젝트 자체가 자동으로 승인이 이루어지지 않아 수행이 어려워지기 때문이다. 이러한 상황을 잘 알고 있는 김호석 상무는 자신이 생각하고 있는 지급 조건 등의 편안한 관리구도를 가져가기 위해서는 구 부장을 우호세력으로 끌어들여 적극적인 지원을 받는 것이 중요하다 생각한다.

초원으로 들어서자 홀 서빙을 관리하는 주인 마담이 반갑게 맞이한다.

"어머, 상무님. 오랜만에 오셨어요. 제 목 길어지지 않았나요? 상무님 오시길 기다리다가 이렇게 길어졌어요."

"하하. 고만하세요. 남들이 들으면 와이프인 줄 알겠어요."

"그러니까 자주 좀 찾아주세요."

"그래도 이렇게 와주길 기다리는 사람이 있으니 기분은 괜찮은데요."

"이쪽으로 오시죠. 다른 분들은 와 계세요."

주인 마담의 안내로 예약한 룸으로 들어간다. 영업의 이사와 영업대표, 부태인 부장 등 모두 와서 김호석이 나타나기를 기다리고 있다.

"내가 좀 늦었나. 내가 구 부장을 모시고 왔지. 같이 식사 괜찮지? 어차피 자주 만날 텐데."

사전에 이야기된 사람이 아니라 김호석은 형식적이나마 좌중의 양해를 구한다.

"그럼요. 오히려 잘하셨습니다. 프로젝트와 관련하여 부탁할 것도 많은데…"

부태인 부장이 분위기를 어색하게 만들지 않으려고 맞장구를 친다.

"그럼 식사를 해볼까. 곧 나올 거야."

주인 마담과 종업원들이 준비된 음식을 식탁 위에 가져다 놓는다. 허기가 조금 느껴진 김호석 상무는 입맛을 다신다.

"상무님, 술은 어떻게 할까요?"

구 부장이 으레 마시니까 물어본다.

"우리 3시에 약속이 있어서 술은 좀 그렇지 않은가? 허전할 것 같으면 맥주라도 한 잔씩 하지."

사시미를 놓고 술을 한잔 안 하는 것도 어색해서 맥주를 몇 병 주문한다. 부태인 부장은 자신은 발표해야 하기 때문에 술은 사양하겠다고 한다. 리허설이 부담스러운지 다들 술을 마시기는 껄끄러운 모양이다.

"구 부장 이번 삼마그룹 프로젝트 규모가 단일 프로젝트로는 후렉스코리아가 수주한 프로젝트 중 가장 크고 장기 프로젝트라는 것은 알고 있지?"

"네, 이야기는 들어 알고 있습니다. 그래서 저희 관리팀에서도 어떻게 지원을 해드려야 하나 고민을 많이 하고 있습니다."

돈이 보이는 곳에 관리팀이 그냥 지나칠 리가 없다. 모르긴 몰라도 많은 정보를 가지고 대응을 하고 있었을 것이다.

"계약서 초안도 잡아 놓았겠군요. 그치?"

"하하, 상무님. 잘 아시잖아요. 먼저 부태인 부장께서 초안을 잡아주시면 저희들이 내부규정에 벗어나지 않으면 그대로 가는 것이고, 그렇지 않으면 협의를 통해서 정하면 될 거 같고요."

관리 베테랑인 구 부장은 자신이 업무를 직접 하는 부담을 가져가는 것은 아니다 싶었던지 말을 돌린다.

"부태인 부장을 잘 좀 지원해줘."

"삼마그룹 프로젝트가 많은 부서와 관련되고 여러 조건들이 복합적으로 연결되어서 저희 관리팀과 긴밀하게 협의해도 시간이 좀 걸리지 않겠습니까?"

"결산 회계연도가 넘어가니까 더 골치 아플 거야. 나머진 크거나 작거나 똑같은 거 아닌가? 회계처리가 조금 까다롭기는 하지만 그다지 큰 문제는 없을 것 같은데."

"각 회계연도마다 비용만 적절하게 나눠주시면 큰 문제는 없을 것 같습니다. 많이 해보시지 않으셨습니까?"

"그래도 관리팀의 우수한 두뇌들이 필요해. 부태인 부장이 처리하기에는 업무량이 너무 많아."

후렉스코리아에서 프로젝트하다 보면 PM이 독립적인 회사를 운영하듯이 관리를 해야 하기 때문에 평소 후렉스에서 오래 근무한 선임급 직원들은 관리 분야에 능력 있게 일 처리를 하는 훈련이 잘 되어 있다. 관리팀에서 이야기했듯이 예산 분배가 가장 중요하다. 매년 평가와도 직접 관련이 있고 그 평가가 연봉과 승진에도 영향을 미칠 수 있기 때문에 각 컨설턴트들의 참여 부분을 잘 조정해야 한다. 그런 차원에서 관리팀의 직접지원이 절실하게 필요한 것이고 부태인 부장이 프로젝트 관리에 전념할 수 있는 여건을 만들어 주기 위한 김호석 상무의 배려 차원이기도 한 것이다.

"구 부장, 이렇게 하는 것은 어때? 부태인 부장이 이번 프로젝트의 PM이고 작업장이 후렉스코리아가 아니고 삼마그룹 본사잖아. 관리팀 직원 1명을 파견해 주거나 아니면 언제든지 지원받을 수 있는 전담 인력을 지정해 주거나."

"상무님, 그것은 계약된 이후의 일이기도 하지만 괜찮으시다면 계약서 작성 시부터 저희 관리팀이 관여를 해서 업무를 지원하고 싶은데 어떠신지요? 그런 후에 그 직원이 나중에 삼마그룹에 현장 근무를 하든지 아니면 전담 인력으로 준비시켜놓는 것으로 하는 것도 늦지 않을 것 같습니다."

"그래, 그러면 우리야 좋지. 계약금액 중에 영업 부분이 있으니 그것 분리하고 인건비는 해당 연도에 투입되는 것만큼 나누고 나머지 컨설팅 관련된 소프트웨어 구매 등은 묶어 놨다가 발생할 때 사용하면 될 것 같으니까 의외로 간단해질 수도 있어. 인건비 투입 예측이 문제지."

김호석 상무는 부태인 부장을 배려하여 이것저것을 챙기고 있지만, 혹시 자신이 너무 앞서가는 것 아닌가 판단을 해가며 접근을 한다.

"그것은 제가 부태인 부장님하고 협의하겠습니다."

그러나 이왕 말이 나온 김에 마무리해야겠다는 판단을 하고 계속 대화를 끌고 가고자 한다. 김호석 상무는 협력사 지급 조건이야 정해진 것이니까 관리팀 쪽에서 건드릴 부분이 없지만, 고객을 위해 쓰려고 잡힌 비용은 경우에 따라 많이 줄이려고 할 수 있는 부분일 수도 있기에 사전에 차단할 필요가 있다고 판단하기 때문이다. 한번 승인이 떨어지면 거의 모든 비용집행은 부태인 부장의 전결로 거의 처리되기 때문이다. 그래서 부태인 부장이 편하게 일하도록 사전에 무엇인가 하나라도 더 챙겨 놓으려고 하는 것이다.

"부태인 부장이 영업의 하드웨어 부분에서 컨설팅 비용으로 넘겨줄 예산을 잘 챙겨야 해. 그거 잘 챙겨 놓지 않으면 부태인 부장이 외주인력 운용하는 데 융통성이 없어져."

김호석 상무가 이를 언급하는 것은 보통 관례상 전체 프로젝트에서 컨설팅 사업부의 몫에서 13% 정도는 예비비로 챙겨 다음 비즈니스를 창출하는 목적의 관련 비용으로 써왔고 일부는 비자금으로 챙기는 것이 관례였기 때문이다. 이에 대한 보완으로 영업에서 자신들의 하드웨어 마진의 일부를 떼어서 컨설팅에 지원해주는 것을 충분하게 챙겨야 하는 것이다. 영업에서 많이 받으면 받을수록 PM이 융통성을 발휘할 수 있고 인력운용 등에 숨통이 트이기 때문이다. 수많은 프로젝트를 수행해온 경험에 의해서 호석은 이를 잘 알고 있는 사실이다.

"맞습니다. 상무님. 초기부터 적자를 예상하고 가는 프로젝트 아닙니까? 가장 문제가 되는 것이 외주인력 운용인데 인건비가 비싼 후렉스코리아 내부 컨설턴트를 쓰는 것이 쉽지가 않을 것 같습니다. 가능하다면 외주인력들을 운용할 계획이지만 예산 확보가 가장 관건입니다. 영업에서 받는 것뿐 아니라 미국 본사에 넘겨주는 이윤도 최소화해야 할 것 같습니다."

부태인 부장의 재치 있게 하는 죽어가는 소리는 사전에 김호석 상무가 부태인에게 알려 준 대로 이야기하는 것이었다. 물론 프로젝트에서 인건비로 제안된 것에는 충분한 거품이 포함되어 있어 추후에 발생 가능성 있는 곤란한 일에 활용할 수 있도록 남겨 두는 것이다. 이왕 시작하는 프로젝트이다 보니 영업으로부터 큰 비용을 지원받는 것이 예산을 남겨 다른 용도로 쓰거나 여유를 가지고 프로젝트를 운용할 수 있게 해주는 최선의 방법 중의 하나가 되는 것이다.

영업은 인센티브가 있어 하드웨어를 팔면 많은 돈을 챙기지만, 컨설팅은 문자 그대로 중노동에 가까운 일을 하고도 생기는 것은 아무것도 없기 때문이다. 영업은 진작부터 이번 프로젝트로 받을 인센티브를 계산해 놓았을 것이다. 최대 수혜자는 김치권 부장이지만 다단계처럼 챙겨나갈 것이다. 물론 모든 것이 고객 돈으로 벌이는 잔치이긴 하지만 말이다.

"아, 그것은 내가 미국 본사에 삼마 프로젝트의 구조를 설명하고 승인을 받아볼 테니까. 관리팀에서도 지원해 주세요. 다들 예산이나 인력, 환경 등 어려움을 잘 알고 있는 전략 프로젝트이니까 김범진 이사 쪽에서도 최소 마진만 가져가는 것으로 처리를 해주세요. 다들 어느 정도 희생해서 가야 하지 않겠어요?"

프로젝트 전체 예산 증가분에서 많이 양보한 것을 내비치며 김호석 상무는 이참에 머리 조금 숙이고 들어가 영업으로부터 많은 지원을 컨설팅 사업부로 돌릴 수 있게 작업을 해야겠다고 생각하며 영업을 압박한다.

"김범진 이사, 내부에서 협의해서 우리에게 몇 퍼센트나 넘겨줄 수 있는지 알려주게. 필요하다면 내가 최 상무님께 직접 말씀드려도 될 것 같고."

"잘 알겠습니다. 상무님. 오늘 사무실에 올라가 최 상무님과 협의하겠습니다. 결론을 내서 내일 오후까지 결과를 알려 드리도록 하겠습니다."

대화의 내용이 심각한 돈 이야기가 되다 보니 부태인 부장을 제외하고 가볍게 목만 축이는 것이 아니라 들이켜는 수준으로 바뀌고 있다.

"상무님, 그런데 정확한 삼마 프로젝트 전체 금액은 어느 정도입니까? 영업포함해서요."

관리팀 구 부장이 분위기가 너무 심각해지자 넌지시 화제를 돌린다.

"음, 거의 530억 정도 될 거야. 가감은 있을 수 있겠지만, 그 수준에서 결정될 것 같아."

"와우, 엄청나네요. 축하드립니다. 상무님."

구 부장은 전무후무한 금액에 놀라기도 했겠지만, 무엇인가 떡고물을 기대하는 눈치의 환호성 같다는 느낌이다.

"축하는 무슨. 우리 쪽에 말고 영업에다가 해야지. 자네도 알다시피 컨설팅 사업부에 돌아오는 것은 한 푼도 없다는 거 말이야."

"하긴 그렇습니다. 상무님. 영업에서는 이번에 인센티브에다가 연초 베팅한 금액 등등 엄청 챙기지 않을까요?"

베팅한 금액이란 년 초에 영업 부서들은 30% 정도를 회사에 남겨두고 년 말에 자신에게 배정된 목표의 105%가 넘으면 베팅 금액의 30%를 더해서 가져간다. 그리고 150% 이상을 달성하면 베팅 금액의 250%까지 가져가니 그것을 두고 하는 말일 것이다. 관리 부서 같은 곳에서는 할 수가 없는 것이니 뼈 있는 한마디가 되는 것이다. 호석의 마음속 한구석에는 이러한 떡고물을 챙긴다는 대화가 노골적으로 오갈 정도니 후렉스코리아의 조직 자체가 많은 문제점이 있다는 느낌을 강하게 받는다. 영업이야 당연히 챙기는 것이나 다른 부서에서 떡고물을 기대하는 듯한 이야기를 하는 것이 과거에는 엄두도 내지 못하던 것들이었다. 김호석 상무는 마지막이 될지도 모르는 현업에서의 프로젝트를 성공뿐 아니라 미래를 위한 자금 확보에도 철저하게 활용해야겠다는 판단을 한다.

"이제 오후 리허설을 마치면 구 부장은 관리팀 지원 인력을 우리 쪽으로 통보해주세요. 앞으로 프로젝트와 관련된 모든 일은 부태인 부장이 주도권을 쥐고 움직이는 것으로 하지. 이제 내가 도울 일이 거의 없을 거야. 삼마그룹 경영진의 생각이나 의도도 부태인 부장을 통해서 듣도록 하면 되겠지. 모두들 잘 도와주기 바라네."

술들을 절제하여 취하지는 않았지만, 자리가 늘어진다.

"상무님, 리허설도 있는데 이제 그만 일어나야 할 것 같습니다."

부태인 부장의 말에 다들 자리에서 일어나 밖으로 나간다.

"강 비서, 계산하고 올라가자."

"네, 상무님."

"강 비서, 이야기 잘 들었지? 내가 오늘 이야기한 수준에서 내게 보고가 잘 들어와야 하는 거야."

"무지 복잡할 것 같아요, 상무님. 최선을 다해서 챙겨 보도록 하겠습니다."

사무실에 돌아온 김호석 상무는 부태인 부장과 차를 마시면서 삼마 프로젝트에 대하여 처리해야 할 비밀스러운 이야기를 조용히 나눈다.

"태인아, 너 이 프로젝트 잘 끌고 갈 수 있겠지?"

"걱정하지 마십시오. 프로젝트야 한두 번 해온 것도 아니고 규모만 크고 기간이 길다는 것이지 별문제는 없을 것 같습니다."

강한 자신감을 내보이는 부태인 부장에 대한 김호석 상무의 기대가 프로젝트 성공뿐 아니라 비자금 문제도 무리 없이 잘 처리할 수 있겠는가의 문제인데 먼저 알아채지 못하는 부태인 부장이 답답해 보인다. 김호석이 어느 정도까지는 개입되어 챙겨야 할 것 같은 생각이 들어 복잡한 생각이 밀려온다.

"부태인 부장이 프로젝트는 초반에 마지막까지를 고려해서 움직여야 하고 초반 타이트한 계획이 필요한 거야. 그것이 자금이든 인력 문제이든지 상관없이."

프로젝트를 초반부터 타이트하게 챙기라는 김호석 상무의 말을 듣고서야 머리 회전이 빠른 부태인 부장은 얼른 그 의도를 알아차린다.

"그리고 이 프로젝트를 네가 마무리해야 한다는 생각도 버리고."

마무리라는 이야기에 부태인 부장은 그것이 자금과 관련된 것이라 확신한다. 보통 프로젝트 관리에서 초기에 발생한 문제들이나 진행 중에 고객과 관계가 나빠진 것을 PM 교체 문제를 이용해 양보를 얻어내고 고객을 달래 문제를 적당히 덮어 버리고 후임자가 마무리하게 하는 것이 전형적인 프로젝트의 마무리 전략인 것이다.

"그래도 시간상으로는 반 이상 정도는 진행되어야 매끄러운 정리가 가능하지 않겠습니까?"

이제야 호석이 지금까지 한 말이 무엇인지 분위기를 잡은 부태인 부장의 대응에 미소를 지으며 김호석 상무는 구체적인 이야기를 하기 시작한다.

"협력사들이나 잘 준비해 놓아라. 그게 성공의 지름길이니까."

"네, 이것저것 준비해 놓고 가능하면 비싼 내부인력은 쓰지 않으려고요. 솔루션별로 PM급만 1명씩 쓰려고 합니다. 그렇지 않으면 예산 문제가 심각해질 수 있다는 것이 저의 판단입니다."

프로젝트에서 관행처럼 내려오는 외부 협력업체 사용 문제는 프로젝트에서 이익을 일부 챙기는 것도 있지만, 효율적으로 프로젝트를 수행하고 예산이 부족할 때 필수적으로 쓰는 방법이다. 후렉스코리아 내부에서는 다 인정을 하는 것이지만 때때로 고객들은 어느 정도 인정은 하면서도 인력의 수준이 너무 떨어진다는 점에서 반발하는 문제기도 하다. 제안서에는 고급 인력으로 높은 가격을 제안해 놓고 실제 프로젝트에서는 값싼 인력을 끼워 넣고 일하는 것이다. 실무적인 일에는 후렉스코리아 내부인력보다 훨씬 뛰어난 능력을 보여주기 때문에 관리만 제대로 된다면 비용대비 효과는 훨씬 크다고 할 수 있다. 후렉스코리아의 특성상 현금으로 용역비를 지원하니까 관리도 용이하고 커미션 일부를 챙겨서 비자금을 만들기도 용이하기 때문에 대부분의 프로젝트에서 즐겨 쓰는 방법이기도 하다.

"좋은 생각이야. 문제가 없을 때는 가능하면 나를 찾지 마라. 혹 연락할 일이 있으면 메일을 써. 기본적으로 계약 시 전체 계약금액의 10%는 챙겨 놓고 나머진 부 부장이 알아서 해. 모든 커미션은 계약금 지급할 때 회수가 되어야 깨끗하다. 해봤으니 잘 알 거고."

두뇌 회전이 빠른 부태인 부장의 머릿속에는 김호석 상무의 커미션 10%, 그럼 자신은 3% 커미션을 챙길 수 있다는 예상을 해 본다.

"잘 알고 있습니다. 사전에 같이 추진할 협력업체를 솔루션별로 정리해서 보내 드릴 테니 검토하신 후에 협력업체 대표들과 자리 한번 만들겠습니다. 그때 상무님께서 운을 한번 떼 주시죠. 다 아시는 업체일 겁니다."

김호석에게 운을 띄어 달라는 것은 협력업체 대표들에게 커미션과 프로젝트 진행과 관련해서 후렉스코리아 PM인 부태인 부장에게 힘을 실어주는 것을 말하는 것이다. 삼마그룹과의 관계가 탄탄한 김호석 상무가 직접 나옴으로 인해 무언의 압력을 배가시켜 효과를 극대화하려는 부태인 부장의 의도인 것이다. 그래야 부태인 부장이 부탁하는 모든 업무가 신속하게 처리되고 업무 외적인 협조에서도 자유스러워지기 때문이다. 하긴 이후 협력업체 대표들은 김호석 상무가 만날 일이 거의 없기 때문에 시작 전에 김호석 상무의 후광을 업고 갈 수 있도록 해 달라는 의미이기도 하다. 후렉스코리아의 관행적인 비자금 조달이 공공연하게 진행된다면 협력사와 관계가 깨끗하고 투명한 기업문화의 모범이라고 사람들의 존경받는 기업이미지에 실망감을 줄 수도 있기 때문이다.

"그래, 자리 한번 만들어. 가능하면 빨리. 대표들이 참석할 거 아니냐? 그럼 강남에 은하라는 룸살롱이 있는데 그곳으로 예약하고 진행해라."

"특별한 인연이라도 있습니까?"

"하지시스템 김성조 상무 와이프가 운영하는 술집인데 앞으로 자주 이용해 주라. 요즘 그 유명한 텐프로라고 하니까 VIP들 접대

할 때 그곳에서 하도록 해."

"잘 알겠습니다. 비용은 저희가 처리하는 것으로 하고 영업의 비용 코드를 쓰도록 하겠습니다."

"그래, 영업에서 배정해준 예산은 일단 쓰고 봐야 해."

"제안발표하고 편안할 때 잡도록 하겠습니다."

기분이 약간 들뜬 부태인 부장의 대표적인 특징은 말투가 꼭 군인같이 바뀐다는 것이다.

"감리 문제는 18억 정도 잡아주고 아무것도 요구하지 말아라. 어떤 성향의 인물인지도 모르고 하지시스템 김성조 상무가 소개하는 것이니까 큰 걱정은 안 하는데 또 모르지. 나중에 같이 한번 만나자고. 그래야 뭔가 파악이 되지. 협조를 잘 해줘야 할 텐데. 프로젝트에 걸림돌이 되면 골치 아프니까 말이야. 계약금은 원래 50% 요구했는데 내가 60% 주는 것으로 바꿀 거야."

감리가 자꾸 마음에 걸린다. 김호석 상무는 하지시스템 김성조 상무에게 전화해서 감리 문제로 빨리 만나자고 해야 할 것 같은 생각이 든다. 협력업체, 감리 문제, 영업으로부터 예산지원 문제 등이 해결되는 가닥이 잡히자 김호석 자신은 이제 삼마 계열사의 또 다른 프로젝트를 위해서 신 부회장을 잘 챙기며 부태인 부장만 잘 관리하면 되겠다는 생각에 한결 마음에 여유가 생긴다. 후렉스코리아에서의 성공이란 좋은 인맥을 구축하는 것인데 이렇게 마음에 맞는 부태인 부장을 위시한 충성스런 부하직원들과 프로젝트를 진행하는 것도 복인 것이다.

요즘 직원들은 윗선들은 잘 알아서 모시지 못한다. 과거 호석은 프로젝트에서 간, 쓸개 다 빼주며 충성스럽게 일을 했다. 지금은 서로가 기본적인 신뢰조차도 없는 것은 말할 것도 없고 얼마나 머리들이 좋은지 소리소문없이 흔적도 남기지 않고 챙겨가는 것이 기본이 되었다. 실제 프로젝트를 수행하는 PM이 아니면 부스러기도 찾아보기도 어렵고 부태인 부장처럼 직속후배가 아니면 말조차 꺼내기 어려운 시대가 출현한 것이다. 그나마 이번 삼마그룹 프로젝트는 김호석 상무가 완전하게 혼자 만들어 온 것이니 주인행세를 하면서 진행할 수 있는 것이다. 이렇게 만들어진 일종의 비자금이 또 다른 프로젝트를 만들게 되고 직원들을 효율적으로 끌고 가는 데 쓰이기도 하지만 그리 마음에 내키는 일은 아니다.

그러나 김호석 상무도 한국 문화에서 살아 남기 위해서는 어쩔 수 없이 다른 사람들과 마찬가지로 동참해야 한다는 명분을 마음속에 가지고 있다. 실제로 후렉스 미국 본사에서는 단 한 푼의 융통성도 허용하지 않는 상황이고 국내 현실을 모르는 미국 본사의 정책은 한국 내에서도 당연하게 예외 없이 적용을 받아야 한다. 로비나 커미션 제공 등 불법적인 방법으로 영업 오더를 발생시키는 것은 절대 있을 수 없고, 있는 일이 되어서도 안 되고, 생각도 말아야 하는 것이다.

그러나 한국 내 현실은 그렇지가 못하다는 것에 많은 문제가 발생하고 있다는 것이다. 경쟁사와의 전투에서 승리하려면 총알이 있어야 하는데 그것이 없으면 한국에서의 비즈니스는 문을 닫아야 하는 상황이니 경영진에서는 알고도 눈을 감아주고 있다. PM 이 편법으로 협력업체를 만들어 비자금을 만드는 것도 인정하는 것이다. 김호석 상무도 언젠가는 이러한 관행이 없어질 것이라고 생각하지만, 사회 분위기가 바뀌지 않는 한 기업 차원에서는 쉽게 버릴 수가 없는 관행인 것이다.

삼마그룹 신 부회장에게는 무엇으로 고마움을 표시해야 하나 고민을 해 본다. 유리 같은 여자애나 하나 소개해 줄까 하는 쓸데없는 생각도 해본다. 미국에서도 백인 여자애들한테 인기가 좋았던 사람이고 눈이 높아 여간한 여자는 눈에 안 찰 것이란 것을 잘 아는 호석은 신 부회장이 4살이나 위고 재벌가 자녀지만 형제처럼 막역하게 지냈던 사이다. 호석이 많은 도움을 받고 살았지만 그만큼 헌신적으로 신 부회장을 도와주기도 하였다. 가끔 채홍사 역할을 하기도 했고 논문 대필, 심지어 운전까지 하면서 헌신했다.

그래도 김호석의 머리에 남아 있는 최악의 기억은 생각하기도 싫지만, 호석의 여자친구와 관련된 좋지 않은 기억이다. 마음 한구석에 늘 가지고 있지만, 지금은 연락도 되지 않아 잊으려고 애쓰고 있고, 과거는 그저 과거라 생각하고 신 부회장과의 인간관계에 감안하지 않고 지내고 있다.

"부 부장, 리허설은 자신 있게 하고 최종발표회에 신 부회장이 직접 참석한다고 하니까 어려운 말을 많이 써야 할 필요가 있어. 거기에 심한 콤플렉스 있으니까. 본인이 잘 모르는 것은 절대 질문 안 하고 넘어가는 스타일이야."

"신 부회장이 10년 선배가 되겠구먼. 자네가 내 6년 후배니까 말이야."

"그렇습니까? 상무님."

"그리고 리허설은 양 대표님도 참석하신다더라. 떨지 마라. 그 분야에서는 베테랑이시잖아."

"네, 상무님. 잘 알겠습니다. 먼저 리허설 준비하러 가겠습니다."

"그래, 수고해. 나도 곧 갈게."

부태인 부장은 시간이 없다는 듯이 바쁘게 사무실 문을 열고 나간다. 강 비서가 와인 파티 초대장을 가지고 들어왔다.

"상무님, 와인 파티 초대장이 엄청 고급스러워요. 신 회장님 친필 사인도 있고요, 하하. 뭐, 경제계 인사들이 주로 모이는 친목 모임인가 봐요. 이제 상무님도 우리나라 경제계의 주요인사로 등극하시는 것 아닌가요?"

"하하하, 강 비서가 안 하던 농담도 다 하고 오늘 기분 좋은 일이 있으신가?"

"경제계에서는 엄청 유명한 모임이라고 하던데요. 이제 상무님 얼굴 뵙기 어려운 거 아닌가요, 호호."

34살이지만 결혼을 안 해서 그런지 20대 후반 정도로밖에 보이지 않는 피부와 몸매를 가지고 있음을 알 수 있다. 와이프에게서 수많은 오해를 받으면서도 잘 붙어있는 모습이 기특하다. 이번에는 무엇인가 확실하게 챙겨주어야겠다는 생각이 많이 든다. 급여도 올려주고 호석이 할 수 있는 모든 것을 해주고 싶다. 후렉스코리아에서는 자기 프로젝트가 없으면 식사도 편안하게 회사비용으로 할 수 없는 구조를 가지고 있다. 여비서들은 보스가 챙겨주지 않으면 무척 쪼들려 살아야 하는 곳이기도 하다. 좋은 대학을 나와서 호석의 비서로 군소리 없이 근무하고 있으니 강 비서도 답답할 때가 있을 거라 생각이 든다. 동생들 다 키워 결혼을 시키고 했으면 자신의 인생을 찾아가야 하는데 아직은 결혼할 생각조차 안 하고 있으니 후렉스코리아에 다녀서 눈이 너무 높아졌나 걱정이 되기도 한다.

"하하, 신 부회장이 이름 집어넣은 것이지 뭐. 동문들 몇 명 불렀을 거야. 미국에서 달고 다니던 애들이 있었거든. 여자도 한 명 있었고."

신 부회장의 여자라는 말에 또다시 아련한 추억이 떠오른다. 유학 시절에 호석의 여자라고 소문이 났던 사람인데 신 부회장과 호석의 사이에 감춰진 가슴 아픈 이야기의 주인공이기도 하다. 김연희라는 친구인데 실은 호석과 결혼도 생각했던 가족과도 같은 여자였고 호석이 미국에서 대학을 다닐 때 생긴 비극이었다. 서로의 잘못도 아닌 절묘한 주변 상황과 오해로 말미암아 헤어지게 되었는데 호석은 아직도 잊지 못한, 아니 한번 도 잊지 못했던 사람이다.

홧김이기도 했지만 호석의 어머니가 돌아가시기 전에 결혼하라는 강력한 권유가 있었기도 했고, 물론 연희와 결혼을 할 수도 있었지만, 당시 신 부회장과 얽힌 소문에 괴로워하다가 헤어지기로 마음먹고 정리도 못한 채 대학원 입학 전에 결혼을 해버린 것이다. 물론 결혼하고 후렉스가 있는 실리콘벨리에서 직장생할 초기까지도 호석이 동부 출장을 가게 되면 몇 번 만나 같이 지내기도 했다. 그러나 호석의 마음에 오해의 잔재가 남아 있었기 때문에 더 발전된 관계를 이어가지 못했던 것이다. 오해의 중심에 신 부회장이 있었기 때문에 쉽게 지워버리기가 어려웠을 수도 있었다. 그 이후 김호석이 지금까지 들은 소문은 애를 하나 낳아서 혼자 키우고 있었다는 것이었고 사회적으로도 성공한 여성이 되었다는 것이 전부였다.

"휴일인데 좋은 시간 되세요. 정장이라고 쓰여 있어요."

잠시 연희 생각에 넋을 놓고 있었는데 강 비서가 복장을 이야기하며 호석을 깨운다. 우리나라 사람들은 정장이 무슨 평상복인지 안다. 한편으로는 정관계 인사들과 경제계 고위인사들이 만나는 자리이니 이해도 간다. 신 부회장이 파티 끝나면 잡고 다른 곳으로 끌고 갈 것 같은데 몸이 배겨날까 걱정된다. 푹 좀 쉬어야 하는데 오늘 저녁 양 대표하고 약속도 이상하게 부담 간다.

"건강 잘 챙기세요. 사모님도 안 계시는데. 아침도 못 챙겨 드시잖아요."

강 비서의 와이프 이야기에 김호석 상무는 아침에 온 메일이 생각이 난다. 이혼해 달라는 아내의 성화에 시간을 두고 결정을 해야 할 것 같은 생각이 든다. 이혼하든지 말든지 말이다. 그렇다고 호석은 자신이 미국으로 건너갈 수도 없는 상황이기 때문에 아내의 요구는 들어줄 수 없다고 판단한다.

"강 비서가 잘 챙기면 되지. 하하하, 농담이야."

"도처에 상무님을 챙겨주는 사람이 많잖아요."

마치 와이프처럼 강 비서는 뭘 알고 있는 듯이 넘겨짚는다.

"하하, 그래. 술을 챙겨주는 사람들이 어찌나 많은지."

강 비서의 질투 어린 시선에 말을 얼버무려 버리고 화제를 돌린다.

"나 저녁 약속은 강 비서가 좀 데려다주지. 내일도 윤 기사 써야 하니까. 윤 기사 그냥 퇴근하라고 하고 내일은 약속 맞춰서 집으로 오라고 해줘. 괜찮지? 가면서 이런저런 이야기도 좀 하면서."

"어머, 제 차로요? 차가 작아서 엄청 불편하실 텐데요."

"괜찮아. 집이 강남이니까. 나 르네상스에 내려주고 가라. 강 비서 집이 아직 그 오피스텔에 있지?"

강 비서가 살고 있는 오피스텔은 외국인 전용으로 지어진 고급 주거지로 소문이 나 있다. 혼자 살기에는 조금 큰 사이즈지만 살기 편하다고 소문이 난 오피스텔이고 술집 나가는 아가씨들이 많이 산다고들 한다. 건물 안에서 모든 게 해결될 수 있는 곳이니 편하니까 그럴 것이다.

"기억하고 계시네요. 벌써 2년이나 되었는데."

"엄청 오래 살고 있군. 교통도 복잡하고 시끄러울 것 같은데."

놀기는 좋은 곳이고 생활도 편안하지만, 이곳 여의도까지 출근하기가 교통체증으로 부담이 많이 가는 곳으로 거주지로써는 적당하지 않기 때문이다. 남자와 같이 살지도 모른다는 생각이 들기도 했지만, 생활이 난잡한 스타일의 여자가 아니라는 것을 누구보다도 잘 알기에 다른 사정이 있는 정도로 이해하고 있다.

"윤 기사에게 전달하고 일찍 들어가라고 해."

"네, 알겠습니다. 상무님 6시에는 나가야 할 것 같은데요. 7시 30분 약속이니까요."

"차는 지하에 있나? 몇 층이지?"

"네, 지하 4층에 있어요."

"같이 가면 되겠네, 괜찮지? "

강 비서가 나가고 김호석 상무는 영상 암호화키를 노트북에 삽입하자 암호가 풀리면서 화면 보호기가 사라진다. 메일을 확인하니 최종견적서가 올라와 있다. 예상대로 530억 원의 최종 견적서다. 삼마그룹은 식료품과 기타 소비재를 팔아 사세를 확장하다가 최근 몇 년간 비약적으로 성장한 회사로 매출 기준 재계 3위의 거대 그룹사다. 530억 원이라는 돈이 일반 기업에는 큰돈이지만, 삼마 같은 그룹사에게는 그다지 큰 규모는 아닐 것이라는 생각을 해본다. 그런 의미에서 삼마그룹 신 회장님은 존경스러운 분이다. 바닥부터 시작하여 이런 거대한 기업군을 이루었으니 존경받아 당연한 인물이란 생각이 든다.

그 밑에는 유리로부터 들어온 메일이 들어와 있다.

상무님, 뭐 하세요? 편안하게 쉬고 싶으실 때 보안키가 "*4984*"이에요. 아무 때나 관계없어요. 수고하세요.

무지무지 부담을 느낀다. 젊은 여자애가 저돌적으로 대쉬하는 것을 보며 김호석은 무엇인가 정리가 빨리 되어야 할 것 같은 생각이 든다. 그래도 일단 알려준 비번을 핸드폰에 저장을 시켜 놓은 자신에게 욕망의 끈이 숨어 있다는 것에 피식 웃는다.

"상무님 리허설 시간 다 되었습니다."

강 비서의 목소리에 정신을 차린다. 김호석 상무는 사무실을 나와 다이아몬드 홀에서 열리는 리허설에 참석하기 위하여 엘리베이터를 탈까 비상계단으로 내려갈까 고민하다 비상계단을 선택한다. 걸어가며 둘러보는 사무실이 텅텅 비어 있는 것이 활발하게 프로젝트가 진행되고 있음을 알 수 있었다. 컨설턴트는 항상 프로젝트를 발주한 고객사에 거의 상주하여 업무를 보기 때문에 그렇다. 호석도 한국에 처음 들어와 프로젝트를 할 때 사무실에서 내근보다는 고객사의 사무실에서 살다시피 하였다. 자기가 맡은 분야에서 고객사를 위하여 최선을 다하여 서비스해서 좋은 평가를 받아야 살아남을 수 있는 조직문화이기 때문이다.

후렉스코리아는 영업이 장비를 팔기 위하여 기술지원이 필요할 때 내부 컨설팅그룹의 지원을 받아야 하는데 같은 회사 직원이지만 정당한 비용을 지불해야 한다. 영업과 컨설팅지원자가 협력하여 오더를 수주하면 컨설턴트의 명성도 올라가고 해당 프로젝트를 포함하여 후속 프로젝트의 모든 권리도 지원한 컨설턴트의 몫이 되는 것이다. 그렇게 자신의 노력으로 프로젝트를 수주하고 나서야 프로젝트 오너로서 일다운 일을 시작하게 되는 것이다. 김호석 상무는 컨설턴트 시절에 자신이 맡은 고객사 임원의 이삿짐을 날라 주기도 하고 휴일 체육대회에 참여하는 등 쉬는 날도 없이 일한 기억이 스쳐 간다. 그러다가도 개인 평가가 있기 한 달 전부터는 회사에 빠짐없이 출근하여 자기를 관리하는 매니저에게 얼굴도장을 찍기 위한 노력도 해야 했다. 그때는 내부에서 하는 모든 모임에 빠짐없이 참여했다.

평가라는 것이 객관적으로 한다고 하지만 친분, 학맥 등 주관적인 평가가 섞이지 않을 수가 없다. 호석이 진행한 평가를 되돌아봐도 인맥, 학맥, 지연 등 어떠한 끈이라도 연결되면 그것이 평가에 많은 영향을 미치게 되었었음을 알 수 있다. 평가 한번 잘 받으면 2~3년간은 휘파람 불면서 여유롭게 생활할 수 있기 때문에 그 무엇보다도 중요한 일인 것이다. 평가 구조상 갑자기 전년도보다 2단계 이상 높이거나 2단계 이하를 주는 평가를 할 수가 없는 것이 내부 검증 시스템에 정해져 있기 때문이다. 예외는 있겠지만, 사람이 어느 날 갑자기 슈퍼맨 같은 능력을 발휘할 가능성이 그다지 크지 않기 때문인 것이다. 그런 결과가 나오면 인위적 판단이 너무 과도하게 개입되었다고 판단을 하기 때문이다. 그래서 재평가 권고가 떨어지게 되면 지루하게 일대일 면담을 또다시 해서 평가를 해야 하기 때문에 아주 귀찮은 일이 되니까 대부분이 신중하게 하는 편이다. 그리고 평가 결과와 그 결과에 따르는 연봉 조정 결과는 자신 이외에 외부에 공개되지 않는다. 때문에 어떻게 보면 객관성이 담보되는 인사시스템이 아니라 노골적으로 주관적으로 평가하여 처리하라고 권장하는 인사시스템이라는 생각도 든다.

다이아몬드 홀 앞에는 프로젝트 멤버들이 바쁘게 움직이고 있다. 이제 프로젝트가 수주되면 모두들 연말 평가를 긍정적으로 기대하고 있을 것이다. 후렉스코리아 최대 프로젝트에 걸맞은 평가, 인센티브, 스톡옵션, 올해의 직원 상 등 얼마나 기대가 되겠는가? 얼마 남지 않은 기간에 김호석 상무도 평가를 준비해야겠다고 생각하며 리허설 장으로 들어간다.

양 대표는 이미 자리를 잡고 앉아서 차를 마시고 있다. 소문난 프로젝트라 관심들이 엄청 높은 모양이다. 부담스럽게 빌딩에 잔류하고 있는 대부분 직원들이 구경을 하러 온 것 같이 사람들로 가득 차 있다. 감시의 눈길이 그만큼 많아지는 것이라 생각이 든다.

"사장님, 좀 늦었습니다."

양 대표에게 깍듯이 인사를 하고 옆에 앉아 영업의 최욱철 상무와 관리팀의 구 부장과 눈인사를 나눈다.

"김 상무, 고생이 많습니다. 너무 잘하고 있으니까 지원해 줄 것도 없고 말이야. 미국 본사에서도 관심이 많더군. 국내시장의 추가 오더에 대한 기대치가 높아요. IBM과의 매출경쟁도 그렇고…"

양 대표가 호석의 노고를 한껏 치하한다. 이미 보고를 통해서 프로젝트가 후렉스코리아로 넘어왔다는 사실을 알고 있을 터이기 때문이다.

"모든 게 사장님께서 지원해주고 도와주신 덕분에 만들 어진 것입니다. 그렇지 않았으면 절대로 여기까지 오지 못했을 것입니다."

김호석은 오히려 겸손하게 공을 양 대표에게 돌린다. 현직 대통

령과의 친분과 경제계에 강한 인맥을 가지고 있는 양 대표와 칼날을 세울 이유가 하나도 없는 것이다. 대통령 경제 정책 자문위원이고 외국계 투자회사 경제인 연합회 회장인 양 대표는 나이만 젊었다면 큰일을 할 수도 있는 사람이다. 인맥이나 다른 것을 감안하지 않는다는 미국 본사에서도 말이 그렇지 양 대표를 모를 리가 없는 것이다. 그러한 관점에서 보면 양 대표가 앉아 있는 것의 70% 정도는 정책적인 배려라는 것이 모두의 생각이기도 하다. 후렉스코리아 내의 인맥은 아니더라도 주변에 막강한 인맥과 영향력을 가지고 있으니까 그런 평가가 있을 수 있다. 후렉스코리아나 한국 경제계에서 크려고 한다면 아군으로 알아두는 것이 좋을 것 같다고 평소에 생각하고 있던 김호석이다. 가끔 초대를 받거나 인사를 드리러 놀러 가 양 대표의 와이프와 친하게 자식 같은 친분을 유지하고 있기도 하다.

"하하, 김 상무도 외국에서 공부한 사람답지 않게 정치적인 때가 자꾸 묻어가는 것 같아. 그런 말도 할 줄 알고."

양 사장은 삼태그룹이 후렉스코리아의 지분을 49%를 가지고 있던 IMF 전에 사장으로 들어와 호석과는 6년 가까이 한솥밥을 먹고 있는 사이다. 성격이 호탕하고 술을 좋아하며 특히 처가 쪽 인맥이 정치계 인맥이라 어떻게 보면 정관계 양쪽에 큰 영향력이 있다고 봐야 할 것이다. 그러나 나이 탓인지 최근 들어 건강이 좋지 않아 임원들과 같이 골프 나가면 카트가 없이는 전 홀을 돌기가 쉽지 않은 정도로 힘들어 보였다. 일전에 집에 초대를 받아 식사할 기회가 있었는데 양 대표의 와이프가 꼭 아들 대하듯이 대접을 해주었고 따뜻한 이야기를 많이 해주었다. 건강관리를 잘해서 그런지 와이프는 나이에 비해 젊고 건강해 보였다.

"사모님도 잘 계시지요? 일전 식사 초대에서 만들어주신 두부 전골은 진짜 눈물 나게 맛있었습니다. 감사했다고 전해 주십시오. 하하."

"그래? 와이프가 좋아하겠군. 그거 맛있다고 하는 사람은 김 상무밖에 없으니까. 와이프가 중매라도 서야 하는 것 아니냐고 이야기하던데. 하하. 와이프는 김 상무 팬이야. 내가 가족이 다들 미국으로 유학 갔다고 했거든."

"사모님께 감사드린다고 전해 주십시오. 건강은 좋으시죠?"

양 대표의 충복인 구 부장이 사장과 김 상무의 대화에 여우 새끼처럼 귀를 쫑긋 세운 모습이 안쓰러워 보인다.

"사장님 시간이 많이 흘렀는데 시작할까요?"

부태인 부장이 구 부장에게 신호를 보내자 양 대표에게 물어본다. 준비가 다 끝난 모양이다. 대형 화면에 프레젠테이션의 표제화면이 커다랗게 자리 잡고 부태인 부장은 발표를 위하여 자리를 잡고 있다. 김호석 상무는 손짓으로 발표를 시작하라고 지시한다.

"지금부터 삼마그룹 신전략 정보시스템 구축 프로젝트를 위한 최종 제안발표회 리허설을 시작하겠습니다."

부태인 부장은 향후 3년간 수행할 삼마그룹의 핵심 역량을 정보기술과 결합하여 구현해 나가는 삼마그룹 신전략정보시스템을 기간별로 조리 있게 설명해 내려갔다. 거대 정보기술 선도업체가 아니면 제시조차 못 할 솔루션들이었다. 유기적으로 솔루션이 결합한 프레젠테이션 자료는 단순하고 깔끔한 색상 처리를 통하여 스마트하고 편안한 이미지를 보여 주었다. 하위시스템을 후렉스코리아의 핵심인력과 해당 솔루션의 전문가 그룹이 설계하고, 이들 각 하위시스템을 연결해 가는 조직인 프로젝트 리더그룹과 개발방안에 대한 소개가 이어지고, 개발단계가 끝나면 하드웨어의 성능을 고려한 업무시스템의 도입 방안이 소개된다. 전체적인 단계별 방법론의 소개 등이 자신감과 부드러운 목소리로 발표되었다.

삼마그룹의 경영진들이 수십 년간 데이터를 분석한 자료를 단 한 장의 리포트로 볼 수 있게 해주는 빅데이터 시스템^{Bigdata System}, 국내 제조업체에서는 최초로 시도하는 수요예측 시스템 등 국내외 정보시스템의 결정판이라고 할 수 있는 최신의 업무시스템 도입에 대하여 설명을 하고 있다.

"다음은 이번 삼마그룹 신전략정보 시스템 프로젝트의 개발과 관련한 조직구조에 대하여 말씀드리겠습니다."

간결하고 깔끔한 발표는 모든 사람이 숨을 죽이고 몰입하게 만들고 있다.

"본 프로젝트는 규모상 유래를 찾아볼 수 없으며 그것에 걸맞은 조직구조를 가져가고 있습니다. 먼저 프로젝트 조정위원회는 후렉스코리아의 김호석 상무, 국내 영업부의 최욱철 상무, 삼마그룹의 신승조 상무, 삼마그룹 자회사 삼마DS 컨설팅 사업부 함문영 상무 등 총 4명으로 구성되어 프로젝트 진행 시 생기는 문제점을 조정하게 되며 프로젝트 총괄 매니저는 저 부태인이 맡을 것이며… 전체 프로젝트 인력은 저희쪽에서만 약 380명 정도가 투입될 예정이며 전체 인력은 약 600명 정도 될 것으로 예정되어 있습니다. 또한, 프로젝트 수행 장소는 삼마그룹에서 제공한 그룹 본사 1층 전체를 사용할 예정입니다."

부태인 부장의 간결하고 정확한 데이터에 근거한 발표자료는 누가 봐도 수긍할 수 있는 내용이었다.

"전무후무한 프로젝트 규모로 인하여 조정과 관리를 위한 조직이 방대하고 이해관계가 얽혀 있다 보니 의외로 많은 인력이 투입되는 대형 프로젝트인 것입니다. 후렉스코리아 컨설팅 사업부의 프로젝트 매니저급의 25% 정도가 투입되는 대형 프로젝트가 될 것입니다. 또한, 프로젝트의 진행 방향과 산출물을 감시하기 위한 프로젝트 감리제도가 최초로 도입되며 후렉스코리아와는 완전하게 독립적인 권한과 책임을 가지고 가동될 것입니다. 이상으로 후렉스코리아의 삼마그룹 신전략정보시스템 도입 프로젝트 최종 제안발표를 마치겠습니다. 감사합니다."

이곳저곳에서 박수 소리와 환호성이 터지고 양 대표도 흐뭇한 모양이다.

"김 상무, 감리 문제로 조금 위험하지 않을까요?"

처음 진행되는 프로젝트 감리라는 말이 어색하고 무엇인가 발목을 잡을 수도 있겠다고 우려들을 하는 것 같다.

"네, 사장님. 삼마그룹에서 하지시스템에 줄 예정입니다. 제가 하지시스템 담당자 만나서 이야기 끝냈습니다. 서로 협조해서 상생하는 것으로 했습니다."

"수고했군. 저녁에 보고 이야기하지."

"네, 알겠습니다."

대형 프로젝트에 대한 기대와 발표자료에 만족스러운 표정의 양 대표는 별다른 이야기 없이 리허설 장을 떠난다. 부태인 부장과 프로젝트 멤버들은 장비 등을 걷어 철수준비를 하고 있다.

"부태인 부장 고생 많았어. 발표내용 맘에 들고 최종제안 금액 받았어. 그 정도면 컨설팅그룹 입장에서 그다지 나쁜 프로젝트는 아닐 것 같은데 어떤가?"

"네, 그 예산에서 더 이상 빠지지 않는다면 무리는 없을 것 같습니다."

"계속해서 죽는소리 좀 해야 영업에서 지원을 제대로 받을 수 있으니까 내색하지 마라. 국내 영업이 다른 곳에서 벌어들인 비용 남아 있는 코드가 있을 거야. 잘 알고 있겠지만 그런 거 잘 챙겨야 부태인 부장이 다른 쪽에 인력을 쓸 수 있는 여유가 많이 생길 거야. 프로젝트라는 것이 어디서 펑크가 날지 모르니까."

"잘 알고 있습니다. 명심하고 대응하겠습니다."

"사장님하고 저녁에 약속이 있어 6시쯤 나갈 거야. 직원들하고 저녁이나 하면서 위로해 주지. 나하고는 다음 주 최종 발표 끝나고 수요일에 하기로 했지. 그리고 월요일 오전에 프로젝트 관련 멤버들 다 모아 줘. 간담에 겸해서 그동안 수고한 것 위로라도 해야지.

그리고 평가가 얼마 안 남았잖아."

김호석 상무는 대형 업무 수주에 고생을 많이 한 멤버들에게 곧 있을 평가와 인센티브에 대하여 기대치를 높여줄 생각이다. 달리는 말에게 채찍질을 더 하듯이 거의 6개월을 고생한 사람들에게 당근이 없다면 누가 열심히 일하겠는가 하는 게 호석의 지론이다.

"네, 잘 알겠습니다. 몇 시쯤 할까요? 상무님."

"응, 오전에 일찍 하지. 발표가 오후에 있으니까. 강 비서에게 시간 확인해서 잡아봐. 월요일이니까 임원 조찬 모임 끝나면 9시 전에 사무실에 들어 올 거야."

"네, 시간 확인하고 정하겠습니다."

"오늘 수고했다. 보기 좋았고 후배라는 것이 정말 자랑스럽고 고맙다. 하하하."

김호석 상무는 미래 영업을 위한 일종의 커미션을 챙기는 것이 관례라고 해도 부태인 부장의 도움 없이는 완성할 수가 없는 것이다.

"우리 컨설팅 사업부 몫이 얼마 정도 될까?"

호석은 알면서도 부태인 부장에게 다시 한 번 확인한다.

"네, 약 320억 원 정도 됩니다. 영업에서 주는 하드웨어 관련 리펀드 비용을 제외하고 말씀드리는 것입니다."

"가능하면 솔루션 관련 회사를 신속하게 한두 개 만들어 직접 끌고 들어가는 것도 검토해봐. 그게 편하지 않겠어?"

"상무님도 저와 똑같은 생각을 하셨군요."

"그렇지. 그게 비용이나 인력관리에 유리할 거야."

"저도 그런 생각을 하고 있었습니다. 기존 회사들이 많이 쓰러지고 있어서 그것을 인수할까 아니면 신규로 만들까 고민하고 있습니다. 개발 분야에 후배들 많이 있으니까 제가 알아서 움직이겠습니다."

부태인 부장도 이제 한국에서 완벽하게 적응해가는 모습이 눈에 띌 정도로 모든 일에 적극적이다. 문화에 대한 적응 역시 똑똑한 놈이 모든 면에서 뛰어나다는 확신을 하게 한다. 미국에서 데려와 키워놓길 잘했다는 생각이 들며 뿌듯해진다.

"그래, 그것은 자네가 알아서 해."

자네? 김호석 상무가 자네라는 표현을 쓸 때는 두 가지 중의 하나다. 상대방을 완전히 무시할 필요가 있다든가 아니면 완전한 신뢰를 부여하는 관계라고 판단하든가. 상사한테 인정을 완전하게 받았다는 기쁨은 직장인에게 있어서 가장 중요한 것이라 할 수 있을 것이다.

"네, 잘 알겠습니다. 선배님, 열심히 하겠습니다."

자네라는 신뢰가 내포된 호칭에 놀란 토끼 같은 표정의 부태인 부장이 오늘따라 귀엽게 보인다. 행동과 말이 오버하는 것을 보니 분명 기분이 업 되었다는 것을 알 수 있는 김호석 상무는 속으로 묘한 웃음을 짓는다.

"나 먼저 나가네. 강 비서, 나가자."

"네, 상무님. 비서실 영주가 그러는데 사장님은 이미 나가셨데요."

"이렇게 빨리? 다른 선약이 있으신 모양이군. 빨리 가자. 강 비서

운전 잘 못 하니까 감안해야지."

가벼운 농담으로 하루를 마무리하면서 양 대표와의 약속을 위해 지하 주차장으로 가는 엘리베이터에 올라탄다. 임원 전용 엘리베이터에 올라타기가 껄끄러운지 강 비서는 출입구 쪽으로 가서 일반엘리베이터를 이용하겠다고 한다. 혼자 내려가는 엘리베이터가 9층에 멈춰 서자 영업부 최욱철 상무가 올라탄다. 김호석 상무는 가볍게 머리를 숙여 인사를 한다.

"상무님, 안녕하십니까? 아까는 인사를 못 드렸습니다. 오랜만에 뵙겠습니다."

"어, 바쁘게 사는 거 뻔히 아는데. 이렇게 가까이에서 이야기하는 것은 오랜만이야. 요즘 고생이 많지?"

"네, 영업부에서 잘 도와주어서 열심히 하고 있습니다."

"아까 리허설 장에서 봤지만, 김범진 이사 통해서 정기적으로 보고받는데 계약 내용도 아주 좋았다고 하더군. 내가 도와줄 일 없나? 언제든 이야기하게."

"네, 알겠습니다. 상무님."

"고향에는 가끔 내려가나? 부모님은 돌아가셨고 그곳에 누가 계시지?"

"네, 작은 어머님이 계십니다. 명절 때나 내려갑니다. 선배님은 자주 내려가십니까?"

김호석 상무의 동향 출신이고 고등학교 12년 선배라 학교 다닐 때는 잘 보지 못했지만, 소문으로만 많은 이야기를 들었던 분이다.

"나야 부모님 모두 돌아가셨으니까. 형제들도 서울에 있고 내려 갈 일이 별로 없어."

대화가 이어지는 중에 엘리베이터가 1층에 멈춰 서자 김호석 상 무는 최 상무를 따라 내려 이야기를 이어간다.

"가끔 동문회에 나가서 선배님 말씀 많이 들었습니다."

"그나마 동문회가 고향에서 열릴 때는 그 핑계로 고향이라도 한 번 가봤는데, 요즘은 서울에서 다 열리니 고향 내려갈 기회가 더 줄었어."

"제가 언제 고향에서 재경동문회하고 한번 합쳐서 열자고 이야 기 하겠습니다."

"그래, 나도 이제 은퇴할 때 다 되었으니 동문회라도 자주 나가 봐야 할 것 같아. 하하하."

"선배님, 아직 한참 때인데 무슨 말씀을 하십니까? 그 능력을 다 쓰실 때까지 여기 계셔야지요. 하하하."

"자네 같은 유능한 후배들에게 길을 비켜 줘야지. 길을 막고 있 으면 되나? 자네도 조찬 모임에 자주 나오게."

최 상무가 김호석의 참석 여부를 매번 챙겨본 모양이다. 하긴 후 렉스코리아에서 동향 후배가 무섭게 성장하고 있고 워낙 유명 인 사가 되었으니 관심이 많았을 것이다. 더군다나 최 상무는 후렉스 코리아에 뚜렷한 인맥인 형성되지 않았으니 한 사람이라도 더 챙기 려 했을 것이다.

"네, 선배님 그렇게 하겠습니다."

"약속이 있는 모양인데 가보시게. 다음에 조용할 때 식사나 한번 하세, 운동도 좋고."

"네, 알겠습니다. 전 오늘 직원 차로 이동하기 때문에 지하로 내려가야 합니다. 들어가시죠."

"그런가. 그럼 나 먼저 가겠네. 조금씩 마셔, 하하."

어디 술 약속이 있어 직원하고 같이 나가는 것으로 생각하고 있는 모양이다.

"조심해 들어가십시오. 좋은 주말 되십시오, 선배님."

후렉스코리아에서는 단 한 명의 인맥이라도 자기편으로 만드는 것이 매우 중요하다. 그런 차원에서 동향 선후배로서 서로의 기대치는 다른 누구보다도 일치할 것이기 때문에 서로에게 많은 도움이 될 것이다.

"그래, 자네도 좋은 주말 되길 바라네."

여비서의 권력

김호석 상무는 걸어서 지하 4층으로 내려가 시동을 켜놓고 있는 강 비서의 차에 올라탄다. 빨간색 BMW320은 언제 봐도 귀엽다. 옆 좌석에 올라타니 강 비서는 불편하니까 뒷좌석에 타라고 한다. 김호석은 말없이 옆 좌석의 안전벨트 버클을 채운다. 귀에 익숙한 경쾌한 엔진 소리를 들으며 지하 주차장을 빠져나오자 퇴근 시간에 걸려서 조금 복잡하다. 복잡한 윤중로를 거쳐 올림픽대로로 진입한다.

"길은 잘 알고 있네."

"호호. 길이야 상무님이 잘 모르시죠. 주로 기사가 운전하니까요. 이 길은 제가 밥 먹듯이 다니는 길이에요."

"아니야, 나도 잘 알아. 가끔 내가 운전해 다니잖아."

강 비서는 능숙한 솜씨로 자동차를 끌고 퇴근길의 복잡한 도로를 이리저리 파고들어 빠져나간다.

"강 비서 나하고 일한 지 몇 년 되었지?"

"상무님하고는 벌써 6년이나 되었는데요. 상무님 일본에서 들어와 Senior Manager이셨을 때 처음 만나 일했죠. 그건 갑자기 왜요?"

"아니 너무 오래되었다는 생각이 들어서 말이야. 조금 지겹다는 생각도 들도, 하하하."

김호석과 강 비서는 오랫동안 같이 근무한 사이였고 허물없는 사이라 어떠한 농담도 주고받는다.

"진담이세요? 시집도 안 가고 충성을 다하고 있는데 지겹다구요? 운전을 못 하겠어요. 살 떨려서, 호호호."

이런 정도의 농담은 아무것도 거리낌 없이 받아넘길 줄 아는 제갈공명 같은 지략과 처신을 잘할 줄 아는 무서운 여자다. 언중유골이라고 시집도 안 가고 충성을 다했다는 이야기에 가슴이 덜컥 내려앉는다.

"아까 이야기하실 것이 있으시다면서요. 이야기해보세요. 빨리 시집가라는 이야기 빼고는 다 용서할 수 있어요. 호호호."

"강 비서. 내가 할 이야기를 너무 가볍게 생각하는 거 아니야? 난 심각한 이야기를 하려 하는데 말이야."

"호호, 상무님. 언제나 분위기는 그렇게 잡으시고 실체는 다 농담 비슷한 이야기만 하셨잖아요. 빨리 이야기하세요."

하긴 강 비서의 이야기도 틀린 것이 아니다. 워낙 장난기가 심한 김호석 상무는 사무실 여직원들을 골탕 먹이는 것으로 유명하다. 김호석 상무의 별명이 여직원들 사이에서는 베이비로 통한다. 하도 골탕을 많이 먹이고 장난을 치니 어렸을 때 고무줄 끊어 도망가는 어린애에 비유하여 만들어 준 별명이다.

"다른 게 아니라 애들 엄마 때문에 그러는데 나보고 미국 안 들어 올 거면 이혼하자고 메일이 왔더라. 어떻게 해야 하나 생각이 안 떠올라서 말이야. 강 비서에게 자문하는 거야."

부하직원에게 이런 이야기를 하는 것이 내키지는 않는다. 그러나 나이도 있고 지난 6년간 김호석 상무의 사적이고 공적이고를 불문하고 그림자처럼 돌봐준 신뢰를 보면 문제가 없다고 판단한 것이다.

"어머. 사모님이 진짜 그렇게 메일을 보내셨어요? 그 전에는 전혀 내색하지 않으셨잖아요. 처음 미국 가셨을 때 생활비 보내고 전화 드리면 목소리는 밝으시던데. 왜 갑자기 그런 생각을 하셨을까요?"

김호석 상무의 집안 사정을 전혀 모르는 강 비서의 입장에서 이런 이야기가 나오는 것은 당연할 것이다. 강 비서의 진짜 속마음은 잘 모르겠지만, 그저 자식들과 단란하고 행복하게 잘살고 있는 줄 알고 있었을 테니까.

"아니, 난 애엄마가 가족 모두 남겨두고 미국으로 유학 떠날 때 어느 정도 예상은 했었지만 이렇게 2년 만에 그런 메일을 받게 된 것에 대해서는 충격이야. 아이들 엄마가 애들보다 먼저 들어간 것은 알지? 애들 고3 때 미국으로 혼자 들어갔잖아. 딸애도 아직 자기 엄마하고 만나지 않는 것 같아. 동부, 서부 많이 떨어져 있는 것도 있지만, 아빠 버리고 미국으로 들어갔다고. 그 나이에 무슨 공부냐고 하면서 말이야. 딸애도 이해가 돼. 딸애야 항상 아빠를 이해하려고 노력했고 내 편이었거든."

"어머, 그렇다고 해도 사모님이 상무님을 워낙 좋아하시잖아요. 저한테 한 것만 봐도 그렇고요."

강 비서는 3년 전에 애엄마가 김호석 상무와 강 비서 사이를 오해해서 쏘아붙였던 사건을 기억하는 모양이다. 그때는 진짜 황당한 사건이었다. 물론 누가 보던지 오해할 만한 사건이었지만 당시 후렉스코리아 컨설턴트들이 백솔그룹 재무정보 시스템 프로젝트를 위하여 제안서 작성을 삼정호텔의 방을 하나 얻어서 하고 있었는데 팀원들 격려차 강 비서와 같이 들렀었다. 이것을 우연히 본 아내 친구가 애엄마에게 이야기하는 바람에 이혼 직전까지 갔던 적이 있었던 사건을 말하는 것이다. 그때 강 비서는 완전히 이상한 여자로 오해받아 마음고생을 많이 하였다.

"하하, 한국에서는 적어도 그랬었지. 그런데 미국 들어가서 지금까지와 다른 새로운 세상을 본 것이지. 나도 미국에서 살아봐서 잘 알고 있어. 잡을 구한다고 하니까 사는데 무슨 어려움이 있겠어? 여기 재산 다 정리해서 들어간 것 보면 이미 마음의 정리는 끝내고 시작한 일인 것이지."

"상무님은 어떻게 하시려고요. 상무님 가정사라 제가 무어라 말씀드릴 것이 없지만, 여자가 어찌 보면 냉정해요. 한번 마음먹으면 남자보다 더 집요하게 추진하는 면이 있어요. 그래도 가장 중요한 것은 상무님의 의중이 어떤 방향으로 갈 것인가 일 것 같은데요?"

하긴 김호석 상무는 강 비서에게 어떤 해결책을 구한 것이 아니다. 시골의 형과 작은어머니를 제외하고는 이런 일을 두고 어디 의

논할 사람 하나 없는 상황이기 때문에 강 비서로부터 위로의 말이라도 받고 싶어 꺼낸 것이다.

"일단 애들에게 의견을 한번 들어봐야 할 것 같아. 애들도 성인이 되었으니 생각들이 있을 거야."

"애들은 똑똑하잖아요. 남들이 들어가고 싶어도 들어가기 어려운 스탠퍼드에 들어가 공부하고 있잖아요. 제가 볼 땐 다 아빠 편을 들걸요."

"그럴까?"

"그럴 거예요. 애들도 다 생각과 보는 눈이 있고, 무엇보다도 학비를 아빠가 대주시잖아요. 사모님도 용돈을 일부 주시기는 하겠지만요. 다들 장학금에 뭐 대단하고 또 아빠하고 동문이고…. 다 상무님께 유리하죠. 호호호."

애들은 나름 자기들의 생활에서만큼은 부모를 괴롭히지 않고 살아왔다. 고3이라는 것으로도 고생시키지 않았다. 솔직히 공부하라는 싫은 소리 한번 안 하고 살았으니까. 다른 사람들이 애들 키워 대학 보내면서 고생한 것에 비해 전혀 하지 않았다고 해도 과언이 아니다. 그래도 딸애는 누구보다도 김호석 상무에게 듣기 싫은 소리도 할 수 있는 용기를 가지고 있고 가끔 김호석 상무하고 와인바에서 같이 한잔할 정도로 친숙하게 스스럼없이 지내는 친구 같은 사이다. 아들은 김호석 상무의 어린 시절 내성적 성격을 그대로 빼닮고 있어서 우려하고 있는 부분이기도 하다. 호석보다는 좀 더 다르게 용감하게 살아가기를 바라는 심정이지만 뜻대로 되는 것이 아니기에 아들의 선택에 맡기고 있다.

"애들 걱정은 안 하는데. 아이들 엄마가 미국에서 혼자 살겠다고 하는 것이 의외라 그런 거야."

"왜요? 사모님이 나가시기 전에 사모님 인생 사모님만 위해서 살고 싶다고 이야기하셨다면서요?"

"하긴 그래. 남자가 생긴 것 같기도 하고. 학교에 나가면 그럴 기회가 많잖아. 남자놈들이 예쁜 여자는 나이를 안 보거든. 그렇다고 어학 실력이 뛰어난 사람은 아니기 때문에 주변에서 많은 도움을 주려고 접근할 거야. 남자 만나는 것은 좋은데 양아치 같은 놈들은 만나지 않아야 하는데 말이야."

"그럴 수도 있어요. 사모님이 얼마나 외로우시겠어요. 여자들의 특성상 자꾸 어딘가에 기대고 싶어 하는 마음이 있거든요."

호석은 자신의 판단이 정확할 거라고 짐작하여 생각한다. 아이들 엄마의 성격 자체가 모든 걱정을 몇 개월 앞서서 할 정도로 앞일에 확실한 것이 없으면 걱정에 잠을 설치는 스타일이라는 것을 알고 있기 때문이다. 이렇게 쉽사리 결정했다는 것은 무엇인가 자신이 기댈 곳이 있고 미래가 보장된 것이 있다는 것을 의미하는 것이다.

"허참, 가능성이 없다고는 생각하지는 않았는데 막상 그러한 메일을 받고 보니 조금 황당한 거 있지. 뭔가 한 대 맞은 기분이야."

"상무님도 대단하세요. 그런 것을 예상하셨으면서도 미국에 보내셨네요. 어찌 보면 상무님이 더 계획적인 것 같아요."

하기야 이런 일을 어느 정도 예상했고 그 시기가 너무 앞당겨졌다는 것에 당황하는 것이지 결론은 이미 2년 전에 내려진 것이나 다름없는 것이었다. 그런 면에서 강 비서는 김호석 상무의 의중을 꿰뚫고 있을 정도로 예리한 판단력을 가지고 있는 것이다.

"그 이야긴 그만하자. 짜증 난다. 하하. 그런데 그 오피스텔은 왜 그렇게 오래 있는 거야? 이사도 안 가고."

"주변에 편의시설이 많아 혼자 살기 좋은 곳이잖아요. 다른 사람 눈치 볼 필요도 없고."

"단순히 그게 이유냐?"

"뭐, 그렇지요. 돈도 없고 남자가 없다는 것이 또 다른 이유라 할 수 있죠. 호호."

"내가 한번 가서 혹 다른 이유가 있나 조사를 해볼 필요가 있을 것 같아."

김호석 상무는 은근히 강 비서가 그곳을 떠나지 않는 이유가 궁금해진다. 이 복잡한 곳에서 여의도로 출근하고 있으니 말이다.

"한번 오세요. 오늘 미팅 끝나시면 오세요. 제가 커피는 아주 맛있게 타는 거 아시죠?"

속으로 김호석 상무는 이리 강하게 나오는 데는 뭔가 이유가 있을 것이란 생각이 든다.

"진짜 오늘 간다. 아니 예고 없이 들이닥쳐야 상황 파악이 되지, 하하."

"마음대로 하세요, 상무님."

강 비서의 차는 어느덧 성수대교 남단 램프를 빠져나가기 위해 우측차선으로 들어간다.

"강 비서, 이번 삼마그룹 프로젝트 잘 진행되면 내가 뭘 좀 도와줄 수 있는 여력이 생길 것 같은데 필요한 거 없냐?"

차를 얻어 타고 가자고 한 것도 이 이야기를 하려고 한 것이었다. 6년간 김호석 상무의 일을 공사 구분 없이 도와준 것에 대한 보답하고 싶었다. 물론 강 비서도 대형 프로젝트에서 적지 않은 비공식적인 자금이 움직인다는 것 정도는 이미 알고 있을 테니 숨길 필요가 없다.

"어머, 저한테요? 전 그다지 필요한 것이 없는데요."

김호석 상무는 이 말의 의미가 작은 것은 필요 없으니 줄 거면 확실한 것으로 달라는 의미로 들린다. 속으로 김호석 상무는 강 비서가 상대방을 기분 나쁘게 하지 않으면서도 필요한 것을 얻을 줄 아는 여우 중의 여우라는 생각을 한다.

"하하, 확실하게 하라는 이야기지?"

"상무님은 이제 같이 일한 지가 6년이 넘었는데 처음으로 들어보는 기분 좋은 소리이네요, 호호호."

강 비서의 차는 르네상스호텔 입구로 들어서고 있다.

"강 비서 그것은 내가 알아서 할게. 끝나면 나 집에 데려다줄 수 있냐? 양 대표가 왜 부르는지 모르겠지만 술이랑은 거리가 먼 자리일 것 같은 생각이야. 요즘 건강이 별로 좋지 못하니까."

"오피스텔로 오세요. 이곳에서 약속이 끝이시잖아요. 영주가 그러는데 사장님 탕비실에 한약 넣어놓고 매일 챙겨 드신대요."

여비서 중에 최고참인 강 비서는 여비서 모임에서 양 사장의 건강을 챙겨서 보고할 정도로 김호석 상무에 대한 충성 하나만큼은 인정해 주어야 한다.

"하긴. 오늘 데려다줘서 고맙다."

"일 잘 보시고 끝나시면 연락 주세요."

"그래, 조심해서 들어가라. 연락하마."

차에서 내린 김호석 상무는 양 대표가 기다리고 있는 르네상스 호텔 로비 커피숍으로 천천히 걸어 들어간다. 김호석 상무는 하필 양 대표의 격에도 맞지 않는 로비 커피숍에서 만나자고 했는지 생각하다가 근처 약속장소하고 맞물려서 그럴 것이라 판단하며 이곳저곳을 돌아다본다. 갑자기 스케줄을 잡은 것도 이상하지만 여러 사람의 눈을 피할 수도 없는 공개된 장소에서 만난다는 것 또한 양 대표와는 어울리지 않기 때문이다. 로비 구석에 있는 커피숍은 피아노 건반을 열심히 두들기고 있는 아가씨를 제외하면 여느 평범한 커피숍과 다를 바 없다. 좌중을 둘러보니 양 대표는 아직 도착하지 않은 것 같고 시계를 보니 10여 분 정도 여유가 있다. 한쪽에 벽이 있는 가장자리에 자리를 잡자 아가씨가 물 잔을 가져다주며 손님이 또 있냐고 묻는다.

"손님은 곧 도착할 거예요. 오면 주문할게요."

"네, 알겠습니다."

피아노를 연주하는 실력이 전공을 제대로 한 솜씨이다. 듣다 보니 호석은 미국에 있는 딸애가 생각이 난다. 5살 때부터 자기 키보다 클 것 같은 긴 피아노 가방을 끌고 학원으로 가던 딸애의 그 귀여운 모습이 생각나 웃음을 짓는다. 그래도 아버지의 마음을 잘 이해해주는 딸이다. 할머니 성격을 닮아 아버지 호석보다도 성격이 화끈하다.

"김 상무, 벌써 왔구면."

깜짝 놀라 돌아다보니 양 대표가 들어오고 있다.

"오셨습니까. 길이 많이 막히셨죠?"

사무실을 나올 때 호석보다 먼저 나간 것을 알고 있어서 다른 곳에 들렀다 온 것으로 판단했지만, 의미없이 물어본다.

"아니, 나 다른 곳에 들렀다가 오는 길이라 좀 늦은 걸 세. 미안하네."

"아닙니다. 사장님."

"이런 곳에서 만나자고 하니 좀 의아했지? 이런 곳이 오히려 주목받지 않고 더 좋을 것 같아 정했어. 이해하시게."

"네, 괜찮습니다."

양 대표가 이런 공개된 장소가 주목을 덜 받을 것이라고 하는 것을 보니 편안한 이야기는 아닐 것이란 생각이 든다.

"서로 바쁘니까 이야기를 먼저하고 식사할까, 아니면 식사하면서 이야기할까? 좋을 대로 선택하시게."

이런 곳에서 만나자고 장소를 잡은 것은 식사할 시간이 없으니 공적인 이야기만 하자는 의미라 판단한다.

"이야기 끝내시죠. 사장님 바쁘실 텐데요."

양 사장의 의중을 알고 있는 김호석이 먼저 배려의 말을 한다.

"어디서부터 이야기해야 좋을지 모르겠군. 음…."

무슨 이야기를 하려고 하는지 조금은 심각해 보인다. 그러면서 어렵게 말문을 연다.

"내가 하려고 하는 이야기는 황문수 부사장에 관한 이야기야. 김 상무는 황 부사장 건에 대해서는 잘 모르고 있지? 여비서와 얽혀 내부에서 문젯거리가 되었던 거 말일세."

김호석 상무는 다 끝난 일인 줄 알고 있었는데 왜 갑자기 다시 꺼내는 것인지 의아해하는 표정으로 쳐다보며 이야기한다.

"또 다른 사건이 있었습니까?"

황문수 부사장은 김호석 상무보다 두 살이나 어리고 국내 최고 대학인 한국대에서 MBA까지 마친 후렉스코리아 최고의 선두주자이다. 적어도 후렉스코리아 내에서는 자타가 공인하는 영업적 능력을 갖추고 있는 사람이다. 후렉스코리아가 국내 매출 3조 원을 넘어서는데 주도적이고 핵심적인 역학을 한 사람이라고 해도 지나치지 않을 것이다. 영업 분야에서 잔뼈가 굵어 거미줄 같은 인맥을 자랑하면서 승승장구하여 젊은 나이에 후렉스코리아 부사장이라는 자리까지 수직으로 상승하여 올라온 사람이다. 차기 대표이사 1순위라는 수식어를 붙이고 다니며 양 대표의 자리를 호시탐탐 노리는 사람이기도 했다. 그런데 6개월 전 여비서가 사내 인트라넷에 비리 건을 올린 것이 화근이 되었다. 여비서가 경비와 예산 관련해서 불투명하고 사적인 사용에 관한 비리를 상세하게 올린 것이다. 접대, 사적경비 등을 회사 돈으로 처리한 것, 출장지에서 과도한 선물구입 비용 등등…. 누군가의 사주에 의해 일어난 일이거나 여비서와의 관계에서 부적절한 것이 터져버린 것이 아닌가 하는 소문이 많이 떠돌았었다.

후렉스코리아 전체에서 표면적으로 가장 비난받는 것이 공사 구분이 없이 개인 경비를 회사비용으로 처리하는 행위다. 이 모든 상세한 것을 옆에 데리고 있던 여비서를 통해서 다른 곳도 아닌 사내 인트라넷 상에 올려졌다는 것이 결정적인 문제였다. 보고라인을 통해서 올라온 것이면 대표이사가 무마해 버릴 수 있다 해도 사내 전 직원이 동시에 알게 되어 빼도 박도 못하는 상황에 이르렀던 것이다. 그렇지 않았으면 문제가 된 여비서는 잘 설득하고 부사장은 주의 조치로 조용히 끝났을 수도 있는 사안이었다. 그러나 워낙 고위급 인사가 연관되다 보니 처리를 미적미적 미루다가 제대로 마무리가 안 되고 전 임원들이 한동안 얼굴을 못 들고 다닐 정도로 소문이 확대되어 골치 아픈 사건으로 되어 버렸던 것이다. 결국에 여비서는 인사 조치를 취하여 퇴직시키고 부사장은 공개 사과문을 인트라넷에 올리는 수준에서 마무리된 후렉스코리아 전대미문의 사건이다. 이게 또다시 불씨가 살아난 것에 틀림이 없어 보인다.

"또 다른 사건이라기보다는 이 문제로 인해 퇴직된 여비서가 미국 본사의 감사팀과 칼츠 회장에게 직접 메일을 보낸 거야. 상세한 근거 자료도 같이. 그래서 본사 칼츠 회장이 감사팀에게 그동안 내사를 시켰나 봐요. 그 여비서만 조사했겠지. 그래서 보고서가 여비서를 내부 고발자로 판단했고 피해자라고 결론을 내렸나 봅니다. 일주일 전에 미국 본사에서 메일을 받았는데 황 부사장에 대한 모든 업무를 직무 감사하고 결과 보고서 나올 때까지 결재권을 포함하여 회사 업무에서 배제하라는 내용이야."

이 이야기를 듣고 나서야 요즘 황 부사장의 모습이 전과 다르게 생기가 없어 보였다는 호석의 판단이 맞아떨어지는 것 같았다. 영업에서 잔뼈가 굵어 활달하고 적극적이라 호석하고도 잘 어울리는 편이었다. 그런데 요사이 모든 업무와 관련된 결정이 최욱철 상무와 김범진 이사를 통해서 이루어지는 것이 조금은 이상하다 싶었다. 워낙 해외 출장이 잦은 자리이니까 자리에 없을 거라고 단순하게 생각을 했고 삼마그룹 프로젝트에 온 신경을 쓰다 보니 내부사정에 소홀해진 점이 없지 않아 있었다.

"후렉스코리아 내부규정상 사건 당사자들을 제외하고 최고 선임자가 조사위원회를 구성하도록 되어 있지 않은가? 그래서 김호석 상무에게 그 위원장 자리를 맡아 달라고 부탁하려는 것일세. 어떻게 생각하시나? 김호석 상무?"

김호석 상무는 잠시 조직의 역학에 대해서 생각을 해본다. 조직의 역학이라는 것이 그렇다. 조직에서 가장 우둔한 자는 적을 많이 만들어 놓는 것이다. 가장 현명한 자는 앞서지도 않으면서 실리를 챙기는 사람이다. 역학 관계상 자신에게 반드시 이익이 돌아오는데 그것을 더 먹어 보겠다고 선두에서 진군하다 보면 그것을 얻기보다는 의욕에 대한 찬사가 나중에 비난의 화살이 되어 되돌아오는 법이다. 경험상으로 후렉스코리아가 특정 회사에 컨설팅을 통해서 구조조정을 단행할 때가 좋은 예가 될 수 있다. 앞에서 구조조정을 진두지휘하여 칼을 휘두르던 장수는 결국 자기 부하들의 원성에 둘러싸여 죄를 뒤집어쓰고 같이 죽어가는 속죄양이 되어버리는 것이다. 수많은 원성과 비난을 잠재우기 위해 칼을 든 장수도 같이 처리하는 방법을 쓰기 때문이다.

방울 들고 고양이에게 가서 방울 달고 나오다가 넘어지는 바람에 방울 단 효과는 다른 쥐들이 보고 정작 방울 단 쥐는 희생되는 모습을 호석은 너무도 많이 봐 왔다. 이것을 잘 아는 김호석 상무는 부사장이 국내 동종 업계에 단단한 인맥을 가지고 있고, 개인적으로 부사장과의 관계도 생각하며, 황 부사장이 단기간에 성장하며 적도 많이 만들었지만, 내부 영업 부분에는 아직도 충성도가 높은 직원들이 많이 있다는 것을 누구보다도 잘 알고 있기 때문에 위원회를 맡는 것은 불가능하다는 판단을 빠르게 하며 사양할 명분을 찾는다. 삼마그룹 신전략정보시스템 개발 프로젝트가 또 한 번 김호석 상무를 살려 줄 것 같은 생각이 든다.

"사장님이 계시고 저 말고 다른 선임자들이 많은데 제가 감히 어떻게 맡겠습니까? 있을 수 없는 일입니다."

김호석 상무는 조금은 강력하게 고사를 한다. 난감한 표정의 양 대표 얼굴에는 곤혹스러움 마저 드러진다.

"내가 하면 좋겠는데 이 사건에 대하여 발생보고를 미국 본사에 안 했거든. 그 이유로 나는 위원회 조직구성에 관여하지 못한다는 단서가 붙은 메일이 왔어. 그리고 영업 부서의 멤버들도 참여 못 하는 것은 당연한 것 아닌가? 공정한 조사가 이루어지지 않을 것 같으니까 말이야. 황 부사장은 모든 결제라인에서 벌써 배제되었어."

호석은 봉급쟁이의 한계를 보는 것 같아 쌉쌉했지만, 순식간에 뒤바뀌는 현실의 냉정함에 익숙한 터라 묵묵히 듣고만 있다. 올 연말에 본사에서 양 대표에 대해 문책성 인사 조치를 취하지 않겠는가 짐작을 해보지만, 후렉스코리아 입장에서 양 대표만 한 능력과 인맥을 가진 사람을 구하기 어렵기 때문에 불가능할 것이라는 판단이 든다.

공석 중인 부사장 자리는 누가 앉을 것인가? 능력 있는 사람이 떠난 자리에 바로 앉은 것은 위험부담이 크다. 부사장 낙마에 일조했다는 오해도 받을 수 있고 부사장을 따르던 충성스런 부하직원으로부터 온갖 원망과 비난을 받을게 뻔하기 때문이다.

"저는 삼마그룹 신전략정보시스템 도입 프로젝트가 현안으로 다가와서 시간 내기가 쉽지가 않을 것 같습니다. 프로젝트 조정위원회도 있고 신 부회장과도 수시로 만나야 하기 때문에 시간적인 여유도 많지가 않습니다."

삼마그룹 프로젝트가 전가의 보도처럼 또 한번 어려움을 벗어나게 해주는 것이다. 김호석 상무는 장기적으로 부와 권력을 가져다줄 절호의 기회를 부사장 사건의 조사위원회 건으로 망칠 수는 없다고 생각했다.

"하긴, 삼마그룹 프로젝트 건 때문에 김 상무에게 이런 말조차 꺼내기가 망설여졌다네. 대안이 없을까? 서로들 안 맡으려고 하니 말이야. 부사장의 영향력이 생각보다 컸었나 봐요."

난감해하며 곤혹스러워하는 양 대표의 표정에서 김호석이 생각하는 이상의 고심한 흔적을 발견할 수가 있었다.

"만약 조사위원회 활동 후 가시적 조치를 취할 만한 결과가 나오지 않는다면 더 이상해 질 수도 있습니다. 미국 애들이 알고 있는 것과 다르다면 조사위원회 활동 자체를 인정하지 않을 것입니다. 부사장의 영향력에 맞서서 이것을 주도적으로 끌고 갈 사람이 과연 몇이나 있겠습니까?"

"나도 그게 가장 큰 걱정거리야. 미국 쪽에서 주는 눈치로는 부사장을 내보내려 작정하고 달려드는데 어설프게 흉내만 낸다면 나도 위험하지 않겠나. 김 상무는 미국 본사 스타일을 잘 알 것 아닌가?"

양 대표의 인맥에도 위원회를 맡아 줄 사람 구하기가 어려웠던지 이런저런 고충을 털어놓는다.

"참 어려운 문제군요. 사장님께서는 부사장에 대한 처리 수위를 어디까지 취하실 생각이십니까? 그것이 가장 중요한 이슈일 것 같은데요? 그래야 거기에 맞는 위원회 수장과 위원 구성을 어떻게 할 것인가 맞추어서 찾을 수 있고요."

김호석 상무는 미국에서의 경험으로 판단하건대 본사 차원에서 감사요구를 했다면 부사장을 내보내는 것뿐 아니라 그 이상의 조치를 전제로 움직였다고 생각했다. 이제는 어느 수준의 조치냐가 문제인데 한국 내에서 부사장의 능력을 후렉스코리아의 경쟁상대 편에서 쓰게 해서는 안 된다는 것이 김호석 상무의 판단이다.

"자넨 미국 본사 근무 경험이 있으니 잘 알겠지만, 이번 건은 부사장이 아무리 국내 매출 3조 원 돌파의 주역이라 해도 내보내야 할 상황인 것 같아. 그러니 나도 그런 의도에 부응해야 하지 않겠나? 어찌 보면 은퇴가 얼마 남지 않아 내 마음대로 결정할 수도 있겠다 싶겠지만, 영원한 봉급쟁이잖아. 김 상무도 그렇지만, 하하."

항상 만나면 어떤 때는 아들같이, 동생 같이 대해주시는 분이시지만 오늘은 왠지 힘들어 보인다. 국내 경제계에 영향력을 가지고 있지만, 내부문제에는 곤혹스러운 모양이다.

"그럼 사장님, 연구소장을 위원장으로 추대해서 처리하는 것이 어떻겠습니까? 제가 알기로는 미국에서 온 사람이다 보니 국내에 특별한 인맥도 없을 것이고 영업하고는 전혀 관계가 없는 부서이니 공정성을 확보할 수 있고요."

연구소장인 이원상 상무는 재미교포 3세이며 전형적인 미국사고를 가진 사람이다. MIT에서 천재 소리를 들으며 공부한 사람이라 냉정할 것 같은 생각이 들지만, 미국 본사로 입사하여 근무하다가 2년 전 한국인 아내가 귀국하면서 후렉스코리아 연구소장으로 부임한 사람이다. 두뇌가 특출한 사람들, 천재 같은 사람들이 다 그렇듯이 특별하게 다양한 사람과 인간관계를 맺고 지내는 것은 아닌 것 같았다. 백솔 프로젝트 수행 시에 메인 컴퓨터의 데이터 처리속도를 타 업체 기종과 비교시험할 때 처음 보는 계측장비를 설치하여 테스트하는 업무를 관리하는 것을 보면서 한번 인사를 나눈 적이 있었다. 월요일 임원 조찬 미팅 때 눈인사만 나누는 사람이다.

"김 상무가 연구소장 잘 아나? 난 그 친구, 직원이 아니라 외국인이라는 느낌이라 영 그래서. 한국말도 좀 어설프고. 설득이 되려나 모르겠네. 김 상무가 한번 만나 보시게. 김 상무가 안 하겠다고 하니 후임, 아니 대타는 김 상무가 세워 놓아야 하지 않겠나? 하하하."

괜히 사람 추천했다가 그를 설득까지 해야 할 상황이 되니 김호석 상무는 조금 당황스럽기까지 하다. 후렉스코리아에 이 정도로 인재가 없단 말인가? 김호석 상무는 자신의 심복인 부태인 부장을 빨리 승진시켜 이런저런 일에 써먹어야겠다는 생각을 한다.

"네, 사장님. 그것은 제가 한번 만나서 해 보겠습니다. 설득을 해 보겠는데 눈인사만 했지 한 번도 깊게 이야기해본 적이 없기 때문에 걱정은 됩니다."

"일단 김 상무가 한번 만나 보시게. 과정하고 목적을 잘 설명해 주고 꼭 하도록 설득해야지 방법이 있겠나?"

"네. 잘 알겠습니다."

"역시 김 상무를 만나니 뭔가 해결의 기미가 보이는 구 면. 시간이 좀 늦었지만, 저녁이나 하고 갈까?"

강 비서의 집에 들러 보겠다는 생각과 강 비서에게 연구소장에 대하여 알아보라 해야겠다는 급한 마음이 호석에게 이 자리를 벗어나고 싶게 만들고 있다.

"시간이 늦었으니 식사는 그렇고 사장님 건강도 생각하셔야 하니 일찍 들어가시죠. 사모님께 김 상무와 한잔 했다고 하면 전 다음부터 사모님 초대받아 맛있는 식사 하는 것은 다 그른 거 아닙니까? 하하."

김호석 상무는 자신이 생각해도 머리가 비상하게 돌아가는 기막힌 임기응변을 자화자찬해본다.

"하하, 이 사람. 우리 집사람 핑계를 대고 빠져나가려고 하나. 알았네. 언제 시간 한번 내서 술이나 한잔하세. 자네들 잘 가는 술집에서 말이야. 늙었다고 따 시키지 말고. 농담이야, 하하."

양 대표가 흘러가는 농담조로 이야기했지만 임원들이 대표를 배제하고 끼리끼리 어울리는 것에 대해 경고의 소리로 메아리치는 것은 어찌할 수가 없었다. 설마 기사, 아니면 영수증, 역시 결론은 구 부장이 이야기한 거라고 생각한다.

"그리고 이야기가 진전되면 위원회의 조사는 독립성이 보장되고 하부의 실무조직은 사장님이 결정해서 붙일 거라고 하겠습니다. 그래야 나중에 보고서 내용도 미리 아실 수 있고 수위도 적당하게 조정할 수가 있을 것 같습니다. 물론 연구소장이 위원장을 수락하고 조사 결과 보고서를 사전열람이 가능하게 한다면 말입니다. 관리팀의 구 부장이나 감사실 직원 일부를 투입해서 해도 되고요."

"그래, 그렇게 하도록 하지. 김 상무는 연구소장의 승낙만 받아오게. 나머진 내가 알아서 지시할 테니까."

점잖고 인자한 분이 나이가 먹고 은퇴할 때가 되었어도 그동안 심기가 많이 불편했던 모양이다.

"잘 알겠습니다. 이제 일어나시죠."

양 대표의 노 기사가 김호석 상무 일행이 일어나는 것을 확인하고 계산대로 다가가 계산을 치른다. 르네상스의 밤 풍경은 주변의 화려함에 비해 우중충해 보이기까지 한다. 돈 좀 들여서 건물에 화려한 외관 조명이라도 좀 하면 훨씬 보기 좋을 텐데. 중국 등 동남아시아에 있는 건물들에 조명해 놓은 것을 보지도 못했나 하는 생각이 든다. 노 기사가 양 대표가 타는 벤츠 550의 육중한 몸체 옆에서 차 문을 열고 기다리고 있다.

"사장님, 살펴 들어가십시오."

"그래, 김 상무만 믿고 가네. 언제 식사 한 번 하자고."

양 대표의 잘 믿는다는 소리가 부담됐지만 김호석 상무는 대답 없이 정중하게 배웅을 한다.

"잘 알겠습니다, 사장님. 가능하면 댁으로 한번 초대해 주세요."

"하하, 잘 알겠네. 집사람에게 이야기해 놓겠네."

양 대표를 배웅하고 차가 언덕을 올라 시야에서 사라진 것을 확인한 김호석 상무는 르네상스 앞의 지하도를 내려가 강 비서의 오피스텔 쪽으로 발걸음을 옮긴다. 강 비서가 사는 오피스텔은 르네상스와 도보로 20분 정도의 거리에 있는 외국인 전용으로 지었으나 분양이 안 되자 내국인에게도 분양했는데 내국인들이 달려들자 분양률이 치솟아 지금은 값이 꽤 올라있는 오피스텔이다. 평수도

35평대로 알고 있는데 고층으로 올라갈수록 전망이 아주 뛰어나다고 소문이 나 있는 곳이다. 강 비서가 17층에 사니까 오피스텔 입구에 도착해서 전화해야겠다는 생각으로 오랜만에 강남대로를 터벅터벅 걸어간다.

잠시 미국사람으로 간주되는 연구소장에 대하여 생각을 한다. 미국에서 태어나 성장해서 공부하고 모든 것을 미국에서 했으니 소위 완전하게 미국물을 먹은 사람이다. 부모가 어떻게 교육을 했느냐에 따라 한국인 특유의 민족성이 있느냐 없느냐가 결정될 수 있다. 미국물을 제대로 먹었다면 융통성도 없고 고지식할 수도 있다. 그렇다면 이번 조사 건이 의외로 골치 아파질 수도 있다는 생각을 하니 걱정이 된다. 여러 가지 생각을 하다 보니 벌써 강 비서의 오피스텔에 도착했다.

"강 비서. 나 올라가도 되나?"

오라고는 했지만, 실례가 되는 일이기도 하기 때문에 전화를 건다.

"네, 상무님. 끝나셨어요? 어디세요?"

"벌써 끝나서 지금 오피스텔 1층에 와 있어. 내가 올라가도 되나? 아님 강 비서가 내려오든가."

수화기에서 강 비서의 망설이는 모습이 눈에 보인다.

"아니에요, 상무님. 올라오세요."

엘리베이터에 올라탄 김호석 상무는 17층을 눌러놓고 피곤함에 벽에 기대어 서서 가도 되는 것인가 반문하면서 나름 논리를 만들고 있다. '연구소장 건으로 왔어'라고 나름대로 이유를 만들고 스스로의 발걸음에 정당성을 부여해본다. 아무리 6년 가량을 허물없이 지내온 사이라도 이래도 되는 것인가 하는 생각도 잠시 해본다.

김호석 상무는 마음의 갈등을 정리하기도 전에 엘리베이터가 17층에 도착해서 입을 벌리고 있다. 초인종을 누르자 기다렸다는 듯이 문이 열리고 강 비서의 성격답게 깔끔하게 보이는 거실이 눈에 들어온다. 그런데 강 비서의 의상은 무엇인가? 위에 겉옷을 걸쳤지만, 큰 박스형 티셔츠 하나만 입은 것 같은 간편해 보이지만 어떻게 보면 민망해 보이는 옷차림일 수도 있었다.

"자다가 일어났냐?"

"아니에요. 오실 줄 알았어요."

강 비서는 김호석이 당연하게 올 것이라고 생각을 한 모양이다. 호석의 의중을 읽어내고 있는 강 비서가 두렵기까지 하다.

"이야기는 잘 끝나셨어요? 식사는요?"

양 대표와 식사를 하지 않았고 여기까지 걸어오면서 배가 고프다는 생각이 전혀 들지 않았는데 강 비서의 이야기에 갑자기 허기가 몰려온다.

"나 아직 저녁 전이야. 우리 나가서 먹을까?"

"아니에요. 제가 금방 만들게요. 조금만 기다리세요."

주방으로 가는 강 비서의 뒷모습이 오늘따라 풍만해 보이니 잘못 하면 실수하겠다 싶은 생각이 든다. 지금까지 여자라는 생각을 안 하고 사무실에서 6년 넘게 생활을 해 와서 그런지 오늘처럼 여자로 보이는 것이 더 어색해 보인다. 얼른 화제를 만들어 생각을 바꾼다.

"강 비서. 연구소장 여비서 잘 아나?"

"왜 그러세요? 연구소장 비서가 혜진이잖아요. 김혜진 모르세요?"

"김혜진이라… 아, 옛날 컨설팅 사업부에 업무보조로 있다가 정규직으로 바뀌면서 연구소로 넘어간 친구 말인가?"

"네, 그 김혜진 맞아요. 기억하시네요."

김혜진이라는 직원은 컨설팅 사업부에 AA^{Administration Assistant: 업무보조}인 임시직으로 들어와서 고생하다가 정규직원으로 채용되자 근무 희망 부서를 연구소로 신청하여 그곳으로 옮겨간 직원이다. 김호석이 기억하기엔 똑똑한 친구고 컨설팅 사업부에서 컨설턴트가 되려고 생각도 했지만 AA로 근무하며 컨설턴트들이 엄청 고생하는 것을 보고 너무 힘든 직업이라 판단해 연구소로 옮겨간 것으로 알고 있다. 컨설팅 사업부에서 영업이 아닌 다른 부서로 옮기는 최초의 직원이기도 했다.

"그럼 잘 알겠구나? 그 친구."

"네, 여비서 모임에 잘 참석하는 친구예요. 싹싹하고. 왜 그러세요? 무슨 일이라도 있는 건가요?"

"일단 밥 먹고 이야기하자. 배고파 죽겠다. 대충 만들어. 시장이 반찬이니까, 하하."

무언가 주방에서 열심히 만들고 있는 소리와 된장찌개의 구수한 냄새가 가뜩이나 배고픈 김호석 상무를 더욱 허기지게 하고 있다. 김호석 상무는 살짝 주방으로 다가가 강 비서가 요리하는 모습을 쳐다본다. 이렇게 호석을 위하여 무엇인가 만들고 있는 여자의 모습을 본 것이 2년도 더 넘은 것 같다. 그동안 혼자 살면서 가능하면 밖에서 사 먹으며 평일에는 일부러라도 약속을 만들어 해결하곤 하였다. 요리를 취미로 하곤 했지만, 가족이 미국으로 떠난 후에는 그런 재미마저도 버리고 살고 있다.

"상무님, 조금만 기다리세요. 거의 다 되었어요. 여기 식탁에 조신하게 기다리고 계세요. 호호호."

벌써 식탁 위에는 몇 개의 반찬이 만들어져 있고 프라이팬 위에서 생선 굽는 냄새와 소리가 고소하게 들려온다.

"대충해서 먹자. 나 진짜 배고파. 밥부터 줘봐."

강 비서는 공기에 농부의 밥같이 가득 퍼서 호석의 앞에 내어놓는다. 허겁지겁 젓가락을 들고 만들어 놓은 반찬을 집어 먹으며 식사를 시작한다.

"이거 맛있는데. 진짜 시장이 반찬인가 봐? 하하하."

강 비서가 전라도 출신이라 그런지 반찬은 정갈하고 맛이 깊어 음식 솜씨가 상당한 것 같다. 일전에 강 비서 시골 친척이 보내준 젓갈이라고 갖다 준 것을 진짜 맛있게 먹은 적이 있다. 속일 수 없는 그런 가계의 혈통을 이어받았다면 당연하게 모든 것을 맛있게 요리할 수 있을 것이다. 맛이라는 것이 손끝에서 나오는 것인데 대물림되는 것이라고 호석은 생각하고 있다.

"천천히 드세요. 찌개도 거의 다 되었거든요. 상무님, 천천히 드세요. 여기 생선튀김도 있어요."

"그래, 수고했어. 같이 먹자."

"저는 벌써 먹었어요. 상무님도 참 딱하세요. 사장님께 식사나 하고 가자고 하시지 뭐 돈 드는 것도 아닌데 굶고 다니신단 말예요. 다른 사람들은 상무님이 이렇게 굶고 다닌다면 이해가 안 될 거예요. 호호호."

특히 사무실에서 일을 하다 보면 식사 놓칠 때는 부지기수고 피자나 치킨 같은 인스턴트 음식으로 때우는 날은 또 얼마나 많았던 가? 그런 고생을 밥 먹듯이 하면서 오늘 이 자리에 올라온 것이다. 오히려 부장 이전까지가 자유로웠고 자신만의 이익을 위해서 최선을 다할 수 있는 시간이었던 것 같다. 딸린 식구가 많다 보면 이 눈치 저 눈치 보고 살아야 할 때가 너무 많아 활동이 부자유스러운 것이다. 감시의 눈도 도처에 많아지는 것이다. 식사를 마치자 김호석 상무는 강 비서에게 연구소장 관련된 일들을 물어보기 위하여 말을 꺼낸다.

"강 비서, 여기 앉아봐. 차 가지고 와라."

"지금 몇 시인데 차를 마셔요? 잠잘 시간인데."

"그래, 그럼 그냥 앉아봐."

양 대표와의 대화 내용을 강 비서에게 상세하게 이야기해주고 보안을 유지해줄 것을 부탁한다. 그간 경험으로 입이 무거운 여자인 것은 알고 있기 때문에 걱정은 안 하지만 노파심에서 다시 한 번 다짐을 받아둔다.

"어머, 그럼 부사장님은 그만두시겠네요."

"그렇게 되는 거지 뭐. 봉급쟁이에게 있어 치명적일 수 있는 실수를 저지른 것이니까. 자업자득일 수도 있지. 여비서 관리도 잘못했고. 나도 괜히 걱정되더라."

그럴 리는 없겠지만, 강 비서에게 들으라는 듯이 진담 반 농담 반 지나가는 투로 이야기한다.

"그럼 위원회의 책임자로 연구소장님을 세우고 그 다음은 사장님이 자기 사람들로 채워서 처리 강도도 조절하고 미국 본사 쪽에 최선을 다했다는 체면도 세우려고 하는 계획이시군요."

"그렇지, 양 대표가 이야기하는 뉘앙스는 부사장을 정리하는 모드로 가는 것 같더라. 그래서 연구소장에 대해서 좀 알아봐야 할 것 같은데 가능하면 사는 곳, 만나는 사람들, 취미 같은 것. 아, 그리고 회사에서 특별한 활동이나 친분 있게 지내는 사람들도."

연구소장을 만나기 전에 미리 정보를 챙겨서 가야 할 것 같고 그런 것은 비서를 통해서 알아보는 것이 제일 빠르고 정확하게 알 수 있을 것 같아 강 비서에게 부탁하는 것이다.

"상무님, 제가 월요일 출근해서 저녁에 한 번 만나 볼게요. 김혜진은 제가 잘 아니까요. 걱정하지 마세요. 그럼 상무님은 언제 연구소장님을 만나실건데요? 주 중에 보실 건가요?"

"음, 수요일 저녁에 프로젝트팀 전체 미팅 있잖아. 그러니까 보자… 목요일쯤 만났으면 좋겠는데. 상황을 보고 내가 구로 연구소로 점심시간에 가든가 아니면 저녁 약속을 하든가."

"제가 월요일 출근해서 상무님 스케줄을 한번 볼게요."

"가능하면 낮이 좋겠어. 처음 만나 술을 마시기는 좀 그렇잖아. 그리고 거의 미국적인 사고방식을 가지고 있을 거니까 어느 정도 격식을 차려야지, 하하."

차를 한잔 더 달래서 마시고 젓가락을 들어 남은 반찬을 마저 집어 먹는다.

"식사가 모자라세요? 호호호."

"아니야. 남기면 쓰레기잖아. 많이 먹었어."

"차 한 잔 더 드릴까요?"

"아니야, 그냥 물이나 주라. 나도 잠 안 올까 봐."

냉장고에서 시원한 냉수를 한 컵 가져온 강 비서는 얼굴에 '오늘 집에 돌아가실 건가요?' 하는 눈빛으로 김호석 상무를 바라보고 있는 것 같았다. 완전한 호석의 착각일 수도 있겠지만…. 엄청난 포스는 아니지만, 호석이 느끼기에는 유혹의 눈빛이다. 가뜩이나 갈등을 느끼고 있는 호석의 마음에 혼란이 온다.

"어이, 물 시원하다. 원래 밥 먹고 물 마시면 소화력이 떨어지기 때문에 안 좋다고 하던데."

어색한 눈빛을 피하기 위해 김 상무는 엉뚱한 말로 분위기를 벗어나려 애쓰고 있다. 거미줄에 먹이로 걸려든 벌레처럼 초조함이 김호석 상무의 부자연스러운 행동에 배어 나온다.

"거실로 가자. 밥도 다 먹었는데 조금 앉았다가 가야겠다. 경치 좋다고 자랑 많이 했으니 확인해야지."

식탁에서 일어나 거실로 나온 김호석 상무는 성수대교로 넘어가는 도로를 꽉 메운 자동차를 바라보며 갈등과 욕망을 잠재울 인내심을 키우고 있다. 김호석 상무가 후렉스코리아에서 지금까지 지켜온 원칙은 절대 사내직원과는 연애하지 않는다는 것이다. 김호석 상무도 여자를 싫어하는 것은 아니지만 매일 얼굴을 마주치며 살아야 하는 사람과 사내에서 연애한다는 것은 김호석 상무의 성격상 용납되지 않는 것이기도 했다. 김호석이 무엇인가 감추고 사는 포커페이스가 안 되기 때문에 금방 들통이 날 것이기 때문이다.

미국에 간 와이프와 결정적으로 틀어지기 시작한 것이 백솔 프로젝트 때문에 삼정호텔에서 강 비서와 나오다가 이상한 관계라고 오해받았을 때인데 가볍게 넘어갈 수도 있는 것이라 생각도 했지만, 화가 난 것은 김호석 상무가 지금까지 지켜온 원칙에 도전했기 때문에 와이프에 대한 믿음마저 깨버린 것이었다. 그러다 보니 옛날처럼 애틋한 사랑도 식어버리고 잠자리도 뜸해지고 그런 여러 가지가 물고 물리는 악순환이 계속되다 보니 결국은 서로가 있어도 없어도 되는 사이가 되어 버린 것이었다.

"강 비서. 나 갈게. 내가 시간을 너무 빼앗은 것 같아."

김호석 상무의 속내를 잘 아는 강 비서도 마음으로는 김 상무의 빈 구석을 파고들고 싶으나 괜히 악수를 두는가 싶어 조마조마 기회를 보고 있는 것이다.

"벌써 가시려고요? 차도 안 가지고 오셨잖아요."

"아냐. 밑에서 모범 타고 들어가면 된다."

김호석 상무의 마음 한구석에 허전함이 자리 잡고 있다는 것을 누구보다도 잘하는 강 비서는 잡고 싶은 마음 굴뚝같았으나 다음을 위하여 계산된 배웅을 한다. 엘리베이터 앞에서 김호석 상무를 배웅하는 강 비서에게도 아쉬운 눈빛이 가득 차 있고 다음에는 집에 보내주지 않을 것이라는 강력한 사인을 주는 듯한 눈길이다.

"들어가세요, 상무님. 내일 일 잘 보세요."

"주말 잘 보내라. 밥 잘 먹고."

강 비서의 모습을 뒤로하고 오피스텔을 나와서 김호석 상무는 터벅터벅 이 생각 저 생각 하면서 한국은행 건물 쪽으로 걸음을 옮긴다. 미국의 아내도 그렇고, 삼마 프로젝트, 양 대표, 부사장, 연구소장, 강 비서, 유리까지 머리가 복잡하다. 무엇인가 정리가 필요하다는 생각은 들지만 어떻게 해야겠다는 의지와 해결을 위한 아이디어가 도무지 떠오르지가 않는다. 금요일 저녁을 이렇게 한가하게 보내본 적이 없는 것 같다고 생각한다.

물론 혼자 산 지 2년이 넘어가니 같이 시간 보내줄 사람을 찾기도 쉽지 않다. 거의 반강제로 잡지 않으면 식사하기도 어렵다. 하긴 상사와 밥 먹는 것이 얼마나 부담이 되겠나 하는 생각도 들며 직원들이 슬슬 피해 가는 것도 이해가 간다. 오늘도 양 대표하고의 약속만 아니었다면 친구나 부태인 부장을 불러서 술이나 한잔하고 있었을 시간인데 어정쩡하게 약속이 잡히는 바람에 이것도 저것도 아니게 되었다. 발걸음은 어느덧 I타워 앞의 지하통로를 빠져나오고 있었다.

은하의 유영실 사장이 생각난다. 성조 놈이 혹시 있을지 모르겠다는 생각에 만나고 싶은 생각은 없으나 발걸음을 그쪽으로 옮긴다. 은하 앞의 웨이터들이 '예약은 했느냐? 누구를 찾느냐?' 하며 이것저것 물어본다. 차도 없이 걸어서 왔더니 별 볼 일 없는 사람으로 생각되는 모양이다.

"유영실 사장 보러왔는데 안에 게시는가?"

웨이터가 무전기에 대고 유영실 사장을 찾는다.

"1층인데요, 사장님 만나러 오셨는데 들여보낼까요?"

허락이 떨어졌는지 웨이터가 안내한다. 홀에 들어가자 유영실 사장이 나와서 반갑게 맞이한다.

"어머, 상무님. 연락도 없이 웬일이세요?"

"아, 근처에 약속이 있어서 왔다가 들렀어요."

"그러잖아도 성조 씨 손님들하고 같이 오셔서 한잔하고 계셔요."

예감이 적중했다. 황금 같은 금요일을 성조가 지나칠 리가 없다고 생각했다. 참새가 방앗간 못 지나치듯이….

"아, 그래요. 난 그냥 간단하게 한잔하고 갈게요. 나 왔다고 하지 마세요. 방해하고 싶지 않으니까."

삼마그룹 사람들일지도 모르겠다 싶어 미리 유영실 사장에게 알리지 말아 달라고 애원하듯이 말을 하는 김호석 상무는 오늘따라 어딘지 모르게 외롭게 보이는 것을 숨길 수가 없었다.

"걱정하지 마세요. 제가 그 정도 눈치는 있지요. 호호호, 저를 따라오세요. 몇 호실 비어 있지?"

금요일이면 이 정도 품격과 아가씨를 갖춘 룸살롱은 만원사례를 이룰 것이다. 이렇게 손님이 넘칠 정도면 그야말로 물장사를 해서 돈을 긁어모으고 있는 것이다.

"21호실 조금 전에 비었습니다, 사장님."

빈방으로 유영실 사장을 따라 들어갔지만, 일전에 보았던 VIP룸에 비해 크기는 작았지만, 품격이 떨어지지 않는 고급스러운 인테리어를 한 룸이었다.

"상무님. 술은 무엇으로 할까요?"

"유 사장이 주고 싶은 것으로 주세요. 간단하게 한잔하고 들어가려고 합니다."

"유리도 불러 드릴게요. 잠깐만 기다리세요. 곧 준비해 드릴게요."

유영실 사장이 나가고 시간이 조금 지나 유리가 들어온다. 얼굴이 술을 몇 잔 받아 마신 모습이다.

"어머, 상무님 저 보고 싶어 오셨어요? 제집에 들어가 계셔도 되는데 제가 상무님 양복 상의 주머니에 엘리베이터 열쇠 넣어놓았는데 못 보셨지요? 그거 알려 드린다고 생각했는데 깜빡했어요. 잃어버리신 것은 아니죠?"

오늘 아침 양복을 꺼내 입는데 주머니를 만졌더니 무언가 손에 잡혀 꺼내보니 유리의 펜트하우스로 올라가는 데 사용했던 엘리베이터 키와 똑같은 것이었다. 아무리 생각해도 내가 이 키를 가지고 있는 것이 부담스러워 그것을 돌려주려고 마음은 먹고 있었다. 유리의 기분이 상하지 않게 해야 하는데 하면서 걱정이 되기도 한다. 유영실 사장, 김성조 상무, 유리. 이 세 사람이 김호석 상무를 위해서 작정을 하고 한 일 같은데 부담이 너무 가서 오히려 불편함을 느낄 정도라 온 김에 유리에게 이야기나 해야겠다는 생각을 한 것이다. 유리와 어느 정도 선을 그어서 서로가 헛된 기대를 하지 않게 하는 것이 중요하다는 판단을 한다.

"응, 그거 보고 유리 집 키인 줄 알았어. 유리야, 네 뜻은 감당 못할 정도로 고맙지만, 너무 급속한 진행이라 부담이 가는 것은 사실이야. 너도 내가 그렇게 했다면 불편했을 거야. 그런 것보다 내가 너 보고 싶을 때 전화해서 찾아가는 것이 훨씬 자연스럽고 좋을 것 같아. 어때? 그렇게 하자."

"제집 열쇠 가지고 계시는 것이 무슨 부담이 가요? 상무님이 편안하게 생각하시면 아무것도 아닐 것 같은데요. 오시고 안 오시고는 상무님이 결정하시면 되잖아요."

유리는 자존심이 많이 상하는 눈치다.

뭐 이런 멍청한 인간이 있어라는 어이없는 표정에 금방 울어 버릴 것 같은 표정이다.

"너무 섭섭하게 생각하지 마라. 네가 싫어서 그러는 것은 아니니까. 나야 엄청 좋지. 절대 무관심하지 않을 테니까 유리가 이해해라."

김호석 상무는 유리의 표정과 분위기 탓에 마음에도 없는 준비되지 않은 이야기를 하며 유리를 달랜다. 웨이터가 술과 안주를 준비해서 들어온다. 솔직하게 오늘은 술 마실 기분은 아니다. 너무 많은 일들이 있었던 하루였기 때문에 쉬고 싶은 기분이다. 여기 오지 말고 차라리 강 비서의 집에서 잘 걸 그랬나 하는 엉뚱한 후회마저 들게 한다.

"상무님, 한잔하세요."

자신의 기분이 별로 안 좋았는지 유리가 술을 들어 호석에게 술을 따라준다.

"그래, 한잔 따라 주라. 너도 한잔할래? 술은 좀 마신 것 같은데."

"네, 그래요. 한 잔 주세요. 손님이 몇 잔 주어서 억지로 마셨어요. 상무님도 연락도 없고 문자도 몇 번이나 보냈는데 응답도 없으시고. 이렇게 무시당했다는 기분이 들기는 처음이에요. 아세요?"

"그래, 우리 직업이 엉덩이 붙이고 한 곳에 붙어살지를 못해. 멋도 없고 그러니까 네가 이해 좀 해라. 일부러 그런 것은 아니니까."

"제가 무슨 그런 뜻으로 말했나요? 그저 섭섭해요."

빨리 이 불편한 자리를 피하고 집으로 돌아가고 싶은 생각에 빨리 술을 들이켠다. 다행히 유영실 사장이 약속을 지켜 김성조 상무에게는 김호석이 온 것을 알리지 않은 모양이다.

"유리야, 웨이터 좀 와 보라고 해. 너도 바쁜데 나까지 와서 민폐 끼치면 되겠냐? 그리고 내일 중요한 일정이 있거든."

"어머, 상무님. 아녜요, 전 괜찮아요. 저 때문에 마음 상하셨어요?"

"아니야, 절대로. 아무튼, 고맙다. 착한 마음 꼭 기억하고 있을게."

마지못해 유리가 인터폰을 들어 웨이터를 부른다. 웨이터가 들어오자 김호석 상무는 자신의 카드를 건네주며 계산과 모범택시를 불러달라고 한다.

"방배동까지 갈 거니까."

웨이터가 나가자 유리는 섭섭한 듯이 남아 있는 술잔을 오기를 부리듯이 마신다.

"유리야. 무리하지 마라. 다음에 꼭 전화하마."

김호석 상무가 계산한다고 들었는지 유영실 사장이 들어온다.

"상무님 왜 이리 일찍 가시려고요. 뭐 불편한 것이라도 있으세요?"

"아닙니다. 내일 행사 하나가 있어서요. 유리 얼굴도 봤고 말입니다."

"유리야, 너 상무님 기분 상하게 한 것 있나?"

"아니야, 언니. 상무님 진짜 내일 중요한 약속이 있으시대요. 그래서 일찍 들어가시려고 하는 거예요."

유리의 설명을 듣고 유영실 사장은 김호석이 금방 자리에서 일어나는 것이 별일이 아니라는 생각이 든 모양이다.

"상무님. 언제 조용할 때 한 번 뵈어요. 식사자리로요."

"그럽시다. 다음 주는 바쁘니까. 다음다음 주면 언제든지 좋습니다. 내가 접대 한번 하리다. 오늘은 미안해요. 괜히 바쁜 사람들 불러놓고 불편하게 만드는구면."

"아니에요, 상무님. 상무님 바쁘시다는 것은 성조 씨로부터 들어 알고 있어요. 사모님도 안 계시는데 건강 잘 챙기세요."

이곳저곳에서 가족들이 미국으로 건너가서 혼자 사는 것을 알고 걱정들을 해주니 민망스럽기까지 하다. 호석의 귀에 들리기로 혼자 사니까 조신하게 사세요라는 경고의 소리같이 느껴진다. 남의 속도 모르고 다들 생각하고 걱정해 주는 말들이지만 모르고 있을 때보다 알고 있는 것이 더 부담스럽다. 유리의 배웅을 받으며 올라오자 택시기사가 와서 어느 분이 가실 거냐고 물어본다.

"자, 갑시다. 잘 지내라, 유리야. 꼭 연락하마. 아, 유 사장님 잘 계십시오."

"네, 안녕히 들어가세요. 상무님. 꼭 연락 주세요."

배웅을 받으며 모범택시로 은하를 뒤로하고 빠져나와서 강남사거리를 빠르게 지나간다. 방배동으로 가는 길 인도에는 자정을 넘겼음에도 불구하고 주말이라 그런지 사람으로 가득 차 있다. 저렇게 돌아다녀도 집으로 돌아가면 가족이 있어 든든하겠지 하는 생각을 한다. 김호석 상무는 집으로 들어가면 반겨줄 강아지 한 마리 없다는 생각에 외로움이 엄습해 온다. 빨리 지금 사는 집을 정리하고 작은 오피스텔로 옮겨야겠다고 마음을 먹는다. 가족이 한국으로 돌아올 것이라는 생각에 살고 있는 큰 집을 계속 유지해 왔는데 오늘 아내에게서 온 메일을 보고는 더 이상 그러한 미련을 버려야겠다는 결정을 마음에 내린다. 넓은 집이라 더 삭막해서 어떤 날은 집에 들어가기조차 싫어질 때도 있으니 말이다.

김호석 상무는 외국생활을 오래 해 왔다. 오랜 외국생활에 염증이나 이제는 가족하고 지내야겠다 싶었다. 가능하면 출장 나가는 업무는 다 정리하고 국내업무에만 치중하며 조금은 정착이 되었나 싶었었다. 그런데 이제는 반대로 가족이 각자의 일로 자신을 떠났다는 현실에 이게 나의 운명인가 아니면 지금까지 가족에 대한 무관심의 징계인가 하는 생각이 들기도 하였다. 들어오기 싫었던 집에 들어와 불을 모조리 끈다. 가능하면 환하게 만들어 놓고 욕실에서 샤워한다. 배도 많이 나오지 않았고 등산으로 다져진 건강한 몸인데 새장가나 가버릴까 하는 쓸데없는 상념에 젖어 본다. 이혼, 재혼 생각만 해도 머리가 복잡해진다.

혼자의 자유가 더 좋지 않을까. 이런저런 쓸데없는 상상을 하며 샤워를 마치고 나와 노트북을 켜고 미국의 애들이 스카이프나 카톡에 들어와 있지 않을까 하고 확인해 보니 다들 접속이 안 돼 있다. 공부하느라고 김호석보다 더 힘들 텐데 하는 생각으로 섭섭한 마음을 달랜다. 호석도 미국에서 공부할 때 그러했으니까. 지금이야 애들에게 생활비를 넣어 주니까 얼마나 좋은 환경인가. 호석 자신이 미국에서 유학 중일 때는 돈을 쓰는 것이 진짜 아까웠고 어떤 때는 약속이 생겨 돈 쓰는 일이 생길까 벌벌 떨고 살았던 적도 있었다.

이 주말 야심한 밤에 컴퓨터를 켜서 일하는 자신을 보니 스스로에게 짜증이 난다. 내일 삼마그룹 와인 파티에 갈 생각을 하면서 컴퓨터의 전원을 끄고 침실로 들어가 잠을 청한다. 다음 주에는 진짜 애엄마에게 답신을 줘야지 하면서 김호석 상무는 깊은 잠속으로 빠져든다.

오후의 약속으로 주말 등산까지 포기한 김호석 상무는 늘어지게 게으름을 피우며 10시나 되어서야 이불 속을 빠져나온다. 개인 폰을 제외한 모든 연락 수단은 꺼져있고 방해하는 사람이 없어 여유로움이 더해지는 아침이다. 저녁을 늦게 먹고 자서 그런지 배가 고픈 것인지 속이 쓰린 것인지 분간을 못 하겠다. 주방에서 간단하게 계란후라이와 과일, 베이글과 크림치즈를 곁들여 아침을 해결한다. 연락이 온 것이 없나 핸드폰을 켜보니 몇 개의 문자가 들어와 있다.

'상무님, 요즘 등산은 포기하셨나요?' -총무

'댁에 잘 들어가셨어요? 전화기가 꺼져 있네요.' -유리

'오늘 약속 정장인 것 잊지 마세요. 윤 기사가 3시 반까지 댁으로 갈 거예요. 나비넥타이를 매 보세요. 좀 튀게요ㅋㅋㅋ' -강 비서

그 외에 몇 개의 스팸 문자가 자리를 차지하고 있다. 늘상 문자의 홍수 속에서 살아간다. 안 볼 수도 없고. 메일은 내일 확인하기로 하고 컴퓨터는 켜지도 않는다. 주말은 연락하거나 받는 것 자체를 싫어해 아예 연결을 끊어 놨더니 이제 그것을 알고 사람들이 급한 일이 아니고서는 가능하면 주말에는 연락들을 잘하지 않는다. 주말 등산이 버릇이 되어서 그런지 몸이 근질근질해 오는 것 같았다.

오랜만에 헬스클럽에 나가서 몸이라도 풀어야겠다는 생각을 하고 트레이닝복으로 갈아입는다. 헬스클럽에 가보니 토요일 점심때라 그런지 사람이 없다. 기초운동 몇 가지하고 러닝머신에 올라가서 빨리 걷기를 시작한다. 50분간 시속 7㎞ 정도의 속도로 빨리 걷

기를 거의 5년간을 꾸준하게 한 덕에 부담 가던 뱃살도 빠지고 지구력도 늘어서 장거리 등산에도 많은 도움이 되고 있는 것을 느끼고 있다. 땀을 많이 흘리니 기분이 한결 좋아진다. 샤워하고 집으로 돌아가는 길은 그야말로 날아갈 것 같다. 이제 점심을 먹어야겠다는 생각에 근처 한정식집으로 들어간다. 대낮에 혼자서 식당에 들어가는 것은 뭔지 모르게 어색하고 쑥스럽다. 나를 어떤 사람으로 생각할까 하는 쓸데없는 걱정에. 그래도 용기를 내어 식당에 들어가 참조기 백반을 시켜먹고 집으로 돌아오니 벌써 2시 반이나 되었다. 와인 파티에 입고 갈 정장을 차려입고 기사를 기다리는 동안 신 부회장이 무슨 목적으로 나를 불렀을까 다시 생각해본다. 이유 없이 김호석 상무를 불렀을 리가 없다는 판단에 여러 가지 경우를 생각해보지만 후계구도 아니면 지인들에게 이번 프로젝트와 관련한 소개 정도 외에는 뚜렷한 이유를 유추할 수가 없다. 전화가 울린다.

충성의 대가
그리고 재회

"상무님, 1층에 차 대기하고 있습니다."

"알았네, 금방 내려가지."

1층으로 내려가니 검은색 BMW740은 번쩍번쩍 광택을 머금고 날렵하면서도 중후한 자태를 뽐내며 호석을 기다리고 있다. 차에 올라타자 오렌지 향의 상큼함이 코를 기분 좋게 자극하며 긴장감이 풀어진다.

"토요일인데 쉬지도 못하고 나왔구먼. 나 내려주고 차는 주차해 두고 퇴근하게."

"괜찮습니다, 상무님."

"아니야, 그곳에서 시간이 길어질 것 같고 나중에 필요하면 신 부회장 쪽 기사 쓰면 되니까 걱정하지 말게. 그리고 월요일도 내가 차 끌고 출근할 테니까."

김호석 상무의 단호한 말에 윤 기사도 자신의 역할을 접기로 한 듯 묵묵히 운전에만 집중한다.

"잘 알겠습니다, 상무님."

"어느 정도면 도착할 것 같은가?"

"4시까지는 충분히 도착할 수 있을 것 같습니다. 토요일 오후라 교통도 그다지 막히지 않습니다."

윤 기사가 이야기했듯 신 회장의 집 앞에 4시 전에 여유롭게 도착을 했다. 한남동 신 회장의 집 앞에는 벌써 고급 승용차로 북적대고 있다. 차가 문 앞에 도착하자 집사가 나와 문을 열어주고 초대장을 확인한 후 입장을 허용한다.

친목 모임이라고 하지만 모이는 사람들의 면면이 있어 그런지 꽤나 엄격하게 통제를 하고 있다.

"꽤나 까다롭군. 오늘 중요한 VIP들이 많이 집합한 모양이야."

"상무님, 저는 들어가겠습니다."

"그래. 월요일 회사에서 봅시다."

윤 기사가 돌아가는 것을 보고 난 후 김호석 상무는 정문을 통과하여 신 회장의 집 쪽으로 들어간다. 안내를 받아 움직이는데 벌써 국내의 신문 지상이나 TV 등에 오르내리는 재벌 오너들이 삼삼오오 모여서 이야기들을 하고 있다. 중앙 근처에서 신 회장과 이야기하고 있는 재정기획부 신재환 장관도 있고 그 근처에 삼태그룹 윤 부회장, 현당그룹 장 회장…. 이름만 들어도 알 만한 사람들이 모여 있다. 이런 레벨의 파티에는 처음 참석하는 김호석 상무는 '이거 괜히 주눅 드는 것 아닌가' 하는 염려가 생기기도 하지만 애써 담담한 표정으로 안내자의 걸음을 뒤따라가고 있다.

"나를 어디로 데려가는 것인가?"

"부 회장님이 모시고 오라 하셔서 계신 곳으로 가고 있습니다."

행사 요원에게 호석이 가야 하는 목적지를 물어보고 있다. IMF 와 금융위기를 거치면서 재벌 서열이 많이 바뀌었다. 수많은 기업들이 현금 부족과 비즈니스 환경 악화로 쓰러져가는 그 와중에 매출 기준 재계 서열 3위까지 뛰어오른 삼마그룹, 그 위상에 걸맞게 참석자의 면면도 내로라하는 사람들로 대단하다.

안내된 곳은 별채의 1층 접견실이다. 김호석 상무가 도착하니 신 부회장은 동생들과 이야기를 나누고 있었다. 호석이 들어가며 가볍게 인사한다.

"김 상무 왔어? 갑자기 시간 내라고 해서 놀랐지? 이런 기회에 국내 경제계와 정부 쪽에 인사들하고 친분을 쌓는 것도 나쁘지 않을 것 같아 물어보지도 않고 내가 명단에 넣었어, 미안해"

"괜찮습니다. 부회장님 스타일을 제가 한두 번 겪어 보나요. 오히려 감사드립니다."

"아, 그리고 인사들 나누지. 여기 내 동생 DS 신덕수 대표, 여동생 신동희 상무 알고 있었지?"

김호석 상무가 IT 분야 거대 다국적 기업에 20년 가까이 근무하면서 국내외 IT 업계에서 잔뼈가 굵다 보니 웬만한 업계 대표들은 모르는 사람이 없다.

"처음 뵙겠습니다. 후렉스코리아 김호석 상무입니다."

이야기는 많이 들었지만 대면해서 보기는 처음이다. 거기다가 삼마그룹의 삼 형제를 한꺼번에 보게 된 것이다.

"후렉스코리아 김 상무님, 처음 봬요. 이야기는 많이 들었어요. 큰 오빠께서 이번 프로젝트의 후렉스코리아 책임자라고 하더군요. 잘 부탁해요."

국내 대기업의 며느리로 출가한 것으로 알고 있는 신 부회장의 여동생이 먼저 반갑게 인사를 건넨다.

"네, 반갑습니다. 제가 오히려 잘 부탁드립니다."

"나 신덕수올시다. 만나서 반갑습니다. 소문은 많이 들었는데 이렇게 공식적으로 인사하기는 처음입니다. 일전 오라클 빅데이터 솔루션 페어에서 세미나 하시는 것 봤습니다. 프로젝트 때문이라도 앞으로 자주 볼 것 같군요."

"그러셨습니까? 반갑습니다. 잘 부탁드리겠습니다."

프로젝트가 두 동생이 의도한 대로 움직이지 않는 것에 김호석 상무의 역할이 있다는 듯이 신덕수 대표의 말투가 그리 부드럽지가 않다. 신 부회장도 그런 느낌을 받았는지 분위기를 바꾸려고 말한다.

"니들은 나가봐라. 나는 김호석 상무하고 일이 있거든. 김 상무 여기와 좀 앉지."

두 동생을 나가라고 하면서 김호석 상무에게 말을 건넨다.

"네, 부회장님."

"쟤들 말투가 좀 그렇지. 신경 쓸 것 없어."

신 부회장은 두 동생이 본관 쪽으로 사라지는 것을 보면서 김호석 상무와 나란히 소파에 앉아서 차를 나눈다.

"호석아! 오늘 너 부른 것은 아버지가 그룹 후계자로 나를 재계 어른들에게 선보이려고 만든 자리여서 너에게 자랑 좀 하려고 부른 거야. 하하하. 쟤네 둘은 아직 잘 모르고 있고, 사실은 내가 미국에서 들어온 지 얼마 안 되고 그래서 좀 서먹서먹할 것 같아서 너를 부른 거야. 괜찮지? 김호석 상무가 옆에 있으면 든든하거든. 미국에서처럼 말이야."

"축하드립니다. 선배님. 그래서 오늘 참석자들의 면면이 쟁쟁했군요. 다시 한 번 축하드립니다."

어느 정도는 신 부회장이 말한 내용일 거라고 예상을 했지만, 그룹의 후계구도가 표면적으로나마 빠르게 자리를 잡아 가 있는 것 같은 느낌이 든다. 두 동생의 반발이 만만치 않을 것 같은데 부친인 신 회장의 의지가 강한 것 같고 오늘은 더 이상 다른 생각을 하지 못하도록 못을 박는 자리인 것 같은 생각이 든다. 신 부회장은 그간 미국에서 공부하며 한국에는 출입이 거의 없다시피 하며 미주본부를 맡아 전념했기 때문에 국내업무에 대한 기여도가 거의 없다고 해도 과언이 아닐 정도이다. 때문에 한국에 들어와 후계자로 내정된다 하여도 별 힘을 쓰지 못하리라는 것이 그룹 내부의 대체적인 평가였던 것이 사실이다. 이러한 상황을 보면 국내 사업을 크게 성장시키는데 큰 기여를 했다고 평가받는 둘째 아들이 있다 해도 장자라는 위치가 무섭긴 무섭다는 생각이 든다.

"앞으로 그룹 회장 승계가 이루어지면 김호석 상무가 나를 많이 도와줘야 될 것 같다. 김호석 상무 같은 능력 있는 인재들이 많이 도와주면 내가 힘 좀 더 받지 않겠냐? 나가자. 이번 그룹 후계자 내정 관련하여 아버지가 간단하게 언급하실 거야."

미국에서 대학원을 거의 마치고 일을 찾고 있을 때 그룹에 자기보다 먼저 들어가 자리 잡고 있어 달라는 신 부회장의 부탁을 김호석 상무가 거절한 적이 있기 때문에 조심스럽게 도와달라는 의사 표시를 다시 하는 것이다. 미국의 명문 대학은 돈의 힘으로 들어갈 수 있는 곳도 아니고 들어간들 실력이 없으면 버틸 수가 없는 곳임을 신 부회장이 누구보다도 잘 알고 있기 때문에 김호석 상무의 실력을 인정하고 하는 말이다. 신 부회장 또한 학부 졸업하고 대학원도 스탠퍼드 경영대학원을 다녔으니까 어느 정도 실력을 갖춘 재원이지만 항상 주변에 많은 후배들을 거느리려는 보스기질로 인재 욕심이 많아서 그로 인해 여러 가지 부작용도 적지 않았다. 그러나 충분한 대우를 하는 것만큼 우수한 인재도 많이 모이는 법인데 인재영입 부문에 비용을 시원하게 쓰지 않으니까 그룹사 주변에 능력 있는 인재들이 많이 모여들지 않는 것이다. 냉정하게 판단해 보면 주변 상황이 삼마를 재계 3위를 만든 것이지 뛰어난 경영능력으로만 만들어진 것이 아니라는 것을 신 부회장은 잘 알고 있기 때문에 더욱 인재영입에 관심을 기울이고 있는 것이다.

밖으로 나와 신 부회장과 함께 넓은 잔디마당을 걸어가며 좌우를 둘러보니 잘 알려진 유명 인사들이 들어올 때보다 훨씬 더 눈에 많이 띈다. 신 회장이 신 부회장을 앞으로 불러내 재계 수장들과 관료들에게 자기의 맏아들 신 부회장을 소개한다.

"제가 오늘 이렇게 여러 회장님들과 장관님을 모신 것은 불초 소생의 맏아들이 미국 지사에서 경영활동을 마무리하고 이제 한국에 들어와 본격적으로 경영 승계 과정에 있다는 것을 말씀드리고자 합니다…. 경륜은 짧으나 많은 지도 편달이 있으시다면 국가 경제에 큰 도움이 되는 경제인으로 성장할 수 있으리라 생각합니다. 앞으로 많은 격려와 지도 부탁드립니다."

이어서 손짓을 하며 신 부회장에게 한마디 인사를 하라고 손짓을 한다.

"안녕하십니까. 신덕훈입니다. 장관님과 재계의 어르신들을 모시고 이런 뜻깊은 자리를 갖게 된 것을 영광으로 생각합니다. 기대에 부응하는 겸손한 사람으로 열심히 노력 하겠습니다. 감사합니다."

간결하지만 신 부회장의 인사는 강한 자신감이 느껴진다. 인사에 화답하는 박수 소리와 참석인사의 면면이 삼마그룹의 현재 위상을 말해주고 있었다. 신 부회장은 좌중을 돌며 열심히 자신을 각인시키고 있다. 파티가 거의 끝나갈 무렵 신 부회장이 사람을 보내 저녁 식사를 같이하자며 장소와 시간을 알려준다. 시간이 얼마 남지 않았다는 생각이 들자 김호석 상무는 이런 기회가 언제 오겠나 싶어 재계의 정점에 있는 회장들에게 인사를 하며 열심히 명함을 건넨다. 다국적 기업의 위상답게 후렉스코리아의 위치와 평판은 좋은 편이다. 특히 삼태그룹 윤 부회장은 양 대표에 대한 근황을 물어보며 일 잘하라고 호석을 격려까지 한다. 김호석 상무 입장에서는 재계에 자신의 존재를 조금이라도 알릴 수 있는 둘도 없는 기회가 된 셈이다.

재정기획부 신재환 장관은 국장급 연수에 후렉스코리아의 기업문화에 대한 세미나 한번 해줄 수 있겠냐고까지 이야기를 하니 대단한 수확인 셈이다. 파티도 전체적인 면면이 격식과 수준에 맞게 조용하고 우아한 것이 미국에 있을 때 시끄럽고 어수선한 분위기의 파티와는 비교가 안 되었다. 한두 명씩 자리를 뜨는 것을 보자 김호석 상무는 어차피 자신이 빠져나간 것에 기억조차 못 할 것이라는 판단에 저녁 식사 장소로 먼저 이동하기로 한다. 초저녁이고 와인도 거의 안 마셨기에 차를 가지고 가기로 하고 신 회장 저택 관리실에 차 번호를 알려주며 차를 가져다줄 것을 부탁한다. 예상대로 윤 기사가 차를 빼기 좋은 곳에 놓아두었는지 금방 차가 도착한다. 차를 몰아 신 부회장이 저녁 식사자리로 정해준 남산하얏트호텔로 가며 신 부회장이 오늘 기분이 한껏 올라가 있겠다는 생각을 한다.

그런데 또다시 외부에서 저녁을 하자는 이야기에 어떤 중요한 일이 기다리고 있을까 하는 기대감마저 들어 기꺼운 마음으로 움직이고 있다. 하얏트에 도착하니 한 시간 정도의 여유가 있다. 약속 장소인 이탈리아 식당 마레로 가지 않고 꼭대기 층의 스카이라운지로 발걸음을 옮긴다. 남산과 거주지 너머 한강까지 눈에 확 들어오니 가슴이 툭 하고 터지는 시원함이 느껴진다. 신 부회장과 미국에서 공부할 때 리포트도 써주고 뚜쟁이 역할도 하면서 생활비를 벌던 기억이 떠오른다. 그렇다고 당시 기분 나빴던 기억은 별로 없었다.

가난한 살림에 유학을 왔으니 피라도 팔아 학비를 대야 할 판에 신 부회장으로부터 정당하게 도움을 받는다는 생각에 오히려 편안한 마음으로 즐기는 시절이었다. 그런 성격을 아는 신 부회장은 자기의 심복으로 같이 가도 되겠다는 판단이 들자 김호석에게 학업에만 전념할 수 있게 많은 배려와 도움을 주었다. 미주지사 직원으로 채용하여 대학원을 마치기까지 금전적으로 많은 도움을 준 신 부회장의 요청을 절대 거절하지 못 하는 것이다. 또한, 입이 무거운 김호석 상무를 그만큼 신뢰하기도 하기 때문이다.

커피를 리필해서 마시고 어려웠던 시절을 생각하며 후렉스코리아에서의 기반을 가지고 언젠가는 독수리같이 비상할 때가 올 것이라고 확신한다. 시간을 보니 약속 시간이 다 되어간다. 마레로 정한 것을 보면 격식을 차려야 할 사람을 만날 것 같은데 이탈리아 사람들이 저녁 식사시간이 늦고 엄청 많이 먹는 스타일인 것처럼 여기서도 식사시간이 꽤 길어질 것 같은 예감이 든다. 마레에 들어가 신 부회장의 이름을 대자 예약된 조그마한 룸으로 안내한다. 6명 정도 들어갈 조그마한 룸에 깔끔하게 테이블이 세팅되어 있고 와인은 벌써 디켄팅Decanting: 병에 담긴 포도주를 다른 용기에 옮겨 놓는 것이 되어 있다. 신 부회장은 중간 정도 수준의 드라이한 와인을 좋아하다 보니 꼭 디켄팅을 요구한다.

"오늘 와인 몇 병정도 준비해놓으라고 하던가?"

"세 병 정도면 되겠다고 해서서 두 병은 와인 쿨러에서 꺼내놓았고 한 병은 디켄팅 해놓았습니다."

"세 병이라… 손님이 3명 정도는 되는 모양이군."

"정확하시네요. 모두 3분이고 정통 이탈리아 정찬 코스로 준비했습니다."

"그래, 알았네."

또 한 명은 누구인가? 한 명을 만나는데 호석을 부른 것을 보면 비즈니스는 아닌 것 같은데 만약 비즈니스 관련이라면 둘이서만 만나든가 아니면 더 많았을 것이다. 신 부회장은 앉은 자리에서 한 병 이상의 와인을 마시지 않는 것이 거의 룰이라고 보면 된다. 자제력이 거의 존경할만한 경지에 이르렀다. 그런 절제가 오늘 신 부회장을 주변의 집요한 공격과 견제에도 살아남게 한 원동력이 되었을 것이다.

신 부회장이 도착한 모양이다. 문을 열고 들어오는 웨이터의 뒤로 신 부회장이 따라 들어온다.

"호석아, 빨리 왔네. 같이 차 타고 오려고 찾았는데 벌써 나갔더구나. 근데 파티 내키지는 않았냐? 그래도 오늘 너의 야망이 더 꿈틀댔을 것 같은데? 눈빛을 보니까. 안 그러냐? 하하하."

호석을 잘 아는 신 부회장은 망설임 없이 호석의 속마음을 건드린다. 신 부회장은 호석의 그 어떤 상태의 감정이라도 건드릴 수 있는 몇 안 되는 사람 중의 하나이다.

"하하, 선배님. 잘 아시면서 그러세요. 뜨끔하게."

거대 기업의 부회장이 동네 사람들 고스톱판에서 얻어진 자리겠는가? 적어도 호석의 판단에 신 부회장은 능력으로 그 자리에 온 것이라 평가한다. 신 부회장과 6년 넘게 동문수학하며 이미 큰 그릇이라고 판단한 것은 사실이다.

"오늘은 선배님과 저하고 둘입니까? 겁나네요."

"아니야, 조금 있다가 한사람 더 있어. 그전에 이야기 좀 하려고."

알고는 있었지만, 슬쩍 이야기를 던져본다. 비즈니스는 아닌 것이 확실하고 미리 이야기한다고 하면 또 골치 아픈 여자 문제를 이야기하려는 것은 아닌가 생각이 든다.

"호석아, 연희 알지?"

"연희 왜요?"

순간 호석의 얼굴에 당황스러움과 긴장감이 돈다. 신 부회장이 눈치를 채지는 못 하였지만, 순간적으로 호석의 얼굴이 긴장하여 굳어졌다 이내 풀어졌다. 호석이 가슴에 품고 있는 여자가 한 명 있는 것의 실체를 신 부회장이 꺼낸 것이다. 호석은 신 부회장하고 연희하고 같이 산다는 소문이 돌았던 초기에도 미국 출장 시에 신 부회장 모르게 만났던 적이 있었고 학창 시절에는 오랫동안 같이 지내기도 했기 때문이다. 그 정도였으니 호석과는 사연이 너무도 많은 사람이고 아직도 잊지 못하고 가슴에 묻어두고 있는 사람이기 때문이다.

과거 학창시절에 호석과 연희 사이를 갈라놓은 결정적인 이유에 신 부회장이 끼어있기 때문에 신 부회장과 김호석 상무 사이에 언급되기 쉽지 않은 인물이기도 했다. 호석과는 둘도 없이 가까이 지내다가 오해와 주변에서 발생한 여러 환경 때문에 사이가 뜸해졌지만 결혼하고서도 만날 정도로 호석에겐 가족과도 같이 느껴지는 사이이다. 마음이 정리되지 않은 호석이 연락을 하지 않은 이후의 상황은 잘 모르지만, 어렴풋이 들리던 소문은 연희가 신 부회장과 같이 산다는 소문도 얼핏 들었던 터라 호석은 순간 연희라고 이름을 부르는 것이 결례될 수 있다는 생각을 한다.

"오늘 나올 분이 그분입니까?"

"그래, 연희야. 미국에서 나와 잠시 같이 지내던 친구지. 김 상무하고도 깊은 관련이 있던 사람이 아니던가?"

한참 옛날에 신 부회장과 연희가 같이 결혼하여, 아니 신 부회장은 결혼했으니 동거하며 계속 같이 지낸다는 소식을 어렴풋이 들어 알고 있었지만 애써 믿고 싶지 않았던 일이기도 했다. 오늘 신 부회장으로부터 직접 이야기를 듣는다면 그간 동문들 사이에 희미하게 돌던 조각난 소문의 퍼즐을 정확하게 맞출 수 있을 것 같다는 생각을 해본다. 호석은 그간 자신이 들었던 모든 이야기를 무시하고 신 부회장에게 물어본다.

"선배님, 그럼 미국에서 같이 사셨어요? 애도 있는 게 사실이십니까?"

"아니야, 같이 조금 살았던 거는 사실인데 별다른 사이는 아니었고 내가 이혼을 할 거니까 결혼을 하자고 했더니 한사코 싫다는 거야. 그러다가 얼마 안 있어 나도 아내가 있으니까 더 이상 관계 유지가 어려워 관심 갖기가 어려웠지. 한집에 살았다는 것밖에는 어떠한 사건도 없었어."

"그럼 그간의 소문은 완전하게 와전된 것이었군요."

호석은 자신이 잘못 알고 있었다는 사실에 당황한 표정을 감추고 자신이 믿고 싶은 내용을 확인하듯 말을 한다. 소문이 사실이 아니라는 것이 당사자의 설명으로 판명되는 순간 허탈감이 몰려와 웃음만이 나온다. 그간 들어왔던 조각조각 소문이 잘못 알고 있었다는 것으로 밝혀지는 순간 자신의 경박함과 큰 실수가 있었음을 알 수 있었다. 호석의 속내를 모르는 신 부회장은 자신이 가지고 있는 고민을 가감 없이 토로한다.

"호석아, 웃을 일이 아니다. 내가 미국에서 헤어지면서 별다른 관계도 아니었지만 연희가 직업을 찾기 전까지 어려웠고 그래서 내가 집도 하나 얻어주고 작지만 돈을 조금 챙겨 줬어. 그런데 당시 애를 하나 낳았는데 연희가 동의는 하지 않았지만 내가 내 아들로 입양해서 키워주겠다고까지 하면서 관심을 가지고 있었지. 미안하기도 하고 도와주고 싶어서. 근데 내가 뭘 하려고 하면 알레르기 반응을 보여."

"아, 그런 일이 있었군요. 제가 알기로는 골드만삭스에서 일하고 있는 것으로 알고 있는데요. 들리는 소문이어서 확인되지는 않았지만 말입니다."

모른 척 호석은 이야기를 이어간다.

"맞아, 골드만삭스에서 파트너로 일하고 있고 능력도 인정받고 있지. 동양인으로 골드만삭스 파트너 자리가 쉬운 자리는 아니지."

"뭐 하려고 들어온대요? 한국보다 미국이 훨씬 좋을 텐데. 그 좋다는 뉴욕 골드만삭스 본사에서 근무하고 있는데 말입니다."

스탠퍼드에서 경영대학원까지 마쳤으니 어딘들 갈 데가 없겠는가? 미국에서 이룬 성공의 모든 것을 놓고 들어올 어리석은 친구가 절대 아닌 걸로 알고 있기 때문이다.

"그래도 내가 미국에서 유일하게 옆에서 같이 살았던 후배고 별다른 사이가 아니었지만 막상 한국에 들어 왔다고 하니 걱정이 되는 것은 사실이야. 그렇다고 대놓고 도와주자니 내가 가정이 있고 이제 회장직도 승계해야 하는데 쓸데없는 스캔들 터지는 거 아닌가 싶기도 해."

"선배님, 설마 사회적으로 성공한 연희가 계획없이 들어 왔겠습니까? 도움이나 구하려고 들어오는 것은 절대 아닐 것입니다."

연희처럼 모든 것에 전략적인 사고를 하는 성공한 여자의 속성을 모르고 쓸데없는 걱정을 하는 신 부회장의 행동이 우스꽝스러워 보였다.

"그렇겠지. 골드만삭스 한국 지사장이라는 자기 잡을 가지고 들어오니까 문제는 없을 것 같은데 뭔가 도와주어야겠는데 내 상황이 상황이니만큼 좀 조심스러워."

아들이 없는 신 부회장은 자식, 특히 아들에 대한 집착이 병적으로 강한 것은 알지만, 연희와의 관계에 연희의 아들을 끌어드리려 하는 것을 보고 향후 후계 문제에 걱정이 있을 수도 있겠다는 생각이 들어 조금은 안쓰러운 생각이 든다. 자신의 자식이 아닌 것을 뻔히 알면서도 말이다.

그렇게 따지면 호석은 어찌 보면 뻔뻔한 사람으로 비칠 수도 있다. 호석과 연희는 한국 유학생 사이에서는 부부로 소문이 날 정도로 가깝게 지내던 사이였다. 골드만삭스 파트너로 한국 지사장으로 온다니 많이 성장했다는 생각이 든다. 한국 지사장으로 지원해서 나왔다는 이야기인데 무슨 생각으로 한국으로 나올 생각을 했을까. 미국 회사에서는 본인의 의지가 아니면 한국회사와 달리 강제로 내보내진 않는다는 것을 알고 있기 때문이다.

"하하, 선배님. 그리 머리 아프실 일이 아닌데 그렇습니다. 아이 때문에 선배님이 큰 관심을 가지고 계시지만 연희 씨가 'No'라고 분명히 이야기했으면 그 친구는 절대 아닌 겁니다. 성격을 제가 잘 알지요. 신경 써 주시는 것조차도 힘들어 할 겁니다. 제가 한번 만나 보고 상황을 파악해 보겠습니다."

"호석아, 그래서 이야긴데 지금 이 호텔에 묵고 있어. 사무실 둘러보고 다시 미국에 나가서 정리하고 들어온다고 하더라. 그 전에 내가 아파트라도 하나 장만해줘야 하는 거 아닌가 싶어서. 내가 해 줄 수 있는 것은 그것밖에 더 있겠냐? 그리고 연희의 아들을 제수 씨한테 맡기면 안 되겠냐? 보딩 스쿨Boarding school: 미국에서 명문대학교를 들어가기 위하여 기숙사를 운영하고 있는 명문 고등학교에 다니니까 그다지 힘든 것이 없을 거야. 연희가 들어와서 가장 걱정하는 것이 자기 아들에 대한 문제일 거 같아. 믿고 맡길만한 사람이 없다고. 내 생각에 제수씨 거기 있으면 너 미국 갈 때 나도 껴서 그 아들놈도 한 번씩 볼 수도 있고."

드디어 신 부회장이 오늘 만나자고 한 목적을 이야기하는 것 같다. 김호석 상무의 썩는 속도 모르고 이런 이야기를 꺼내는 것에 심기가 불편할 것도 같았지만 담담하게 처한 상황을 이야기한다.

"선배님, 저⋯ 미국에 있는 와이프가 이혼하자고 메일을 보내 왔어요. 미국으로 들어오든지 아니면 이혼하든지 최후통첩 말입니다. 답답합니다, 저도."

"너 완전히 성공했네. 살 만큼 살지 않았냐. 누구는 가라고 하는데도 안 나가고 누구는 해달라고 요구까지하니 복 받은 놈은 따로 있구먼. 그건 그렇고 그렇다고 제수씨가 김 상무하고 아직은 이혼한 것도 아니고 또 이혼한다고 해도 싫어할 이유가 없을 것 같은데. 솔직히 연희가 내가 그 아들 내 호적에 올리자고 한 이후로 근처에 오는 것도 싫어하거든."

하긴 대학원을 다니니 특별하게 일주일 내내 학교에 가는 것도 아니고 시간은 많이 있겠다는 생각이 들었다.

"그리고 연희가 사는 집에 들어와 살아도 될 것 같으니까 생활비들어갈 것도 없으니까 누이 좋고 매부 좋고 어떠냐?"

"애엄마가 좋아할 것 같긴 한데. 이거를 핑계로 제가 집사람에게 전화해 볼게요. 저에 대한 감정이 완전 바닥이라 어떨지 모르겠어요. 기대는 하지 마세요."

"그래, 김 상무가 좀 잘해봐라. 내가 이렇게 내 아들도 아닌 일에 신경 쓰고 다니는 줄 알면 와이프뿐 아니라 집안이 난리가 날 거야. 가족 중에 누구라도 알게 되면 후계승계도 그렇고 나를 미친놈 취급할 거야. 언론도 그렇고. 내 아들이 아니지만 연희가 고생할 때 봐서 그런지 자꾸 눈이 가는 걸 어쩌겠냐? 하하."

이것도 신 부회장의 착한 마음에서 오지랖 넓게 움직이는 것이라 생각한다. 과거에도 그렇게 살았었으니까. 결혼을 비교적 일찍 한 신 부회장은 딸애 하나밖에 없고, 더 이상 애를 못 낳는 것인지 안 낳는 것인지 모르겠지만 와이프는 맏며느리란 이유로 집에 박아놓고 유학도 미국 지사장도 혼자 사는 것처럼 살아왔다. 그저 평범한 가정의 자녀가 며느리로 들어와 말썽 없이 묵묵하게 시집살이를 하고 있는 것이다. 몇 번 만나봤지만 조신하고 거의 말이 없으며 외부노출을 전혀 안 하는 스타일이다.

웨이터가 손님이 한 분 오셨다고 전하면서 잠시 후 문이 열리고 세련된 여인이 들어왔다. 김연희! 유학 시절 고생하며 공부할 때 많은 도움을 주었던 여인이고 김호석이 진정으로 사랑했던 여인이다. 아주 유복하지는 않았지만 불편하지 않을 정도의 유학 생활을 한 사람이고 유학 시절 부모님이 교통사고로 돌아가셔서 무남독녀인 그녀는 외롭게 학교생활을 하며 호석과 서로 의지가 되었던 것이다. 솔직히 호석이 신 부회장에게 파티의 아르바이트 파트너로 소개해주는 얕은 잔꾀로 인하여 오해를 살만한 일이 벌어졌고 그로 인해 헤어지게 되었기 때문에 호석은 입이 열 개라도 할 말이 없는 처지가 분명한 것이다.

그 일 이후로 우연하게 연희가 신 부회장과 같이 살고 있다는 소문도 나돌았고 그 이유로 호석은 연희와의 만남을 멀리했다. 그리고 호석의 급작스러운 결혼으로 공식적인 만남은 없었지만 처음 몇 년간은 호석의 뉴욕 출장 시에 가끔 만나 같이 지내기도 했었다. 그러다가 서로 직장생활에 바빴다는 것과 동부와 서부라는 지리적인 이유로 못 본 지 17년이나 되었다.

"이야, 오랜만입니다. 한 16~17년 되었나요?"

"어머, 오빠. 저도 오랜만이네요. 어느 날 갑자기 오빠가 연락을 끊었으니까 그 정도 된 것 같네요. 그런데 왜 존댓말을 쓰세요? 우리 사이에, 호호호. 오빠 소식은 많이 들었어요. 한국에서 잘 나가시던데요. 냉정하게 연락이 없으시더니 이렇게 보네요."

어색한 침묵이 흐른다. 무엇보다도 뭐라고 불러야 하나 잠시 머뭇거리는데 눈치가 빠른 신 부회장이 교통정리를 해준다.

"호석아 그냥 이름 불러라. 옛날처럼. 두 사람이 보통 사이가 아니었잖아?"

"하하, 선배님. 감사합니다. 언제 들어왔어요… 어색하네."

"오빠답지 않게 왜 그래요. 덕훈 씨하고 소문만 아니었으면 오빠하고 잘 살고 있을지도 모르는데. 호호호."

신 부회장의 이름을 주저 없이 부른다. 연희의 성격상 이름을 부른다는 것은 무시한다는 의미인 것을 잘 아는 호석이다. 공적인 일이 아니면 절대 상대방의 이름을 부르지 않고 단 한 살이 차이라도 오빠, 언니 등 한국적 호칭을 쓰기 좋아하기 때문이다. 먼 미국 땅에서 고생하며 공부했고, 같은 경제학을 전공하며 다들 언제 결혼할 거냐고 할 정도로 가깝게 지낸 사이다. 신 부회장의 모임에 보냈다가 절묘하게 이상한 소문과 함께 조금은 불편했지만 겉으로는 대학을 졸업할 때까지 큰 문제가 없었고 호석이 결혼한 후에도 가끔 만나던 사이가 아닌가. 물론 호석의 급작스러운 결혼이 신 부회장과 연희의 관계에 대한 오해에서 이루어진 면도 없지 않아 있지만 두 사람은 마음속에 서로를 완전하게 지우지 못하고 있었던 것은 사실이었다.

"하하하, 무슨 소리야. 왜 나에게 화살을 돌리는 거야. 조신하게 살던 사람한테. 호석아, 아니냐?"

연희의 뼈 있는 한마디에 두 남자는 나름대로 책임감을 깊게 느끼는 것 같다.

"호호호, 그건 나중에 이야기하고 저도 한 잔 주세요."

17년이란 세월이 지났지만, 여전히 세련되고 여유가 몸에 배어나온다. 아름답고 지적인 모습은 변화가 없다. 이야기 중에 이번 한국에 금융컨설팅 등 선진 금융시스템을 제공하기 위해 지사 설립을 준비할 목적으로 들어왔다고 한다. 소녀 같았던 이 친구가 골드만삭스 코리아 지사장이라 하니 앞으로 자주 볼 수 있겠다는 생각이 든다. 호석이 예상하기는 사무실은 대한민국 금융 중심가인 여의도에 만들 것으로 예상되기 때문이다. 그렇게 되면 후렉스코리아와 가까이 있게 될 것이고 식사자리는 자연스러운 일이 되지 않겠는가 하는 것이 호석의 순간적인 생각이다.

"지사 사무실은 어디로 할 것인가? 그래도 금융의 중심인 여의도로 해야 하지 않겠나?"

김호석 상무는 신 부회장이 옆에 있지만, 노골적으로 여의도로 오라고 손짓을 한다.

"저도 그렇게 생각해서 임시로 호텔에 사무실을 만들어 놓고 이번에 미국으로 들어가서 보고서를 올릴 거예요. 오빠가 사무실 공간 좀 알아봐 주세요. 우리 회사에 어울리는 고급스럽고 접근성이 뛰어난 곳으로요."

호석이 늘 입버릇처럼 말하는 것이지만 역시 대부분의 사람들은 보편타당한 공통의 판단 가치를 가지고 있다. 면접한 곳에 떨어진 사람이 다른 곳에 가서도 또 떨어지는 이유가 대부분 사람들에게 보이는 공통적 단점을 가지고 있다는 것인데 반드시 고쳐야 취업에 성공할 수 있다.

"그래, 한번 알아봐 줄게. 아니, 그것보다도 선배님 쪽에서 알아봐 주시죠. 비서실이나 관리부 쪽에 이야기하면 빠를 텐데."

신 부회장이 옆에 있는 것을 까맣게 잊고 연희와 둘이서만 이야기한 것 같아 미안한 생각이 들어 슬쩍 화제를 신 부회장 쪽으로 돌린다.

"김 상무. 나 죽일 일 있냐? 관리팀에서 알아봐라. 동생들의 수족들이 쫙 깔린 곳인데 소문 금방 난다. 김 상무가 좀 해 줘라."

"호석 오빠, 덕훈 씨 신경 쓰지 마세요. 매번 눈치를 보고 있어서 어찌할 수 없는 분이시니까. 오빠가 아니면 내가 전문 업체에 맡겨 버리지 뭐."

연희의 정색하는 말에 순간 분위기가 썰렁해진다. 미국 간 와이 프가 호석에게 스트레스를 많이 받은 것처럼 연희도 신 부회장에 대한 감정이 그리 좋은 것은 아닌 것 같다. 어찌 되었든 연희와 신 부회장은 별다른 심각한 사이가 아니라는 결론을 내린 김호석 상 무는 머릿속에 늘 존재하던 큰 종양 하나가 사라진 기분이었다.

"그래, 알았어. 내가 한번 알아볼게. 연희야, 너 성격이 옛날보다 까칠해졌다."

"오빠도 미국 사회에서 혼자 일어서는 게 얼마나 힘 드는 일인지 알잖아요. 거기다 동양 여자가 애까지 키우면서 회사 다니는 것이 얼마나 힘든 일인지 다 아시면서. 그리고 가장 큰 어려움은 덕훈 씨의 과잉 관심과 친절인 것은 아시죠?"

국제 금융시장을 선도하는 한 축인 골드만삭스에서 성장하기란 그것도 유색인종인 동양 여자가 아무리 학벌이 좋다고 해도 쉽지 는 않았을 것이다. 물론 IBM 같은 회사는 유색인종과 여성 우대 정책이 명문화되어 있기도 하지만 알게 모르게 견제와 차별이 존 재하는 것이 사실이다.

"언제 출국하냐?"

"다음 달 초에 나갈 거예요. 한 4주 남았지요? 그때까진 여기 있 을 거고요. 나가서 정리하는데 2~3주 정도 걸릴 것으로 예상하니 까 2~3개월 후면 정도 후면 한국에서 본격적으로 근무하게 될 거예요."

"그럼 들어와서는 어떻게 지낼 건데? 단기출장도 아니고 호텔에서 계속 지내기는 불편하지 않냐?"

신 부회장의 아파트 얻어주라는 이야기에 일단 본인의 의사를 물어보아야 할 것 같았다. 미국적 사고방식으로 오래 살아온 연희에게 섣불리 먼저 무엇인가 해주려고 하는 것은 불쾌감이나 거부감을 불러일으킬 수 있기 때문이다. 또 다른 오해를 일으켜 부작용이 일어날 수도 있다는 것이 두렵기도 했다.

"응, 미국에서는 넓은 주택에 살았는데 여기는 좀 부담 가더라. 혼자 사니까 보안 문제도 있고. 그래서 아파트 하나 얻어 살려고 해요."

이렇게 20여 년 전의 죽고 못 살던 연인을 만나서 조금은 당황스럽기도 하고 얼떨떨한 기분에 와인을 몇 잔씩 들이켜다 보니 취기가 살짝 오른다. 호석이 이탈리아 음식을 워낙 좋아하는지라 매번 과식하게 되고 그러다 보니 와인도 꽤 마신 것이다. 평소 담백한 면을 좋아하는 호석은 자주 즐기는 음식이지만 이렇게 격식에 따라 나오는 것은 어딘가 모르게 꼭 먹어야 한다는 부담감이 작용하기도 하기 때문일 것이다.

"아파트는 어디 특별하게 봐둔 곳이 있냐?"

"봐두긴요. 덕훈 씨가 혹 찾아올 수도 있어서 모르는 곳으로 할 거예요. 그건 걱정하지 마세요. 당분간 호텔에 있으며 같이 일할 직원들 채용하고 난 후 천천히 얻어도 될 것 같아요."

아파트는 김호석이 신경을 안 써도 될 것 같은 분위기다.

"그래, 그건 그렇고. 투자업무를 위한 거냐 아니면 금융 컨설팅 쪽이냐?"

"둘 다예요. IMF하고 금융위기 겪으며 대한민국 정부에서 현 금융시스템의 약점이 너무 많은 것을 알고 우리 회사에 금융 선진화 방안 및 개혁에 대한 자문을 요구했어요. 그래서 정부와 골드만삭스하고 계약했고 적임자를 찾다 보니 나한테 기회가 온 거예요. 또 내가 한국사람이라는 것도 작용했고. 운이 아주 좋은 거지요."

"운은 무슨. 실력 아니겠냐. 이거 얼굴 보기 어렵겠는데? 앞으로 잘 부탁한다."

"호호호, 이렇게 셋이서 만나는 거 아니라면 오빠가 전화하면 언제든 오케이예요. 그렇지 않으면 오빠도 안 볼 거니까 알아서 하세요."

연희의 선공에 신 부사장은 더욱 할 말을 잊는다. 가정이 있고 늘 한계를 가지고 살아온 것에 익숙한 신 부회장이 연희가 지금까지 오게 되는 데 큰 도움이 되었을 리가 만무하다. 연희가 냉정하게 대화에 끼워줄 생각을 안 하니 신 부회장이 측은해 보이기까지 하다.

"자, 이제 그 얘긴 그만하고 호석이 와이프가 뉴욕에 있어서 애 맡아 줄 수 있냐고 확인해 달라고 했어. 일단 전화해 본다고 하네."

"덕훈 씨는 애한테는 관심 좀 꺼달라고 했잖아요. 남들이 들으면 덕훈 씨 애인 줄 알겠어요. 덕훈 씨의 그 관심 때문에 얼마나 많은 사람들을 잃었는데 제발 그만 좀 하세요. 걱정 붙들어 두시고 저의 개인 문제니까 두 분 다 신경들 거두어 주세요. 제발."

연희 입장이 이해가 간다. 신 부회장의 아들이 아닌 것은 확실한데도 불구하고 신 부회장이 지나친 관심을 가지고 있으니 짜증이 날만도 하다. 또 다른 면에서 보면 신 부회장에게 숨겨 놓은 아들이라도 있다고 하면 가족들 특히 신 회장은 좋아할 지도 모르겠다는 생각이 든다.

"일단 호석 오빠가 전화로 한번 해 주세요. 그럼 저야 믿을 만한 분이니까 고맙고요. 그런데 언니는 건강하시죠? 덕훈 씨 말로는 미국에서 박사과정 중이시라던데?"

연희는 얼굴을 한 번도 본 적이 없지만, 호석의 와이프가 미국에 있다고 하니 그곳에 맡기면 정말 좋겠다는 내색을 한다.

"아직 동의한 건 아니고 일단 전화 한 번 해봐야 해. 지금 우리가 폭발 일보 직전이거든."

머쓱한 것을 웃음으로 감춰보려고 김호석 상무는 특유의 너털웃음을 터뜨린다. 신 부회장이 전화를 걸어 호석과 아내 사이를 대충 이야기한 것 같아 시인도 부인도 하지 않는다.

"자, 한잔하시죠. 옛날 미국 생각나네요. 돈이 없어 그땐 맥주를 주로 마셨지요. 물론 선배님을 만날 때는 아니었지만."

"호호호, 그때는 고생은 좀 되었어도 좋아하는 사람들도 있었고 인간미도 많아서 별로 힘들다는 생각 없이 지냈었는데 지금은 그런 재미는 없는 것 같아요."

앙증맞게 만들어진 후식으로 식사를 마친 세 사람은 잠시 무엇을 할까 서로가 고민하다가 눈치 빠른 김호석 상무는 자리를 비켜주는 것이 도리라는 생각이 든 모양이다.

"선배님, 저 다른 약속이 있어 먼저 일어나야 할 것 같습니다. 오늘 저녁은 진짜 잘 먹었습니다."

"어머, 오빠. 나도 끝났어요. 같이 일어나요, 우리."

연희는 둘만 남겨두고 갈 것 같은 분위기를 알고 이 자리를 빨리 피하고 싶은 모양인지 가방을 들고 자리에서 불쑥 일어난다. 남편도 아니고 그렇다고 아주 먼 사이도 아닌 어정쩡한 이런 분위기가 견디기가 어려운 모양이다. 특히 연희는 오늘 김호석 상무를 보고 난 후에는 더욱 그런 마음이 들었을 것이다.

"그러지. 같이 일어나자. 호석아, 넌 어디로 갈 건가?"

"전 집으로 가야지요. 선배님은 기사가 왔지요. 전 기사 돌려보냈어요. 대리기사 하나 불러야 해요."

"그럼 나가지."

마레를 나온 일행은 신 부회장의 차가 대기 한 곳까지 아무 말 없이 걸어갔다.

"선배님 조심해 들어가세요. 저도 일찍 들어가겠습니다. 오늘 감사합니다."

신 부회장을 먼저 보내는 것에 괜한 오해를 받을 것 같아 변명 아닌 변명을 곁들인다.

"오랜만에 만났는데 차나 한잔 더 하고 들어가지그래. 난 오늘 본가에 빨리 가봐야 해. 회사 업무를 파악하느라고 집에도 못 들어갔거든."

연희와 김호석 상무가 절친했던 것을 잘 아는 신 부회장은 넌지시 경계가 섞인 말을 한마디 던지고 차 문을 닫고 떠나간다.

"그래요, 오빠 우리 차 한잔해요."

"그러자꾸나."

김호석 상무는 마레에 들어가기 전 잠깐 들러 차를 마셨던 스카이라운지로 연희와 같이 올라간다. 창가에 자리 잡은 그들은 마치 중년의 부부같이 다정스럽게 차를 마시고 있다.

"연희야, 미안하구나. 아무 말도 없이 연락을 끊어서. 내가 거의 사라지듯 연락을 끊어서 말이야. 골드만삭스로 옮겼다는 이야기는 들어서 알았고 나도 후렉스에서 정신없이 일하다가 일본을 거쳐 한국으로 들어왔는데 어떻게 찾아볼 엄두도 못 냈다."

"다 알고 있었어요. 왜 찾았대? 간덩이가 작아 문제해결에 대한 결정도 못 내리고 도망 다니는 사람. 보면 몰라? 이렇게 애 낳고 잘살고 있었잖아. 오빠 덕분에 아주 행복하게."

"내가 결혼했다는 죄책감도 있었고 내가 너와 신 부회장과 사이도 심각하게 오해한 것도 있고. 뭐라 할 말이 없다."

연희의 말속에는 원망과 질타 등 여러 가지 감정이 가득 섞인 말투다. 그런 연희의 심정이 충분히 이해가 되기 때문에 김호석은 미안하다는 말 이외는 할 말이 없었다. 비록 고생하며 공부하던 어려운 시기였지만 그럴수록 서로를 애틋하게 아껴주는 사이였던 것은 틀림없었다. 그러나 신 부회장이 중간에 끼면서 속 좁은 호석의 오해와 주변의 부정적 소문으로 인하여 자연스럽게 마음이 멀어져 갔던 것이다. 그러는 와중에 호석의 급작스러운 결혼도 있었지만 대학원을 마치고 서로의 직장을 잡으면서 동부와 서부로 자연스럽게 갈리게 되었고 점차 호석의 마음에서 멀어지게 된 것이다.

"그건 그렇고 신 선배하고는 어떻게 된 거냐?"

김호석 상무는 마음속에 단 한 점의 쓰레기 같은 감정을 일지라도 버리기 위하여 연희에게 묻고 싶지 않은 말을 한다.

"미국에서 애 낳고 기를 때 집을 얻어주어서 살았고 가끔 와서 지내다 가기도 했어. 제발 오해 좀 하지 마. 집을 얻어주었으니 그냥 주인과 세입자쯤 되었다고나 할까. 그 이상도 이하도 아니었고 태어날 때부터 봐서 그런지 좀 과하다 싶게 애한테 관심을 보이는 거야. 그렇게 하지 말라고 이야기를 했는데도 고쳐지지 않네. 좀 어이가 없지. 나나 아들 입장에서는."

신 부회장으로부터도 듣지 못한 이야기를 연희를 통해서 듣는다.

"하하, 아들이 없어서 그런 거야. 이해도 할 만해."

"오빠는 당사자가 아니라 그런 거야. 나중에 입장 바뀌면 달라질 걸. 언니한테 꼭 전화해줘. 언니라면 내가 안심인데 솔직히 조금 불안하거든. 그런데 왜 언니하고 사이가 안 좋아?"

"이혼해 달라는 메일이 왔더라. 머리 아파 죽겠다."

"오빠도 그게 문제야. 출세를 위해서 가정이고 뭐고 다 포기하고 살았잖아. 여자들은 출세가 중요한 것이 아니거든. 단지 오빠 자신의 만족을 위해서 그저 열심히 살아온 것이라 생각하실 거야. 과거의 오빠를 봐서는 충분히 이해가 돼."

"나는 네가 신 선배 파티 파트너로 다녀온 후 많이 달라졌다고 느꼈어. 나도는 이야기도 그렇고."

"오빠가 다른 사람들 통해서 들었던 것처럼 그 파티는 난잡하고 장난이 아니었던 것은 사실이야. 분위기도 마약이나 그 이상의 일에도 빠져들게 하는 분위기였고. 그러나 나는 그곳을 곧 빠져나왔고 아무 일도 없었어. 덕훈 씨가 다른 여성과 있었던 일이 나와의 일로 소문이 났었을 거야. 더 중요한 문제는 그곳에 보낸 사람이 오빠였다는 사실이야. 그런데 오빠가 그런 오해를 한다는 것은…"

신 부회장으로부터 듣지 못했던 이야기를 연회로부터 직접 들으니 그간 답답하게 호석의 가슴과 머리를 움켜잡았던 갈등이 사라지는 기분이다.

"그래, 그것은 나의 일생에서 가장 큰 실수라고 지금까지도 가슴에 담아두고 후회하고 있어. 많은 오해 속에서 마음속에는 부정하고 있었지만 참으로 인간은 나약한 거야. 그래도 너에게 직접 들으니 완벽하게 안개가 갇힌 상태야. 고맙고 미안하다. 진심으로."

호석은 그랬다. 하루도 그때의 실수를 잊은 적이 없었다.

"나도 그때 오빠가 얼마나 원망스러웠던지 진짜 미웠어. 얼굴 보기도 싫었고. 그런데 더 위로해 주고 미안해할 사람이 오빤데 나를 자꾸 외면하는 거야. 그래서 뭔가 잘못되었다고 느꼈지. 그래서 스스로 알게 될 때까지 그냥 둔 거야."

미국에서 한국으로 돌아오기 전에 잠깐 나와 급하게 결혼을 한 이유는 연희와 그 일이 있은 후 잊기 위하여 자포자기하는 심정이었던 것이 아닌가 반문해본다. 결과적으로 지금 와서는 호석 자신이 전후좌우 확인도 안 하고 속 좁은 판단을 해버린 결과라는 것이 명확해진 것이다. 또 다른 명분은 심각한 이유는 아니었지만, 생활에 안정을 찾기 위해서가 궁색한 이유였다. 뭐니 뭐니 해도 김호석이 애들 엄마와 급박하게 결혼을 한 것은 연희와 신 부회장의 소문을 잊기 위해서가 전부였다.

"그거 나도 알고 있었지만, 자존심이 문제였지. 너도 그렇게 생각하며 옆에서 묵묵히 지켜봤지만 나는 지금까지도 고통의 연속에서 나름대로 힘들게 살아 왔어."

두 사람은 그간의 오해를 성격답게 말끔하게 정리를 한다.

"언니하고 이야기가 잘 되었으면 좋겠다. 어차피 미국에서 생활할 거면 우리집에 살면서 비용도 줄이고 또 언니가 집을 샀으면 세놓으면 되고. 꿩 먹고 알 먹고 얼마나 좋을까."

김호석 상무의 생각에도 애엄마는 무조건 제안을 받아들일 것이라고 생각하고 있다. 살림한 여자니까 한 푼이라도 아껴서 사는 것에 집착에 가까운 적극성을 보일 것이다.

"알았어. 내가 메일도 보내 보고 전화도 할게."

"고마워, 오빠. 우리 애하고 같이 살면 놀라운 일들이 많을 거야. 조금 괴팍한 데도 없지 않거든. 호호호."

연희의 알 듯 모를 듯한 화법에 호석은 같이 따라 웃는다.

"그만 일어나자. 나도 일찍 들어가 푹 좀 쉬어야겠다."

"그래, 오빠. 나가자. 이 호텔 멤버십 있으니까 내가 할게."

쪼르르 달려가는 모습이 옛날 학생식당에서 같이 식사할 때 자기가 계산한다고 카운터로 달려가는 귀여운 모습을 보는 것 같다. 카운터에 대리기사 불러달라고 하고 엘리베이터를 타고 내려갔더니 차가 입구에 대기 중이다.

"오빠, 언제 등산이나 한번 가요. 미국에서도 가끔 다니셨잖아요. 미국 들어가기 전에 스케줄 한번 잡아 같이 등산가요."

"하하, 그런 걸 아직도 기억하고 있냐? 그러자꾸나. 한번 잡아 볼게. 나 들어간다."

"월요일 비서한테 제 연락처 남겨 놓을게요. 괜찮죠?"

"그래, 알았다."

차 문이 닫히자 대리기사가 어디로 모시냐고 묻는다.

"방배동 서래마을 쪽으로 갑시다."

"차를 기사가 운전하시나 봐요. 길이 잘 들어 있는 차 같아서요."

"네."

대리기사의 말에 호석은 귀찮다는 듯이 그저 대답만 한다.

앞으로 벌어질 일들이 자못 흥미진진해질 것 같다. 연희가 들어온 것 하며, 애엄마의 이혼 요구, 신 부회장의 등장 등 주변의 등장인물들이 독특한 캐릭터를 보유한 사람들이고 사회적 지위가 있는 사람들이라 더더욱 흥미로워질 것 같은 생각이 든다. 마음속에는 정신 똑바로 차려야지 아니면 구설수뿐 아니라 인간관계에 고약한 문제가 일어날 수도 있다는 판단이 든다. 지하 주차장에 내려와서 대리기사에게 주차를 시키고 키를 넘겨받아 집으로 들어간다.

김호석은 오랜만에 마사지나 받을까 생각하다가 그대로 집으로 들어간다. 혼자 사는 아파트에 들어가려니 최성수의 TV를 보면서라는 노래가 생각이 난다. 어찌나 기러기 아빠의 모습을 잘 그려 냈는지 회식자리에서 노래 부를 기회가 있으면 즐겨 부른다. 내일은 푹 쉬어야겠다는 생각으로 욕조에 들어가 뜨거운 물에 몸을 담근다. 내일은 아침도 거르고 이불 속에서 아예 빠져나오지 않고 그저 오후에 헬스클럽이나 가려고 마음먹는다. 월요일 일정을 머리에 한 번 그려보며 아주 바쁜 일정이 될 것으로 예상한다. 욕실을 나온 김호석은 대충 물기만 닦고 침대 속으로 들어가 깊은 잠에 빠져든다.

일요일 늦게까지 늘어지게 게으름을 피운 김호석은 간단한 츄리닝으로 갈아입고 헬스클럽으로 가기 위하여 집을 나선다. 일요일 점심시간이라 그런지 길옆의 큰 일식집인 일출 앞에는 가족 단위의 손님들이 눈에 많이 띈다. 대낮의 헬스클럽은 한산하기 그지없다. 조용하게 빨리 걷기를 시작하며 흠뻑 땀을 흘린 호석은 그대로 사우나로 들어가 몸을 씻고 나온다. 연희와의 관계를 앞으로 어떻게 설정하며 지내야 할까 생각을 하면서 집으로 돌아오는 길은 호석을 약간 설레게 만들고 있었다. 과거에 연연하는 그런 성격은 아니지만, 연희와의 관계는 너무나도 아쉬운 생각이 든다. 신 부회장과의 사이를 오해한 것이 당사자들의 입을 통해서 완벽하게 해명되었고 때맞추어 아내와의 불편한 관계가 드러난 것 하며, 또 아내가 연희의 집에 들어갈지도 모른다는 기가 막힌 일이 이어지니 이게 무슨 상황인가 하는 생각이 들어서다.

집으로 돌아온 호석은 케이블 방송을 틀어 뉴스를 본다. 토요일 삼마그룹의 신 회장이 기자들을 모아 놓고 이야기한 후계구도 관련해서 기사가 나온다. 월요일 주가에 어떤 영향을 미칠지 자못 기대된다. 미국 같은 경우는 회사의 최고 경영자가 누구냐에 따라서 투자자들의 기대치가 오르내리기 때문이다. 신 부회장은 기존의 그룹경영에 있어 아버지의 안정된 기반을 활성화시켜 어떻게 그룹의 성장을 지속시킬 것인가에 대한 관심이 많을 것이다. 아울러 후렉스코리아와 진행하는 신전략정보시스템 구축작업이 종료되면 그룹의 의사결정이나 각종 사업추진에 있어 더 정량적인 근거를 가진 상태에서 추진이 가능해져 성장에 날개를 달게 될 것으로 예상된다. 이런저런 예측을 해보며 호석은 일찍 잠자리에 든다.

승자, 패자, 각본

호석은 아침 일찍 일어났고 월요일이지만 말 그대로 상쾌하고 몸이 가뿐한 최상의 상태다. 여느 날과 다름없이 여의도로 출근하는 길은 복잡해 보이지만 활기에 넘치는 모습이다. 이틀간의 재충전 효과가 일주일을 버티게 해줄 것이다. 사무실에 도착한 김호석 상무는 변함없이 강 비서와 마주친다.

"좋은 아침이야, 주말 잘 보냈나?"

강 비서가 일찍 출근하여 김호석 상무 사무실의 모든 것들을 질서 있게 정돈해 놓았다. 책상 위에 놓여 있는 오늘의 일정표가 일하기를 재촉하는 것 같다. 오늘 아침에 있는 보드 미팅에는 프로젝트 최종발표회를 구실로 나가지 않았다. 보드 미팅에 가지 않는 월요일 아침에는 시간적 여유가 무척 많고 잠도 푹 잘 수 있어서 몸도 가볍다. 누가 아침 달라고 한 것도 아닌데 특별한 이슈가 없어도 모여서 시간을 때워야 하는 미팅은 왜 만들어 아침의 여유를 박탈하는지 모르겠다는 생각을 수없이 했다. 다들 미국 본사의 홍내를 내고 하는 것인데 미국 본사에서야 실제적인 이슈를 가지고 거의 의사결정 직전까지 열띤 토론을 벌일 정도로 집중력이 있는 미팅이다.

"강 비서, 부태인 부장 들어오라고 해."

"네."

피로가 가신 목소리는 상대방도 활기차게 한다.

"상무님, 부르셨습니까?"

"응, 자네 오늘 준비는 다 되었나? 오늘 오후 세 시지? 우리 쪽에서는 누가 참석할 건가?"

"네, 상무님하고 영업 쪽에서 김범진 이사, 김 부장, 관리팀. 그리고 업무별 PM들이 참석합니다."

부태인 부장은 참석자들의 이름을 꿰고 있다. 자기가 끌고 가야 할 사람들이니 당연하단 생각이 들지만, 그들이 내부 직원들이고 실제 외부 인력보다 비싼 비용을 지불하고 지원을 받아야 하니 친밀감은 많지 않을 것이다. 딱 부러지게 이야기하는 것을 보면 철저히 준비했다는 것을 단번에 느낄 수 있었다.

"그래. 나는 미리 가서 신 부회장하고 차 한 잔 하고 있을 테니까 시간에 늦지 않게 움직여. 결론은 나 있는 거니까 걱정하지 말고, 여유를 가지고."

하지시스템은 4시쯤 시작하겠다는 생각에 전화를 들고 김성조 상무에게 전화를 건다. 신호가 울리고 김성조 상무가 전화를 받는다.

"하지시스템 김성조 상무입니다."

"김 상무, 나야. 주말 잘 보냈냐?"

"어, 호석아. 오늘 준비는 다 되었나? 웬일이야? 아침부터 전화를 다 주고, 하하."

아침부터 전화했다는 것이 약 올리는 것 아니냐는 투로 김 호석 상무의 전화를 받는다.

"날이 날인만큼 전화 한번 해 봤다. 어차피 삼마 본사에서 만날 텐데."

"후렉스코리아야 오늘 잔칫집이겠지만 우린 오늘 초상집 분위기 야. 무서워, 하하하."

그럴 것이 제안발표의 뚜껑을 열어보고 결론을 내는 것이 순서 인데 이미 어느 회사로 갈지 결정된 상태에서 제안발표에 참여한 다는 것이 다른 사람들에게 들러리라는 느낌을 주고 기분은 치욕 스럽고 더러울 것이다. 그러나 삼마그룹의 입장에서는 경쟁을 붙여 야 내부적인 명분도 서고 비용절감이 이루어질 것이라 생각이 들 것이기 때문에 안 할 수가 없는 것이다. 더군다나 삼마그룹은 하지 시스템의 오랜 고객 아닌가? 당연하게 안 되는 것을 알지만 그렇다 고 발을 완전히 뺄 수도 없을 것이다.

"다 그런 거 아니냐. 우리도 그럴 때가 많았잖아. 업계 생리를 잘 알면서 또 언제 바뀔지도 모르는데. 그럼 삼마에서 보자."

"그래, 미리 축하한다."

"고맙다, 끊어."

수화기를 내려놓고 김호석 상무는 다시 부태인 부장을 바라본다.

"부 부장. 하지는 지금 초상집 분위기란다. 다시 한 번 말하지만 내색하지 말고 차분하고 자신 있게 PT해라. 신 부회장하고는 얘기 다 된 거니까."

"알겠습니다. 상무님. 나가보겠습니다."

"그래. 일봐."

토요일 연희가 부탁한 것이 생각나서 강 비서를 부른다.

"강 비서, 잠깐만 와볼래?"

"네, 상무님."

누가 사용할 거라고는 구체적으로 이야기하지 않는 것이 좋을 듯싶고 괜한 오해를 줄일 것 같은 생각이 들었다.

"부탁이 하나 있는데 사무실 좀 하나 알아봐 줘. 관리팀에 부탁해도 되고 가능하면 증권사들이 몰려있는 곳이 좋겠다는 생각이 들어. 외국계 금융컨설팅 투자회사가 사용할 건데 실 평수 750평 정도면 될 것 같고 우리 회사 근처면 더 좋을 것 같아. 좀 깨끗한 건물에."

김호석 상무는 후렉스코리아 근처가 좋겠다는 것을 강조하며 이야기한다. 하긴 후렉스코리아 근처에도 새롭게 지은지 얼마 되지 않는 빌딩들이 많이 있기 때문이다. 주변에 증권회사 본사들이 즐비하니 골드만삭스 코리아가 들어오기는 안성맞춤일 것이다. 호석은 연희의 능력과 실력을 알기에 연희가 진짜 잘할 수 있을 것이라 믿어 의심치 않는다.

"어떤 회사예요? 상무님이 운영하시려고 만드시는 것은 아니죠?"

"농담은. 내가 아는 사람이 필요하다고 연락이 와서 부탁하는 거야. 이번 주에 몇 군데 볼 수 있도록 해주라. 내가 직접 가서 볼게."

"네, 그렇게 하겠습니다. 더 지시하실 것 없으시죠?"

"아, 그리고 오늘 나한테 연락처를 남겨 놓으시는 분이 계실 거야. 그거 나한테 전해주고. 내가 없을 때 오면 내 휴대폰으로 보내줘."

연희가 연락처를 메모해 놓겠다고 했으니 강 비서가 괜히 누군가 해서 꼬치꼬치 캐물을 수도 있고, 그렇게 되면 연희 쪽에서 강 비서하고 내가 어떤 사이라도 되는지 이상하게 생각할까 봐 미리 이야기하는 것이 좋을 것 같았다.

"여자분이야."

"네, 잘 알겠습니다."

"그래, 부탁해. 수고하고."

그제야 자기 자리의 노트북 전원 버튼을 누르고 주말에 보지 못한 메일을 확인하려고 한다. 확인하지 않은 메일이 수북하게 쌓여 있다. 먼저 업무와 관련된 메일을 확인해보니 양 대표에게서 온 메일에 황 부사장 사건 관련 조사위원회 구성에 대한 내용과 미국 쪽에서 온 메일이 첨부돼 있다.

김 상무, 연구소장 잘 부탁하네. 첨부한 메일은 연구소장에게 공개해도 좋네. 그러나 대외비로 해달라고 해주길 바라네.

양 대표가 고민도 많이 되고 부담도 많이 가는 모양이다. 일단 양 대표의 메일에 답신을 준다. 걱정하지 마시라는 말도 덧붙여 보낸다. 오늘도 메일을 확인하고 답신하면서 오전이 날아갈 것 같은 생각이 든다. 딸애와 아들에게서 지난달 용돈 사역 내역도 도착해 있고 아내로부터 왜 자신의 질문에 답신이 없냐고 질책하는 메일 등. 그중에 김성조 상무로부터 온 삼마그룹 프로젝트 감리의 프로필이 들어와 있어 궁금하던 차에 얼른 열어본다. 얼굴은 어디서 본 듯도 한데 이력서를 봤다. 예상대로 김 상무의 직계후배였고 하지시스템의 일본 본사에서 장기간 근무한 경력이 있다. 최근에 프로젝트 관련 컨설팅회사를 설립한 사람이다. 조금은 깐깐하게 생겼는데 사람이란 겉모습하고 다른 것이라고 애써 좋게 생각하며 메일로 언제 같이 한번 볼 수 있냐고 답신을 보낸다.

연희로부터도 메일이 도착해있다. 어떻게 내 메일 주소를 알아내서 보냈는지 의아했지만, 내용을 열어보니 이해가 간다.

오빠가 아직도 즐겨 쓰는 ID가 맞을까 하고 보내봅니다. 맞는다면 답신 주시거나 메신저로 친구등록 해주세요. 제 사적인 ID이니까요.

참 기억력도 좋고 미워할 수가 없다. 답신을 쓴다.

넌 아직 20년 전 기억도 가지고 살고 있는 거냐? 난 다 잊고 살고 있었는데. 나를 쪼잔했던 과거로 돌아가게 만들지 마라.

참으로 똑똑하고 지혜로운 여인이다. 가끔 헛똑똑이 같은 일을 할 때가 있어서 그렇지 그 실수마저도 웃고 용납하며 넘어가게 만드는 재주가 있다. 아내에게는 다른 이야기는 다 접고 신 부회장이 이야기한 것만 적어서 보낸다. 혼자 살 생각이 끔찍스러운 것은 아니지만, 아직 마음의 정리를 하지 않은 상태라 이것에 파묻혀 이혼해달라는 요구사항은 잊어버리기를 바라면서. 가정이 깨진다는 것을 상상해보지 못해 어떤 것인지 잘 모르겠고 애들의 반응이 두렵기도 한 때문이다. 예상 답안이 보이질 않는다. 강 비서에게 애들의 용돈 사용 내역을 보내주며 기입된 만큼 보내 주라고 부탁한다.

실제 사용한 명세가 아님을 알고 있지만, 하여튼 두 놈은 어찌나 용돈 기입장을 입금된 돈에 잘 맞추는지 감탄할만하다. 어떻게 사용하였든 김호석 상무가 추구하는 목적은 자기 수익에 따른 지출항목을 정확하게 생각하고 어떻게 기록해야 하는 것인가를 알기 바라는 것이기 때문에 거짓으로 쓴다 하여도 탓할 생각이 없다. 최소한 70% 정도는 진실일 것이기 때문이다. 그렇게 보내줘도 항상 쪼들려서 살고 있을 것이다. 풍족하게 준 적이 없고 또한 학교에서 알선해주는 아르바이트는 시간제한이 있으니 과외수입이 그다지 많지 않다는 것도 잘 알지만 부족하게 살며 절약하고 계획적으로 사는 것이 몸에 스며들기를 바라는 의도일 뿐이다.

강 비서로부터 인터폰이 울린다.

"상무님, 김연희라는 분에게서 전화 왔습니다. 돌려드릴까요?"

"아니야, 미팅 중이라고 하고 메모만 받아둬."

"네, 알겠습니다."

오전에 처리할 일을 해야지만 오후의 일정을 소화할 수 있기 때문에 급할 것 같지 않은 전화는 일단 거절을 한다. 비록 연희의 전화라 할지라도 그것이 호석의 원칙이다. 오전부터 전화하는 것을 보면 어떤 중요한 일을 끝냈던가 아니면 가까운 곳에 와있을 거란 생각을 하며 김호석 상무는 서둘러 대부분의 일을 끝낸다. 업무와 관련된 메일과 사적인 메일을 처리하다 보니 벌써 11시가 넘어간다. 강 비서가 연희로부터 받은 메모를 전달해준다.

"목소리가 되게 시원하세요. 여의도에 들어와 계신다고 미팅 끝나시면 전화 달라고 하시던데요."

"응, 알았어. 메모 이리 줘봐."

메모에는 핸드폰 번호와 이름이 적혀있다. 자신의 회사 이름이나 다른 정보는 보이지 않는다. 연희의 성격상 김호석을 비즈니스 대상으로 보지 않고 순수 개인 관계로 규정한다는 의도가 강하게 배어있는 것을 느낄 수가 있었다. 점심시간이 가까워져 오니 식사라도 같이하자고 전화한 거라 생각하고 수화기를 들고 전화를 건다. 신호가 몇 번 가자 밝고 경쾌한 목소리가 들려온다.

"여보세요, 엘리자베스입니다."

미국에서 부르는 이름이 엘리자베스이었던 모양이다.

"연희야, 나다. 여의도에 아직 있냐?"

"아, 오빠. 나 여의도야. 여기 어디냐면 켄싱턴호텔 커피숍이야."

호석의 개인적 취향으로는 켄싱턴호텔을 무척 싫어한다. 국회 앞이라 우리나라의 온갖 정치적인 권모술수가 그 커피숍에서 이루어지는 것 같은 느낌이라 그렇다.

"미팅 중이냐? 나중에 전화할까?"

"아니야, 나 이제 끝났어. 같이 점심이나 해요. 맛있는 거 사줘요."

이제 끝났다는 이야기에 누군가를 만나고 있었다는 것을 알 수 있었다. 연희가 몸담은 회사가 투자 관련 회사다 보니 정재계 인사들을 많이 만나야 할 것이라 생각을 해본다. 정부와 계약을 하여 금융 관련 업무를 지원하는 회사의 특성상 한국에서의 비즈니스는 당연하게 정재계 인사들과의 좋은 관계가 업무진행을 수월하게 만들 것이다.

"그래, 그럼 내가 그리로 갈게. 차 가져왔냐?"

"아니, 내가 차가 있나요. 택시 타고 왔어. 길도 잘 모르는데."

"그래, 내가 지금 그리로 가마. 20분 후면 도착할 거야."

전화 수화기를 내려놓고 자리를 정리한다. 노트북의 보안 잠김 상태를 확인하고 자신의 신분 카드를 제거하여 지갑에 넣어둔다. 재킷을 들고나오자 강 비서가 급하게 어디로 나가시나 하는 묘한 얼굴로 쳐다본다.

"나 약속이 있어 먼저 나가고 윤 기사 안 알려도 돼. 내가 몰고 갈 거니까. 부태인 부장에게는 삼마로 직접 간다고 전해줘."

"네, 상무님."

퉁명스럽게 대꾸하는 강 비서의 말투에서 김호석 상무가 받은 메모를 보고 말도 없이 부리나케 나가는 것에 대한 의혹을 가지고 있음을 느낄 수 있다. 국회 쪽으로 가는 지하 터널을 지나 켄싱턴 호텔로 간다. 2층 커피숍으로 올라가니 흡연실이 따로 있지만 완벽하게 차단이 안 되는지 예나 다름없이 담배 연기가 가득하다. 많은 사람에게 간접흡연의 고통을 주는 것임에도 불구하고 아직도 이런 환경이 개선되지 않은 곳이 있으니 좀 더 강력한 규제가 있어야 고쳐지겠나 싶다. 연희를 찾기 위하여 자리에 앉아 있는 사람들의 면면을 보니 그다지 신뢰가 가지 않는 인상들이다. 모든 사람들이 흉악한 목적을 가지고 로비나 협잡을 하러 온 사람들처럼 보여지는 선입견이 작용한 것이다. 창가 자리에 있는 연희를 발견하곤 그곳으로 가서 자리에 앉는다.

"일행은?"

"금방 보냈어요. 빨리 오셨네."

"엄청 가깝지. 터널만 빠져나오면 되는데. 별로 이곳에 오래 있고 싶지 않아서. 나 약속 있어도 가능하면 켄싱턴에서는 안 만나거든. 식사하러 나가지. 나 아침 거르고 나왔더니 배고파."

"그래요, 뭐 사주실건데요?"

"하하, 뭐 먹고 싶은데. 먹고 싶은 거 이야기해봐. 비슷하게라도 이야기하면 내가 모시고 갈 테니까."

커피숍을 빠져나오며 연희가 다정스럽게 팔짱을 낀다. 움찔하며 김 상무가 놀리는 느낌을 전달받은 연희가 깔깔대며 웃는다.

"부회장이 무서워서 아님 미국에 있는 언니가 무서워서 그러는 거야? 호호호."

"하하, 내가 무서울 게 뭐가 있냐. 너도 알다시피 맨손으로 여기까지 왔는데. 하도 오랜만에 느껴지는 여자 팔뚝이라 놀래서 그렇지."

"오빠는 참. 나이 드시더니 유들유들해지셨어요. 호호."

발레파킹 데스크에서 번호표를 주자 차량을 가져다 세워주고 팁으로 준비한 돈을 작게 여러 번 접어서 준비해둔 것을 손에 쥐어주고 여의도를 빠져나온다. 일산 방향으로 가기 위하여 순복음교회를 우측으로 끼고돌아 서강대교를 건너간다.

"우리 순수한 토종 한국식 식단으로 할까? 아니면 양식으로 할까?"

"오빠, 나 오랜만에 토종 한국식으로 먹을래요. 호텔 한정식은 많이 변질돼서 이젠 질려요. 외국 애들의 입맛에도 맞추어야 하니까. 100% 한국인의 입맛에 맞추어야 성공하는데 그걸 잘 모르나 봐. 외국서 온 사람들이 한국사람들이 즐겨 먹는 것을 먹고 싶어 하는 거지 자신들의 입맛에 맞는 것을 찾는 것이 아니거든요."

정확한 말이다. 우리나라에서 음식점을 하는 것도, 외국에 가서 우리 음식점을 하는 것도 모두 순수하게 한국인의 입맛에만 맞는 형태로 음식을 만들어야 하는데 초창기에 현지인들이 찾아오지 않으니 서서히 현지인의 입맛과 비슷하게 섞어 만들어 간다. 외국 음식의 특성과 독특함을 잃어버리는 순간 현지인도 한국사람도 모두 찾지 않는 음식이 되어버리는 것이다. 일산에 있는 오래된 전통 청국장집으로 간다. 이른 점심시간이라 사람은 그리 많지 않아 한가로운 시골집 분위기가 더욱 살아나 보인다.

여기도 직접 청국장을 띄어서 만드는 집이고 주인 할머니에게 고객들이 청국장을 팔라고 해도 팔지 않는다. 손님들한테 내놓을 분량밖에 담그지 않기 때문에 청국장을 따로 때어 팔기가 어렵다고 한다. 집안 곳곳에 흐르는 시골집 특유의 냄새부터가 다르다. 옛날 고향 근처의 외갓집에 할머니가 만드시던 것과 똑같은 냄새를 느낄 수 있어 이곳을 좋아한다.

"와우, 이거 냄새부터가 다른데. 바로 이런 곳이야. 정말 기대된다."

연희는 오고 싶은 곳을 와서 그런지 약간 들떠있다. 학생 때도 늘 기분 좋은 일이 있으면 말이 많아지는 것이 연희의 성격이기 때문이다.

"그럴 줄 알았어, 임마. 나도 가끔 오는 곳이야. 이곳에 왔다 가면 힘이 생겨 한 6년째 단골이야. 혼자 오니까 아들처럼 대해주시는 곳이야."

호석은 6년째 이곳을 자기 집처럼 드나든다. 저녁에 밥 먹자고 하는 가벼운 약속은 여기서 소화한다. 또한, 외국에서 업무상 친숙한 사람들이 오면 꼭 이곳으로 한번은 데리고 올 정도로 좋아하는 곳이다.

"어머니, 저 왔습니다."

입에 익숙한 듯 꼭 자기 어머니 부르듯이, 마치 집에 온 듯이 주인 할머니를 부른다.

"아유, 호석이 왔구나. 오늘은 웬 색시까지 데리고 왔누?"

친어머니 같으신 분이시다. 호석의 어머니는 젊어서 고생고생하시다 호석이 생활이 펴서 편안하게 모실까 하는 시기에 돌아가셨다. 어머니 장례를 치르면서 얼마나 서럽게 울었는지. 장례식 내내 눈이 퉁퉁 부어 있었다. 막내아들 외국 나가 고생하며 공부한다고 아들들이 주는 용돈을 아껴 보내주곤 하신 분이다. 아직도 어머니를 생각할 때마다 눈시울이 젖곤 한다.

"네, 어머니. 장가가려고요. 하하하."

"미국의 애엄마는 정리를 했나?"

순박하신 주인 할머니는 새장가라도 가는 줄 알고 걱정스러워 반문한다.

"농담이에요. 저희 점심 먹으러 왔어요. 찐하게 만들어주세요. 누룽지도 많이 주시고."

청국장과 누룽지 숭늉은 진짜 음식 궁합이 가장 잘 맞는 음식이다. 옛날 외할머니가 남정내들 밥 다 퍼주고 솥에 물을 부어 누룽지 한 그릇과 청국장에 같이 드실 때 어린 눈에 참 측은하게 생각들었는데 그것이 진짜 맛있는 음식인 것을 나이 먹어서야 알게 된것이다. 좋은 것을 외할머니 혼자 드셨다는 장난기 어린 생각에 웃음이 절로 나온다.

"알았네, 이 사람아. 들어가 조금만 기다려. 금방 차려 줄게."

"네, 어머니. 연희야, 들어가자. 나 오늘 세 시에 삼마 최종 제안 발표회야."

"어머, 너무 멀리 나온 거 아녜요? 난 그것도 몰랐네."

"아니야, 시간 충분해. 너도 같이 갈래?"

"오빠 자꾸 덕훈 씨 하고 저를 연결시키려 하세요. 좋은 자리에 맛있는 밥 먹으러 와서 소화 안 되게."

강하게 정색을 하며 말을 끊어 버린다. 무엇인가 단단히 틀어져 있는 것은 사실인 것 같다. 하얏트호텔에서도 그렇고 사람에게 저렇게까지 냉정한 사람이 아닌데 조금은 과하다 싶을 정도로 민감하고 단호하게 반응한다. 만약 사이가 좋았다면 나 혼자 그 호텔을 나왔을 텐데 하는 생각이 든다.

"알았어, 그건 그렇고 사무실은 내가 알아보라고 했어. 우리 회사 근처가 괜찮을 거야. 주변이 증권타운이라 국내외 내놓으라 하는 투자사들이 몰려 있어 업무보기도 편하지 않겠냐?"

"맞아요. 말씀드렸다시피 저는 이미 여의도 증권가에 사무실을 오픈하는 것으로 사전에 본사 경영진과 이야기를 끝냈고 사무실 계약이 되면 제가 미국 들어가기 전 인테리어도 시작할 거예요. 역시 오빠가 역시 센스 있어요. 호호호."

"하하하, 센스는."

두 사람은 한바탕 껄껄대면서 재미있게 이야기를 주고받는 사이에 기다리던 식사가 들어온다. 아직도 끓고 있는 청국장 뚝배기는 처음인 사람에게는 역겹다고 느껴질 정도의 강한 향을 내어 뿜고 있다. 생선구이와 토속적인 반찬들. 김호석 상무가 오면 특별하게 내어놓는 가자미식해. 돌아가신 어머니를 생각나게 하는 고향의 반찬이다.

"식사하자. 이거 과식하게 생겼는데. 발표회장에 트림 한번 내질러 기절시켜버려야겠다."

"와우, 이 냄새 진짜 좋아. 이거 만드는 방법 배워가야 할 것 같아. 오빠는 보기와는 달리 예민한 미식가이기도 하고 거기에 직접 요리에 일가견이 있기도 하고. 내가 옛날에 고생 많이 한 거 기억이나 하실라나."

불쑥 던지는 연희의 옛날 추억에 다시 한 번 같이 지냈던 일을 생각하자니 죄책감이 들어 얼른 대화를 돌린다.

"그것도 가족이 같이 살 때 기쁨과 즐거움으로 하는 것이지 자금은 혼자 사니까 궁상떠는 것 같고 같이 먹을 사람도 없어 안 한지 오래되었어."

"이제 내가 한국에 나오면 해주실 건가요? 아니면 그냥 과거의 여자로 방관하실 건가요?"

진담인지 농담인지 판단하기 어려운 말을 내뱉는 연희를 놀랐다는 듯 고개를 들어 바라본다.

"놀라기는. 오빠 농담이야. 설마 내가 오빠한테 매일 요리를 만들어 달라고 하겠어요? 걱정하지 마세요."

"하하하, 가슴이 덜컹 내려앉는다. 내가 잘 적어 줄게. 레시피 순서대로만 하면 환상적인 맛이 나오게."

김호석 상무는 연희의 앞이고 자신의 큰 실수도 있기에 연희의 한 마디 한 마디에 가슴이 덜컥덜컥 내려앉는 것을 느낄 수 있었다.

"오빠는 내가 만들 일이 뭐가 있겠어요. 오빠도 아시다시피 난 잘 못 만들잖아요. 가끔 한 번씩 이런 곳에 데리고 오든가 아니면 만들어 주시든가. 아, 오빠 이거 뭐더라? 가자미식해! 오빠 어머니가 미국으로 붙여주서서 먹어봤던 그거 맞지?"

"그래, 바로 그거야. 너도 미국에서 먹어봤지?"

"이거 몇 년 만에 먹어 보는 거야. 맛있다."

누룽지가 나오고 식사를 모두 마치자 주인 할머니가 오셔서 식혜 마시겠냐고 물어본다.

"네, 식혜 주세요."

"이 밥 식혜가 가자미식해에서 나온 거 아냐? 원조는 생선으로 만든 식혜야."

"아, 그래요?"

식혜까지 받아먹고 제안발표회 전에 신 부회장을 미리 만날 목적으로 자리를 털고 일어난다.

"나가자. 너 삼마로 안 간다고 하니까. 어디까지 모셔야 하나?"

"어차피 여의도로 들려 가실 거죠? 회사 근처에 내려주면 몇 곳 둘러보고 갈게요. 이번 주 토요일 등산 약속한 거 잊지 마세요."

하여튼 기억력도 좋다. 토요일 등산을 둘이서만 가야 하나 아님 모임을 통해서 가야 하나 고민이 된다. 모임을 통해서 가면 운전을 안 해도 되고 편안하게 갈 수 있지만 와이프하고 온 것으로 알게 될 것이다.

"알았어. 내가 일단 어떻게 갈 것인가 생각을 해볼게."

"그래요. 둘이서 한적한 곳으로 가면 좋을 것 같아. 어차피 오빠는 장비가 다 있으니까. 꼭 가요, 오빠."

식당 주인 할머니에게 인사하고 차를 몰고 여의도로 되돌아간다.

"신 선배하고는 어떻게 정리가 되는 거냐? 내가 헷갈린다."

김호석 상무는 둘 사이가 특별한 사이는 아닌 것 같은 확신은 이제는 섰지만 신 부회장이 하도 자기 아들처럼 챙기려고 난리를 치고 다니니 둘 사이에서 자신의 처신이 꼬일 것 같아 다시 한 번 확인 차원에서 정확한 관계를 알고 싶었다. 말을 하기도 불편하고 중간에 끼어서 만나기가 어색해서 눈치만 느는 것 같아 결론적인 말을 당사자에게서 직접 들을 필요가 있었다. 이것은 호석의 마음에 과거의 관계를 회복하고 싶은 마음이 간절하게 남아 있기 때문이기도 했다.

"오빠는 나를 아직 몰라요. 그때 오빠가 한국에 들어가 결혼한다고 했을 때 오빠 마음속에 아직도 신덕훈 씨와 저 사이에 파티장에서 있었던 소문에 대한 불신이 풀리지 않았다는 생각은 했어요. 직접 나서서 풀어볼 생각도 했지만, 그 당시 그것이 가능했겠어요? 몇 년이 지난 일인데도 아직 가슴속에 있었는데. 솔직히 오빠가 먼저 문제의 여지를 제공했었잖아요. 그런데도 한국에 나가 결혼하겠다는 오빠를 말리지는 않았지만, 마음은 진짜 찢어질 듯 고통스러웠어요. 신덕훈도 미웠지만, 오빠가 더 미웠어. 후에 오빠도 나 때문에 상처받았을 것이라고 생각했고 사실 다른 경로를 통해서 오빠도 많은 상처를 받았다는 것을 알았기 때문에 마음을 풀었고 출장 때 오면 만났던 거예요. 비록 결혼은 했지만, 오빠에 대한 생각은 변하지 않았거든요. 오빠도 그간 저에 대해서 어떤 이야기도 직접 들은 적이 없기 때문에 오해하고 있으신 게 많을 거예요. 그

거야 차차 풀리게 되겠지만 말이어요."

김호석은 운전을 하면서 연희가 길게 늘어놓는 이야기를 묵묵히 듣고만 있다.

"나한테 털끝만큼의 신경도 안 쓴 사람이야. 물론 신덕훈 씨하고 만날 때는 내가 임신한 것도 모르고 있었으니까. 나도 참 둔한 여자야 알고 보면. 내가 애를 가졌다는 사실을 알았을 때 신덕훈 씨는 더더군다나 내 주변에 얼씬도 못 했어. 물론 같은 집에서 지낸 건 한 6개월 정도밖에 안 돼. 가끔 집에 들르는 수준이었지만."

연희가 자신의 아들에 관한 이야기를 할 때는 감정이 약간 복받치는지 숨을 몰아쉬며 이야기한다.

"그런데 신 선배는 너와 미국에서 거의 같이 산 것처럼 이야기하면서 너 집도 하나 얻어주라는 거야. 아들 부탁도 같이하면서 말이야."

김호석은 신 선배의 이야기가 조금 과장되고 잘못 전달됐다는 것을 알게 되었다.

"이야기했다시피 자기 와이프가 미국으로 잠시 나왔는데 말도 없이 짐 빼서 조르르 가버리더라고. 그래도 내가 여자인가 봐. 약 오르더라니까. 호호호. 그리고 그 후에 덕훈 씨가 같이 살진 않아도 내 주변을 계속 알아보고 다녔나 봐."

연희가 혼자서 자식을 키우고 미국 사회에서 정착하기 위해 고생을 많이 했을 거라 생각하니 원인 제공을 한 사람으로 더욱 미안한 생각이 들고 착잡한 심정이다.

"그랬구나. 왜 나한테 연락 좀 하지. 내가 어디 있었는지 몰랐니?"

대학원 다닐 때 대학원 학비를 지원받기 위해 후렉스의 용역을 받아 일하는 것을 연희도 알고 있었다.

"오빠, 그때도 오빠가 죽이고 싶을 정도로 미웠어. 저런 인간을 나한테 소개해 준 것이 시작이었으니까. 그리고 결혼하고도 몇 년 만났던 것은 좋았는데 갑자기 연락도 끊어버린 오빠가 사정이 있 겠구나 생각도 했고. 가정이 있으니까. 미웠지만 오빠가 나를 의도 적으로 버렸다는 생각은 한 번도 안 했어요."

"음…; 난 다른 후배들이 신 부회장하고 같이 산다고도 말하고 애 도 있다고 하는 거야. 그래서 내가 연락을 안 하는 것이 너를 도와 주는 일이라 생각했어. 내가 일부러 안 했을 리가 있냐? 나도 모르 는 사이에 스스로 둘 사이의 공기가 달라지는 걸 느낀 거지. 자가 발전. 그래서 내가 물러선 거지. 눈물을 머금고. 허허, 이런 이야기 는 그만해라. 미안하니까. 그럼 애아빠는 미국에 있냐? 이혼했냐?"

호석이 연희를 무척 좋아했고 진심으로 사랑했던 것은 부인할 수 없는 사실이다.

"남편? 어딘가에 있겠지. 아직은 남편이었다고 이야기하기는 그 렇고 진행 중이니까. 어딘가에서 잘 지내고 있을 거야. 아무튼, 오 빠가 평생 나에게 빚진 거예요. 죽을 때까지 갚아도 못 갚을 빚. 호호호, 내가 오빠를 너무 겁주는 것 아닌가."

섬뜩한 생각이 든다. 평생 갚아라. 과거 주변의 여자들이 나에게 모두 한을 품고 사는 것은 아닌지 모르겠다는 생각을 하니 좋아해야 할지 어찌 해야 할지 헷갈린다.

"평생이라. 내가 먼저 죽으면 어떡하지. 하하. 이거 도망가야 하는 것 아닌지 모르겠다."

"호호, 너무 부담 갖지 마세요. 그렇다고 뭐 뒷다리 붙들고 소리 지르지는 않을 테니까."

어느덧 차는 마포대교를 건너 여의도역 근처에 왔다.

"오빠, 나 이 근처에 내려주세요. 좀 돌아보고 들어갈게. 오빠 사무실 근처잖아요."

"그래. 여기서 내려줄까? 그럼 일 보고 들어가라. 무슨 일 있으면 연락해. 난 혼자니까 부담 갖지 말고."

차에서 내린 연희는 아주 늘씬한 모습은 아니지만, 처녀 때의 몸매를 그대로 유지하고 있다. 자기관리가 뛰어나고 미국에서 여성으로서, 동양인으로서 성공했으니 자랑스럽기까지 했다. 김호석은 삼마그룹의 신 부회장을 발표회 전에 미리 만나 최종 견적서류를 챙기기 위해 전화를 한다.

"강 비서 부태인 부장에게 최종 견적서 서류봉투에 넣어 달라고 해. 나 지금 회사 앞에 와있으니까 가지고 내려올래?"

신 부회장에게 프로젝트비용을 미리 주고 더 이상의 네고 없이 진행하게 해달라고 부탁할 참이다. 삼마에서도 하지시스템과 경쟁을 시켜서 제안 금액을 낮출 만큼 낮춘 상태인 것을 알기 때문에 더 이상의 네고는 하지 말아 달라고 부탁하려는 것이다. 차 문을 두드리는 소리가 난다.

"상무님, 견적서입니다."

"그래, 수고했다. 연구소장 비서하고 통화했냐? 만나기로 했어?"

"네, 상무님. 오늘 저녁 먹기로 했어요."

"그래, 잘 알아봐라. 내가 이야기한 거 전부. 그리고 내가 알아야 할 필요가 있는 것 모두."

"알겠습니다, 상무님."

꼼꼼한 성격에 업무처리도 깔끔하니 일을 맡기고 나면 든든한 기분이 드는 믿을 만한 친구다. 김호석이 원하는 형태의 결과를 가져다주니 능력 있는 비서의 자질은 다 갖추고 있다고 평가한다.

"난 오늘 제안발표 끝나고 그쪽 사람들하고 저녁 식사할지 어떨지 모르겠어. 아니면 부태인하고 저녁 할 거니까 다른 저녁 약속 하지 말라고 해."

"네, 알겠습니다. 더 없으시죠? 청국장 드셨죠? 가글하고 들어가세요. 호호."

강력한 청국장 향이 여의도까지 꼬리를 물고 온 모양이다. 신 부회장은 이런 음식 안 먹어봐서 역겨울 것이다. 그냥 만나 볼까 하다가 차 안에 항상 비치해두는 가그린을 꺼내 입안을 헹군다.

"알았어. 냄새 많이 나지? 오늘은 좀 찐하게 끓여달라고 했거든. 미국에서 온 한국사람이라. 그래, 수고하고."

차를 끌고 삼마그룹 본사로 간다. 두 시까진 들어가서 신 부회장하고 이야기를 끝내고 같이 입장을 하는 것이 심사하는 사람들의 머리에 후렉스코리아를 각인시키는 효과가 있을 것이라는 판단도 했기 때문이다. 비록 신 부회장이 밀어주는 것이지만 확실하게 해두어서 손해 볼 게 없다고 김호석 상무는 생각했다. 단독주택들만 밀집해 있는 동네에 딸랑 한 동 우뚝 서 있는 삼마그룹 건물 내부 구조는 완전한 백화점 구조다. 주변에 개발이 이루어져 아파트 단지로 바뀐다면 바로 백화점으로 전환할 수 있는 준비를 한 것 같은 판단이 든다. 그렇다 보니 사무실의 공간 활용 효율은 많이 낮은 편이다. 그러나 주변에 커다란 공원이 있고 행사가 많으니 신개념 쇼핑문화를 이끌기는 최적의 장소이다.

인포메이션에 신 부회장 만나러 왔다 하니 안내를 한다. 9층에 있는 부회장실은 그룹 계승자로의 위상을 보여 주기에는 충분한 공간과 시설이다. 이곳은 나중에 백화점으로 전환하면 전문 식당가로 쓰이겠지 하는 생각을 해본다. 그래도 신 부회장에게 이 이야기를 하면 삼마도 계획하지 않은 일을 컨설팅해준다고 너스레를 떤다. 속마음에는 이미 대형 쇼핑단지로의 미래 계획을 세우고 있으면서 말이다. 호석이 들어오는 것을 본 비서가 신 부회장 집무실 앞에서 노크하고 문을 연다.

"부회장님, 후렉스코리아 김호석 상무께서 오셨습니다."

여비서가 문을 열어주며 안내를 한다.

"어서와, 정확하게 오셨군. 앉아라. 3시인가? 준비는 잘 되었나? 하나 마나 한 거 아닌가?"

자신이 뒤를 봐주고 있어서 수주하는 프로젝트라고 은근히 생색을 내며 대답은 필요 없다는 듯 이것저것을 한꺼번에 물어본다.

"그래도 형식은 다 거쳐야 합니다. 덕분에 삼마 쪽에서는 엄청난 이득을 보지 않았습니까. 선배님 오시기 전까진 우리나 하지나 가격을 더 다운시키려고 했거든요. 그렇게 되었다면 삼마그룹 신정보전략 프로젝트의 결과가 형편없었을 거예요. 선배님이 그룹도 살리고 후렉스코리아도 살렸습니다. 비록 전략 사이트이지만 너무 저가는 퀄리티를 보장받지 못한다는 것 저보다 더 잘 아시잖아요. 미국에서 많이 경험하시지 않았습니까?"

모든 프로젝트는 당연하게 경쟁을 붙여서 입찰가격을 떨어뜨리면서 발주를 하게 되지만 끝이 없는 경쟁은 고객도 제안회사도 다 망하는 지름길인 것이다. 만족할만한 결과물은 당연하게 나오지 않을 것이고 돈은 돈대로, 시간은 시간대로 날려 보내는 눈에 보이는 손실은 말할 것도 없지만, 그로 인하여 발생하는 기회손실 비용이라는 것은 말로 표현할 수가 없는 것이다. 비록 전략적인 접근이었지만 손해 보고 장사하는 장사꾼은 없듯이 어디서 그 비용을 빼도 빼는 것이다. 그것을 잘 아는 신 부회장은 적당한 수준의 비용을 지불하고 양질의 결과물을 챙기려 하는 것이다. 그래서 신 부회장이 돈을 쓰는 것만큼 프로젝트의 품질을 보장해 주는 모습을 보여주기 위하여 건설공사처럼 프로젝트 전체를 감시할 감리를 두고 진행하겠다고 제안하는 것이다. 건설공사처럼 말이다.

"그건 그래. 상식 이하의 저가는 다 망하는 거지. 우리도 마찬가지야. 특히 원재료 사올 때 그렇지. 구매 쪽에 오래된 사람들은 그저 한 푼이라도 싸게 사 오는 것이 능력이라고 생각해. 그러나 요즘 애들은 품질을 더 따지거든. 그게 장기적으로는 고객유지 전략과 신규고객 창출에 있어 훨씬 유리한 것인데 말이야."

이때다 싶어 김호석 상무는 부태인 부장에게서 받아온 최종 견적서를 신 부회장 앞에 내어놓는다.

"선배님 여기 최종 견적서입니다. 낮출 수 있는 것은 다 줄였습니다."

지금의 견적에서 추가 네고는 불가능하다고 수차례 이야기했고 신 부회장의 성격상 이미 약속한 것은 지키는 사람이니 제출한 견적은 그대로 받아들여질 것이다. 더군다나 신 부회장과 김호석 상무와의 인간관계로 볼 때 과도하게 부풀리지 않은 이상 받아들일 것이라고 김호석은 확신하고 있었다.

"그래. 관리부에서 많이 깎았다고 자랑을 하더라고. 내가 이미 이야기해 놓았으니까 걱정하지 마라. 나도 이번 프로젝트를 반드시 성공해야 힘을 더 받지 않겠나?"

"감사합니다. 선배님. 열심히 하겠습니다."

김호석 상무의 예상했던 대로 일이 진행되자 부태인 부장의 역할이 이제부터 중요해질 것을 예감하며 발표가 기다려진다. 녹차를 마시면서 신 부회장이 무엇인가 할 말은 있는데 무엇인가 불쑥 이야기가 꺼내기 어려운 사람처럼 끙끙만 대고 있는 모양새다.

"선배님. 무슨 걱정거리라도 있으십니까? 제가 뭐 도와드릴 것이라도."

미국에서 공부할 때도 항상 어렵고 풀기 어려운 것은 김호석에게 의지를 했던 습성을 아직도 가지고 있는 것이다. 이걸 모를 리 없는 김호석 상무가 신 부회장을 대신에서 멍석을 깔아준다.

"그래, 다른 게 아니라 연희 말이야. 솔직히 미안해서 이야기 안 했는데 같이 산 것이 아니라 임신해서 배가 불러오는 것을 알고도 내가 나와 버렸어. 마침 아내가 미국으로 나왔는데 어떡하겠냐? 급하게 나오느라 비록 피치 못할 사정이기도 했지만 내가 좀 예의 없이 나왔지. 그런데 처음에는 임신 사실을 모르고 있다가 배가 불러오자 자신이 임신인 것을 알고 나에 대한 경계가 더 세진 거야. 그래서 나도 열 좀 받은 것도 있고 아내도 나왔지. 그래서 그렇게 된 거야."

연희에게 대강의 이야기는 이미 들었던 터라 알고 있었지만, 연희를 만났다는 이야기는 하지 않고 묵묵히 듣고만 있다가 연희의 행동이 당연한 듯이 말한다.

"아니, 선배님은 어쩌다가 이런 상황이 될 때까지 계속 무관심하게 있으셨어요. 연희는 선배님 애가 아니라고 하던데 선배님도 알고 계시지 않았습니까? 여자들이야 자신이 누구 애를 임신했는지 정확하게 알거든요. 연희의 성격을 잘 아시겠지만, 막무가내로 우기는 스타일은 아니잖아요."

"그래, 나하고 어떤 관계도 아니었는데 내 아들이 아닌 것은 당연한 거지 내가 바보냐? 그런데 그곳에 가끔 왔다 갔다 하면서 정도 들었고 이야기하지 않은 거겠지만 애아빠도 없잖아. 이야기를 하지 않는 것이겠지만. 특별하게 내가 관심 가지는 것에 부담은 가겠지만 내가 그렇게 이상한 거냐? 그렇게? 난 그저 한때 같은 집에 살았던 후배에 대한 배려고 남편도 없이 자식을 키우는 것이 안타깝기도 하고. 또 가장 중요한 것은 내가 아들이 없잖아. 나중에라도 결혼하는 데 걸림돌이 된다면 내 자식으로 호적에 올려도 되고…. 아무튼, 마음이 착잡해."

"선배도 지나친 관심이 연희가 선배를 더 차갑게 하는 원인인 것 같아요. 또 연희가 선배님이랑 저에게 상당한 배신감이 있었을 것 아닙니까."

이제야 사실을 이야기하는 신 부회장은 김호석의 눈에는 연희는 관심이 없는 것 같고 오직 연희의 아들이 관심의 대상이라는 것도 알게 되었다.

"이렇게까지 갈 줄 알았냐. 애를 낳은 것도 내가 신경 좀 써 줬어야 하는데. 내가 미국에서 놀고 있었던 것도 아니고 그 일이 이렇게까지 된 것에 참 미안하기도 하고 심했다는 생각이 많이 들기도 하지. 하여튼 이상하게도 그 꼬마놈이 무척 보고 싶어진다니까."

김호석은 같은 남자의 입장에서 신 부회장이 측은한 생각이 들 때가 많았다. 호석의 애들이 미국에서 동문 후배로 공부하고 있다고 하니까 그렇게 좋아하고 부러워하던 사람인데 정작 자신은 자기를 이어갈 아들이 없는 것에 늘 가슴이 아파하던 사람이었으니 자기가 관심을 가지고 있던 연희의 아들이 미국 동부의 명문 고등학교인 필립스에 다니고 있으니 얼마나 탐이 나겠는가? 대학은 최소한 예일이나 하버드, 컬럼비아 정도로 가는 것이 필립스고등학교 엘리트들의 정상적인 코스일 것이니 더욱 욕심이 날 수밖에 없을 것이다. 그렇다고 연희가 뭐 아쉬운 것이 있어야 협상을 하든지 할 텐데 그것도 아닌 것이니 방법이 없을 것이다.

"선배님, 당분간은 지켜보시는 것이 좋을 듯합니다. 연희가 고생 많이 하며 그 자리에 선 것 같아요. 한도 많이 생겼을 겁니다. 제가 천천히 연희의 생각을 한번 물어볼게요."

이렇게 이야기를 했지만, 연희 성격과 감정을 잘 알고 있는 호석은 사실 연희를 설득할 생각 자체가 없다. 연희의 자식을 누구에게 줘라 마라를 누가 감히 이야기하겠는가?

"솔직하게 딸애는 좀 그래. 재능이 안 보이고 지금 대학도 돈으로 들어갔다시피 했거든. 그러니 내가 더 답답한 거야."

"연희가 한국에 들어왔으니 앞으로 볼 것 아닙니까. 자꾸 보면 연희의 마음도 풀어질 겁니다. 시간을 충분히 가지고 형님의 의중을 풀어나가시는 것이 좋을 듯합니다."

연희의 성격과 지금의 위치로 볼 때 자기 아들을 신 부회장에게 양자로 준다는 것은 있을 수 없는 일이라고 생각하지만 신 부회장의 마음을 당장 달래 줄 방법은 이것밖에 없으니 호석도 답답해한다.

"그래, 그것보다 먼저 제수씨가 연희의 아들을 맡아 준다면 한 번씩은 너 출장 갈 때 가볼 수 있지 않겠냐? 만약 내가 연희의 집에 간다고 하면 난리가 날 걸."

호석은 자기 아내를 연희의 아들을 맡아 줄 사람으로 지목하여 부탁한 것도 이유가 있었구나 생각하니 쓸쓸해진다. 또 한편으로 김호석 상무는 연희와 신 부회장의 양쪽에서 모든 일의 전말을 듣고 그간 안개같이 머릿속을 맴돌던 의혹을 완전히 풀게 된 것이 진짜 다행이라고 생각한다.

"선배님 천천히 고민해보시자고요. 지금은 선배님이 어떻게 해볼 수 있는 것이 아무것도 없잖아요. 머리를 한번 굴려보지요."

발표회 시간이 다가오고 있다.

"부회장님 대강당에 다 모이셨답니다. 발표 시간도 다 되었고요."

여비서가 와서 시간을 챙긴다.

"선배님, 내려가시죠. 너무 걱정하지 마세요. 잘 될 거예요."

걱정이 없기는 미국에서 연희 가족을 방치하다시피 해 놓고 지금 와서 관심을 가지는 척하는 것이 연희의 눈에는 더 이상하게 비칠 것이다.

"그래, 가지. 머리 아프다."

1층으로 가는 엘리베이터 안에서 신 부회장은 다시 한 번 김호석 상무의 와이프가 연희의 집에 입주하기를 꼭 부탁한다.

"그리고 제수씨는 우리 회사에 직원으로 등록시켜서 대학원 학비도 지원해줄게. 미국 지사 파견으로 하면 급여라도 나오잖아. 일은 안 해도 되니까 서로 돕고 살자고 해라. 김 상무 애들한테도 좋은 거 아니냐? 지금 내가 연희를 도와줄 수 있는 것은 그것밖에는 없는 것 같아."

지사 주재원으로 되면 임시영주권이 나오고 취업도 가능하고 애들은 학비도 저렴해지고 혜택이 많아진다. 이것을 애엄마에게 제안을 해야겠다고 생각한다. 신 부회장이 많은 고민을 하긴 한 것 같다. 발표회장인 대강당으로 신 부회장과 들어서자 좌중의 시선이 신 부회장과 김호석 상무에게 집중된다. 삼마그룹 관계자들, 하지시스템, 후렉스코리아 컨설팅 사업본부 직원들, 영업부 김범진 이사 등이 자리를 잡고 있다.

헤드 테이블로 이동해 신 부회장이 자리 잡고 김호석 상무는 후렉스코리아 직원들과 같이 제안사의 대표로 지정석에 자리 잡았다. 자리가 정리되자 삼마그룹 프로젝트 관리팀장의 사회로 프로젝트 취지, 연혁, 등등에 대한 경과보고가 끝나고 후렉스코리아부터 제안발표를 하겠다고 안내를 한다. 부태인 부장이 포인터만 하나 가지고 무대로 올라간다.

"지금부터 삼마그룹 신전략정보시스템 구축 전략에 대한 제안발표를 시작하겠습니다."

부태인 부장은 삼마그룹의 현상과 미래 시장의 변화를 견인하기 위하여 기존 업무시스템의 개선 방향과 도출되는 업무 프로세스에 대한 결론을 어떻게 전략정보시스템으로 구체화하여 효율적으로 구축할 것인가와 이를 구축하였을 때 일어나는 효과에 대하여 거침없이 발표한다. 임원들과 최고 경영자를 위한 DSS^{Decision Support System: 의사결정 지원시스템}의 적용방법론, 즉, 미래의 먹거리 창출과 관련된 지식노동자들의 활동을 정량적인 데이터를 근거로 지원하는 시스템을 어떻게 구축할 것인가와 구축을 위한 전반적 방법론 및 활용에 대하여 설명을 하고 있다. 프로젝트의 조직구조, 관리, 감리 등에 관해서도 상세하면서도 무리 없이 발표한다. 또한, 비즈니스 프로세스도출을 통해 구현될 정보시스템의 구조와 규모에 대해서도 하드웨어 벤더가 아니면 할 수 없고 정보기술을 선도하지 못하면 감히 구현하겠다고 장담할 수 없는 솔루션을 발표한다.

"이것으로 후렉스코리아의 삼마그룹 신정보전략시스템 구축과 관련한 발표를 마치겠습니다. 감사합니다."

박수 소리가 터져 나오고 신 부회장도 만족스럽다는 듯이 박수를 친다. 이어서 바로 하지시스템의 발표가 이어진다. 비록 상대편이라는 것을 감안해도 어딘가 모르게 자신감이 결여돼 있다. 김호석은 맞은편의 성조를 바라본다. 손을 살짝 들어 인사를 건넸지만 긴장해서 그런지 일부러 외면하는 것인지 모른척한다.

"저희 하지시스템은 삼마그룹의 전사업무시스템을 10여 년 전에 구축하여 지금까지 지원하면서 누구보다도 삼마그룹의 전사 업무 프로세스의 개선Enterprise Business Process Re-engineering 방향에 대한 노하우를…"

후렉스코리아와 마찬가지로 누가 보아도 완벽하다고 할 수 있는 제안을 발표한다. 하지시스템이 최고의 고객으로 모시며 10년 이상 삼마그룹 내부 시스템에 관여하였으니 기존의 전사 업무 프로세스 부분을 놓고 보면 후렉스코리아의 제안내용보다 훨씬 상세하고 깊이가 있다. 그러나 미래 비즈니스와 관련된 업무 프로세스To-Be Business Process를 도출하는 방법론과 이를 뒷받침하는 하드웨어적인 지원 사항에 있어서는 후렉스코리아의 그것과 비교하면 부족한 점이 많아 보이는 발표였다. 발표가 끝나자 박수가 울리고 삼마 그룹 프로젝트 관리팀장이 제안발표가 종료되었음을 알린다. 그리고 제안회사 임원들과 부회장실에서 티타임이 있으니 참석해 달라고 안내를 한다.

"부태인 부장 수고 많았어. 발표도 만점이 아쉽다는 것밖에 할 말이 없다. 여기까지 오느라 고생이 많았다."

"아닙니다, 상무님. 상무님이 고생 많으셨지요."

"김 이사도 고생 많았어요. 김치권 부장도. 올라갑시다. 차 한잔 하고 가야죠."

부회장실에 도착하자 성조와 성조의 보스인 김대옥 상무도 자리를 잡고 있다. 김호석 상무가 김대옥 상무와 눈을 맞추면서 가볍게 묵례를 하고 자리에 앉는다. 꼭 조폭들 모임같이 다들 긴장해서 앉아 있다. 차가 나오고 부회장이 좌중을 휙 둘러보더니 말문을 연다.

"오늘 고생들 많았습니다. 발표자들 특히 고생했어요."

의례적인 인사를 건네는 신 부회장은 어딘가 모르게 보스로서 예전과 다른 분위기를 한껏 뿜어내고 있다.

"오늘 발표하신 분들이 앞으로 프로젝트를 이끌 PM들이신가요? 만약 선정된다면 말입니다."

"네, 그렇습니다. 부회장님."

신 상무가 옆에 있다가 거든다. 관리팀 상무인데 이번에 신 부회장의 수족으로 완전히 돌아서면서 어느 정도 실권을 쥐게 된 인물이다. 하긴 별을 아무나 다는 것은 아닌 것이다. 신 상무 정도의 변신과 충성심은 있어야 올라갈 수 있는 자리라 생각하며 김호석 상무는 쓴웃음을 짓는다. 확실히 조직은 튀고 너무 똑똑한 놈보다 충성심 높은 사람을 선호한다.

"어디가 선정될지는 모르겠으나 잘 부탁드립니다. 선정 위원들께서 공정하게 판단하시리라 생각합니다."

자신은 업체 선정과정에서 아무런 역할도 한 것이 없다고 이야기하면서 신 부회장은 후렉스코리아로 프로젝트가 넘어가게 되면 하지시스템이 반발할 수도 있다고 생각해 자신은 미리 발을 빼는 고도의 정치적 발언을 하는 것이다. 하긴 선정위원회가 있고 그 명단에 신 부회장은 쏙 빠져 있으니 표면상으로는 그러했다. 그런데 위원장이 신 상무이고 모든 결정이 신 부회장의 의도대로 갈 수밖에 없는 구조인데도 결정권이 없다 한다.

두 동생이 닦아 놓은 국내 기반을 근간으로 확실하게 자리 잡는 방법은 그 둘이 밀던 하지시스템을 완벽하게 갈아치우고 신 부회장의 생각이 철저하게 반영되고 새로운 사업 환경에 적응할 수 있는 유연한 업무처리 시스템을 구축하는 것이 또 하나의 방법인 것이다. 이러한 역학 관계 속에서 어떻게 보면 하지시스템을 희생양으로 끼워 넣어 적절한 모양새를 갖춘 것이다.

후렉스코리아는 그 와중에 힘이 어디로 쏠리는가를 정확하게 파악하고 결정적 힘의 근원을 잡은 것이었으니 두 회사가 최고의 진검승부를 한 것도 있었으나 결과적으로는 내부문제에 있어 주도권

싸움의 조연으로 참여한 것에 불과한 것이었고 애초부터 후렉스코리아와 하지시스템은 승패가 이미 난 상태에서 싸울 이유가 없었던 것이다.

"김성조 상무와 김호석 상무는 고등학교 친구 사이라고 하던데, 그런가요?"

"네, 부회장님. 고향 친구 사이입니다."

김성조 상무가 대답을 한다. 이 프로젝트에서 감리와 관련하여 둘 사이에 밀약이 있었다는 것은 꿈에도 모를 것이다. 그렇지 않았으면 지금쯤 후렉스코리아와 하지시스템은 출혈이 심하여 병원에 입원해 있었을지도 모른다.

"내가 친구 사이에 싸움을 시킨 것은 아닌지 모르겠군요. 그래도 사업은 사업, 우정은 우정 별개의 것이니까 이 건으로 싸우지는 마세요."

"하하하하…"

좌중에 웃음이 터져 나왔다.

"신 상무님, 언제 결과를 발표하지요? 빨리 발표하고 진행하도록 하세요. 하기로 결정했으면 끌 이유가 없잖아요. 하루하루가 돈인데."

그렇다. 시작하기로 한 이상 이제 시간은 돈이다. 신전략정보시스템을 단 하루라도 빨리 구축하여 가동시키는 것이 발주사나 수주한 회사에나 좋은 것이다.

"잘 알겠습니다. 부회장님. 가능하면 금요일 이전에 발표하고 계약을 진행하도록 하겠습니다."

"이 프로젝트와 관련하여 삼마DS 쪽에서도 지원 인력을 구성하고 있습니다."

삼마DS의 개발 담당 이사가 한마디 거들고 있다. 대꾸도 없이 신 부회장이 말을 이어간다.

"자, 오늘 고생들 하셨습니다. 선물도 하나씩 챙겨 드리세요. 홍보도 겸해서. 꼬마들이 좋아할 거예요."

신 부회장이 말하는 선물이란 일종의 종합선물세트 같은 것이다. 삼마에서 생산되는 제품을 박스 하나에 이것저것 모아서 방문객들에게 기념품으로 나누어 주는 것이다. 진짜 집에 가져가면 애들이나 반길 것이다. 과자며 라면 등이 다양하게 들어 있으니까. 일행들은 라면 박스 크기의 기념품을 들고 주차장으로 빠져나온다.

"상무님, 사무실로 들어가십니까?"

"들어가야지. 왜?"

부태인 부장이 혹 다른 일정이 있을까 물어본다. 오늘 삼마그룹 담당자들과 약속이 없는 것을 보니 자신과 약속이 유효한 것이라 생각한 것이다.

"그럼 저녁은 어떻게 할까요? 강 비서가 저녁 일정 잡지 말라고 연락을 해서요."

"그래, 저녁 식사 같이하지. 고생 많이 했는데. 내가 저녁같이 먹으려고. 술은 좀 그런가?"

"전 괜찮습니다."

"월요일인데 부 부장이 장소 잡고 나한테 알려줘."

"네, 알겠습니다. 6시경으로 잡아 놓겠습니다."

각자의 차량으로 사무실로 이동하려고 주차장으로 걸어가는데 하지시스템 김성조 상무가 기다리고 있다.

"호석아, 수고했다."

김성조 상무가 발표 때와 달리 환한 표정으로 바라본다.

"사무실 들어가냐? 고생했어. 메일 받았는데 감리할 친구하고 한 번 만나야지. 언제가 좋냐? 난 어느 때고 괜찮은데 어디서 볼까?"

"은하에서 보자. 이왕 만나는 거 술이라도 한잔하면서 이야기해야 하지 않겠냐?"

"그럼 우리 부태인 부장도 데리고 나갈게. 어차피 프로젝트 총괄 PM이니까 같이 인사해야지."

감리 인력을 혼자 만나 이야기한다는 것은 김호석 상무 스스로 수준을 떨어뜨리고 부태인 부장을 어렵게 할 수 있다는 생각에 같이 만나자고 한 것이다. 전략적으로 끼워주는 인력이고 비용도 후렉스코리아에서 지급하는 것이기 때문에 김호석이 자주 얼굴을 보여 주면 버릇만 나쁘게 만들 수도 있다는 판단이 들어 부태인 부장 수준으로 낮추어 버리는 것이다.

"그럼 목요일. 저녁은 먹고 만날까? 거기 요리사 수준이 장난이 아니던데 유 사장한테 부탁해서 은하에서 먹는 것도 괜찮은 것 같아."

주방장의 요리 솜씨가 수준급임을 일전에 확인한 터라 기대가 된다.

"그러자. 내가 유 사장에게 이야기해 놓을게. 그럼 7시경에 은하에서 보는 거로 하자고. 그 시간이면 은하도 한가한 시간이니까 괜찮을 거야."

"그래, 그렇게 하자. 목요일에 보자."

"그래, 들어가라."

김성조와 헤어져 사무실에 들어온 김호석 상무는 부태인을 불러 목요일 감리할 사람과 강남에서 약속이 있다고 전달하고 책상 위에 올라와 있는 메모들을 보았다. 토요일 골프모임, 애엄마, 연희, 경제신문사 등에서 온 전화메모들이다. 토요일은 등산을 가기로 했으니 골프는 안 되고 애엄마는 메일을 보고 전화 한 것인지 아닌지 모르겠다. 경제 신문은 삼마그룹 프로젝트 때문에 인터뷰하려고 전화했을 것이라 생각이 든다.

"강 비서, 잠깐 들어와 봐."

"네, 상무님."

"이 경제 신문 메모는 홍보실장에게 전달해줘. 홍보실에서 스케줄 잡게. 우리가 시간 써가며 기자들 만나 홍보할 필요가 없어. 홍보실에서 알아서 할 거야. 그리고 부동산은 알아봤냐? 사무실 말이야?"

"네, 일단 관리팀에 부탁은 해 뒀어요. 알아보고 곧 연락을 줄 거예요."

연희가 미국에 들어가기 전에 여유를 가지고 선택을 하려면 빨리 후보지가 나와야 할 것 같았다.

"요번 주에 몇 군데 알려달라고 해. 비용 포함해서."

"네, 알겠습니다."

"그래, 고마워. 이상이야. 오늘 부태인 부장하고 저녁 약속 있어. 6시에."

"제가 장소 잡아야 해요?"

"아니야, 부태인 부장이 잡아서 연락 줄 거야. 어디로 할 것 같으냐? 하하."

"아, 그리고 목요일도 강남에서 약속이 있는데 부태인 부장하고 같이 갈 거야."

"네, 알겠습니다. 윤 기사가 운전해서 가실 거죠?"

기사를 데리고 술집을 가면 어찌나 소문이 잘 나는지 직원들이 내가 뭘 하고 다니는지 정확하게 알게 된다. 그래서 김호석 상무는 퇴근 시간 이후나 사적인 일을 할 때는 절대 기사를 데리고 다니지 않는다. 아무리 기사가 입이 무거운 사람이라 할지라도 말이다.

"아니야, 내가 직접 운전해서 갈 거고 부 부장도 가지고 가라 해야지. 집에 갈 때는 대리기사 쓰지, 뭐."

"내 스케줄 겹치지 않게 해주고 겹칠 가능성 있는 것은 신속하게 알려줘."

"네, 알겠습니다."

"그리고 요번 주는 골프 약속 안 되니까 누가 가능한지 물어오면 금주는 안 된다고 이야기해도 돼. 등산 갈 거야."

"네, 알겠습니다."

김호석 상무는 개인적 취향으로는 등산을 훨씬 좋아한다. 운동

량도 많고 40대 중후반에 건강관리는 음식, 등산과 헬스로 다 커버될 수 있다고 생각한다.

"오늘 연구소장 비서 만나 맛있는 것 사줘라. 그리고 내가 말한 것 잘 물어봐."

양 대표에게 큰소리쳐놓은 것이라 괜히 신경이 쓰인다. 중립적 위치에 있을 뿐 아니라 거의 미국에서 살아온 사람이라 미국 본사에 어필하기도 좋을 것이다.

"끝나고 나면 간단하게 문자 넣어 드릴게요. 상무님 핸드폰으로 확인하실 수 있게요."

"그래, 그러면 되겠구나. 저녁 늦게라도 좋으니까 문자 보내라. 목요일 저녁 약속 있으니까 점심이 좋겠어. 내가 연구소로 가지 뭐."

"문자 보시고 내일 출근하셔서 말씀하시면 제가 연결해 드릴게요, 연구소장님은."

"그래. 알았어. 나가 봐."

삼마그룹 신 부회장 집무실에서 연희와 관련된 이야기가 생각나 컴퓨터를 켜서 오전에 보낸 제안에 애엄마가 어떻게 반응했는지 확인을 하려고 한다. 예상대로 아내의 반응은 조금 냉정했다.

이혼하려고 하는 판에 무슨 내가 베이비시터인 줄 알아요? 내가 보낸 내용에 당신의 의견이나 적어 보네요. 쓸데없는 이야기하지 말고.

하긴 애엄마도 집이 있고 조금만 움직이면 생활은 전혀 문제없을 터이니 붕어가 미끼 물듯이 금방 달려 들것이라고는 생각하지 않았다. 첫 답신이 이 정도면 설득이 가능하겠다 싶은 생각이 든다. 그래서 신 부회장이 제시한 조건을 상세하게 적어 답신으로 보내 본다.

…(중략)… 신 부회장이 당신을 미국 지사로 발령 내고 영주권 취득이 가능토록 해주겠대. 그리고 대학원 학비도 지원해주겠다고 하니까 잘 생각해봐. 이혼은… 지금도 이혼과 똑같은 상황인데 좀 천천히 생각하고 결론을 내자. 가능하면 당신 의견 존중해 줄게.

몇 년간 혼자 살다가 그것도 모자라 이혼까지 당하게 생겼으니 호석은 조금은 비참함과 자괴감마저 든다. 이혼을 하더라도 자식들에게도 어떻게 이야기를 해서 이해를 시켜야 할지도 생각이 없다.

"상무님, 부태인 부장이 장소는 하늘소로 잡았다고 합니다. 6시예요."

한계를 못 벗어난다. 직원들이 잘 가는 일식집이다. 이름만 보면 고기집 같은 뉘앙스가 풍기지만 사장이 역발상 어쩌고저쩌고하며 이름을 지었다는 일식집이다.

"부태인 부장 내 방으로 들어오라고 해, 강 비서."

부태인이 방으로 들어오자 김 상무가 웃으며 이야기한다.

"하늘소가 뭐냐? 직원들 우글우글할 텐데. 우리 둘만 방에 들어가 한잔 먹는 꼴을 알아봐라. 회사 식당하고 똑같은 곳인데…"

"제가 거기까지 미처 생각을 못 했습니다. 다른 곳으로 잡겠습니다."

"아니야, 차 가지고 우리 집 근처로 가지. 거기 조용한 일식집 하나 있어. 운전은 각자 해서 가자."

"강 비서, 내 자동차 키 받아놔. 내가 직접 운전해 가겠다고 하고 퇴근하라고 해. 6시 반까지 와라. 우리 집 올라가는 언덕 좌측에 있어, 일출이야."

부태인 부장이 나가자 자리를 정리한다. 집 근처라 조금 편안하게 식사를 할 수 있을 것 같다. 월요일부터 술을 많이 마시기는 부담이 가지만 그렇다고 위로를 겸해서 하는 것인데 전혀 안 할 수는 없는 것이다. 월요일부터 술을 시작하면 보통 일주일 내내 술로 이어지는 경우가 허다하기 때문에 아무리 술꾼이라도 월요일은 피하기 십상이다. 6시쯤 되자 김호석 상무는 강 비서에게 오늘 저녁 잘 부탁한다는 말과 함께 퇴근 후에 일을 시켜 미안하다고 말을 하고 퇴근을 한다.

요즘은 황 부사장 사건으로 임원들끼리 모임이 매우 뜸해졌기 때문에 내부 인사들과 특별한 모임이 없어 오히려 잘되었다 싶은 생각이 든다. 다들 소나기는 피해가자고 몸을 사리고 있는 것이다. 이 나이들이 되어서도 눈치들은 어찌나 보고들 사는지 회사가 잘 돌아가려면 세대교체가 주기적으로 일어나야 한다는 생각을 해본다. 밖으로 차를 몰고 나오니 부태인 부장이 차가 나오기를 기다리고 있었던 모양이다. 차창을 내리고 부태인 부장에게 소리를 친다.

"가자, 15분 넘어가면 엄청 막힌다. 이수교차로 거쳐서 가는 길 알지?"

"네, 제가 한두 번 가 보나요. 조심해 가십시오. 제가 뒤를 따라 가겠습니다."

애엄마가 미국 가기 전에는 부태인 부장 가족은 자주 집으로 놀러 왔었다. 와이프끼리는 헤어졌다 만난 형제같이 지내는 사이였다. '혹 애엄마가 부 부장 와이프에게 이혼 관련하여 이야기나 한 것은 아니겠지' 하는 생각을 하며 운전에 몰두한다. 그래서 때로는 부태인 부장이 일에 빠져 살다가 자신과 같은 전철을 밟을까 봐 걱정이 되는 것도 사실이다. 그나마 다행인 것은 부태인 부장이 와이프에게 진짜 자상하고 참 잘해준다는 것이다. 매번 부태인 부장의 그런 모습 때문에 비교를 당하기도 했지만, 진짜 부부관계가 좋은 사람임에는 틀림이 없다.

어떤 때는 부태인 부장의 와이프는 우리 부부가 앞에 있건 없건 상관없이 거의 하인 부리는 수준으로 남편을 부려먹고 그러한 아내에게 잘 응대를 해주는 부태인 부장을 보면 천생연분이 따로 없어 보이기도 했다. 남자 망신시키지 말고 다니라고 이야기하면 어떠냐고 애엄마가 오히려 더 난리를 치곤 했다. 대리만족을 느끼기라도 하듯이 그래서 애엄마가 부태인 와이프를 더 챙겼다. 사실 부태인 부장이 살아가는 방식이 속 편하게 사는 건지도 모른다는 생각을 하곤 했다.

여인들과 비즈니스

차는 법원 쪽으로 가는 골목길로 들어서자 곧 일출의 큰 간판이 눈에 들어온다. 일출 주차장에 차를 대고 들어가자 카운터에 있던 여사장이 호석의 얼굴을 보고 반갑게 아는 척한다.

"어머, 사장님. 진짜 오랜만에 오셨네요. 얼굴 잊어버리겠어요."

호석이 생각하기에도 한 2년 정도 된 것 같다. 사실은 집 근처 일식집에 혼자 오기도 어색하고 그렇다고 손님들과 집 근처에서 식사 약속을 잡기도 어색한 것이다. 또한, 2차로 이어지는 장소가 주변에 많아야 편한데 주택가라 유흥 시설이 많이 부족한 것이 이유이기도 하다. 가족 단위로 오는 곳이라 가족이 떠나기 전에 몇 번 오고 거의 2년 만에 온 것이다. 40대 초반의 여사장은 돈을 많이 벌었는지 포동포동한 얼굴에 윤기가 나고 교태가 흐르고 있다.

"하하, 내 얼굴을 기억해 주는 사람도 있구먼."

오래전 고객의 얼굴을 기억하고 있으니 사장의 장사수완이 뛰어나다고 할 수 있을 것이다. 한번 왔다 간 손님은 기억한다는 것이 쉽지는 않은 일인데 음식점을 하는 업체의 대표가 가질 수 있는 최고의 경쟁력일 것이라고 생각한다.

"그럼요. 사장님 같은 분을 기억 못 하면 어떡하게요. 멋있는 분이 오시니 홀이 확 살아나네요. 이렇게 일찍 오신 거 보니까 식사하러 오셨나 봐요."

"네, 조용한 방 하나 주세요."

부태인 부장이 여사장의 말에 대꾸한다. 여사장은 잠시 예약 상황판을 살펴보더니 2층에 있는 방으로 안내하고 일행이 자리에 앉자 김호석 상무가 여사장에게 물어본다.

"오늘 뭐가 좋아요?"

"오늘은 제주에서 올라온 고등어와 갈치가 좋아요. 그걸로 준비해 드릴까요?"

갈치는 자기 살을 파먹는 놈이라 쌍놈들이 먹는 회라고 누군가가 나한테 이야기한 것이 기억난다.

"두 가지를 섞어서 하면 안 될까? 푸짐하게. 술도 간단하게 한잔하지, 부 부장?"

"술은 무엇으로 준비할까요?"

"아쯔깡あつがん: 뜨거운 정종 어때? 부 부장, 좋아하지?"

"히레ひれ: 말린 복어 지느러미를 넣고 그 위에 불을 붙인 일본 정종로 하시지요. 상무님, 딱 한 잔씩만 하시죠."

"그러자고. 준비해 주세요."

주문을 받아서 나간 여주인은 전라도가 고향이고 이름은 서 뭐라고 하는 사람이다. 들리기에 남편과 사별하고 이제 고등학교 다니는 아들 하나 키우며 살고 있다고 한다. 주택가에서 이렇게 큰 규모의 일식집으로 성공하기란 쉽지 않은데 사교성이 좋아 많은 단골손님들을 확보하고 있는 것 같아 보였고 항상 예약이 많은 편이다.

"태인아, 협력업체 대표들 스케줄 한번 잡아야지. 내가 군기를 잡아 줄 테니까. 요번 주는 어렵고 다음 주 중반에 한 번 잡아봐. 회사에서 미팅 한 번 하고 저녁을 먹든가 아니면 저녁만 먹고 2차로 술집을 가든가. 2차는 저번에 알려준 은하로 해라. 비용은 우리 쪽에서 부담하는 것으로 해."

한국에서 대부분의 PM들은 자기가 직접 컨트롤 하는 회사 한두 개 쯤 만들어서 움직여야 하고 전략적인 관계로 긴밀하게 움직일 수 있는 협력업체 몇 개는 확실하게 잡아야 프로젝트의 성공을 담보할 수 있는 것이다. 외주 용역이 많이 나가고 이번 건과 같은 대형 프로젝트에서는 협력업체들도 재하청을 주기도 하기 때문이다. 그래야 예상치 못한 늘어나는 공수와 시간이 촉박한 긴급 상황에 효율적인 대응을 할 수 있는 것이다. 외주 업체들이 워낙 말을 안 들어 많은 문제를 만들어 왔기 때문에 회사에서도 이러한 진행구조는 어느 정도 용인되는 일이기도 하다.

"그리고 개발용역회사 알아보라고 한 것은 어찌 되었냐? 이제 본격적으로 프로젝트가 시작되어야 하니 시간은 그다지 많은 것이 아니야."

"네, 지금 한 곳은 인수 작업에 들어갔고 솔루션 업체는 신규로 하나 만들려고요. 이번 달에 다 준비가 되어 질 것입니다. 상무님."

주문한 것이 다 준비가 되었는지 여주인이 직접 요리를 가지고 들어온다. 은빛 갈치회가 살아 있듯이 탱글탱글해 보인다. 고등어도 싱싱해 보이고 입맛을 돋운다.

"자, 식사하면서 이야기하자."

따끈한 히레 정종은 마실 때도 목을 자극하지만, 코도 사정없이 뚫어버린다. 복의 지느러미가 불과 같이 술의 나쁜 기운을 제거해 버린다니 잘 알지는 모르겠지만 김호석도 즐겨 마시는 술 종류의 하나이다.

"한잔하지. 고생 많았어. 이거 우리만 마시는 거 실례가 아닌가? 아가씨 옆에 놔두고."

옆에 다소곳이 앉아 있는 여사장이 신경이 쓰이는지 김호석 상무가 말을 건다.

"상무님은, 그렇게 말씀하시니 기분은 좋네요."

"하하, 혼자 산 지 10년 넘으면 아가씨가 아닌가?"

오랜만에 썰렁한 농담으로 어색함을 대신하려 한다.

"그런데 상무님 가족분들은 통 뵐 수가 없어요. 어디 가셨는가요? 예전에는 상무님 빼고라도 가끔 오셨는데."

가족하고 가끔 오던 곳이었는데 다들 떠나 버리고 마치 무를 자르듯이 발길을 뚝 끊어버렸으니 궁금하기도 할 것이다.

"다 미국 갔어. 벌써 2년이 넘었는데, 하하하."

"어머, 기러기 아빠예요? 외로우시겠어요. 남자 혼자 사는 것이 참 힘들다고 하던데."

"미안해할 거 없어. 신경 못 써준 게 그쪽 탓인가?"

김호석 상무는 더 이상 가족 이야기로 대화를 이끌기가 싫어 진한 농담으로 마무리한다. 여사장은 두 남자가 주고받는 술잔이 아니라 중요한 비즈니스 관련 이야기를 하는 것 같아 눈치 빠르게 자리에 일어선다.

"말씀들 나누세요. 전 나갈게요."

호석은 여사장이 그냥 나가는 것이 미안해서 말한다.

"마시고 싶은 술 가지고 들어와. 썰렁하게 그냥 앉아 있지 말고."

"호호호. 감사해요. 먼저 이야기들 나누세요. 마시고 싶으면 가져올게요."

여사장이 나가자 김호석 상무는 부태인 부장에게 프로젝트와 관련한 이야기를 이어간다.

"프로젝트에서 더 이상 네고는 없을 거야."

"아, 그렇습니까? 상무님."

"일단 삼마그룹의 제안 요청에 따라 제공 솔루션은 정해졌고 비용도 정해졌으니까. 금요일 결과 발표하고 나면 바로 계약 들어갈 거야. 다음 주부터는 바쁘겠지?"

"네, 이것저것 준비는 하고 있습니다."

아직 대형 프로젝트 관리 능력에 대한 경험이 많지 않은 부태인 부장을 위해서 김호석 상무는 사전에 준비하고 갖추어야 할 것을 체크하여 준다.

"자네가 데리고 일할 사람들에 대한 관리구조도 잘 갖추어야 해. 그렇지 않으면 자네만 바쁘고 다 놀게 돼. 그럼 프로젝트는 무조건 실패야. 그 반대가 프로젝트의 성공이라 보면 돼."

"잘 알고 있습니다. 내부인력은 팀장들하고 지원협의하고 있습니다."

"자네 밑에 여비서 2~3명을 두고 자료작성, 프로젝트 진행관리, 본사와 연락 이런 거 잘하게 해야 해. 똑똑한 애들로 고용해서 제대로 써먹어야 한다. 내가 강 비서에게 이야기해 놓을게."

"네, 잘 알겠습니다."

"그리고 우리 회사는 협력업체에 대한 모든 대금 지급을 현금으로 결제하니까 컨트롤하기 쉬울 거야. 현금에 목마른 협력업체들은 좋아하게 돼 있어. 믿을 만하면 50%를 계약 시 주고 시작하는 것으로 하면 돼. 견적서를 달라 하고 네고가 끝나면 계약은 처음 네고 없이 요구한 금액으로 계약하고 그 차액은 별도 운영자금으로 챙기면 되지."

김호석 상무는 자신이 담당했던 과거의 프로젝트를 예를 들어가며 상세하게 부태인 부장에게 알려준다.

"그리고 모든 지출 비용이 결정되면 협력업체별로 전체 계약 금액을 기간별로 나누어서 지급 조건까지 명시한 상태로 나한테 결재를 올려라. 일단 결재받아 놓고 관리팀 쪽에 넘겨주면 다음부터 부 부장 전결로 처리할 수 있잖아. 그리고 중요한 것은 고객을 위해서 사용할 비용을 충분하게 잡아두라는 것이야. 삼마그룹 임원들이 접대도 좋아할 뿐 아니라 다른 비즈니스에도 그 코드로 비용 집행해도 되니까. 중요한 것은 삼마그룹 쪽 부장, 상무들이 직급별로 취향이 많이 다르다는 거야. 고생 좀 할 거야."

"네, 그건 몇 번 겪어봐서 잘 알고 있는데 정말 고생 좀 할 것 같습니다. 아직 제가 한국 술 문화에 완벽하게 적응하지 못했거든요."

"직원들에게 잘 물어봐. 어디가 좋은가도 지혜롭게 잘 준비해 놓고 그때그때 대처하면 되지."

"장기 프로젝트가 처음인지라 걱정되는 것은 없지 않으나 잘 대응해서 진행하겠습니다. 너무 걱정하지 마십시오, 상무님."

하지시스템 김성조 말에 따르면 10년 동안 고객사로 챙기면서 삼마그룹으로부터는 종합선물 박스 같은 허접한 선물 빼고 밥 한 번 제대로 얻어먹은 적이 없다고 한다. 술집들을 찾아가는 취향도 다양해서 이 수준 저 수준 맞추다 보니 몸도 힘들고 마음고생도 많이 했다고 한다.

"하지 김성조 상무도 고생 많이 했다 하니까 잘 대응하면서 나가면 괜찮을 거야."

"그런 소문은 좀 들었고요. 일전에 술 한번 먹었는데 자기들끼리 어디를 가느냐로 싸우더라고요. 그래서 결국은 아무 데도 못 가고 근처 생맥줏집에 가서 간단하게 마시고 집으로 돌아갔어요."

"하하, 벌써 경험했다는 거지? 그러니까 회식도 지위에 따라 나눠 하고 가능하면 협력업체 대표들 불러 같이 가고 우리 쪽에서는 새끼 PM들 내놓으면 되지. 어떻게 다 쫓아다니겠냐?"

선장이 배를 끝까지 끌고 가려면 장기 프로젝트에서는 건강이 제일 필요하기 때문에 PM이 모든 일정을 스스로 소화할 수는 없다.

"그리고 삼마 프로젝트라고 하면 사내 골프 회원권 이용도 최우선순위를 가지고 부킹이 가능할 거야. 정 어려우면 나한테 이야기하고 내 꺼 써도 되니까. 지금부터는 자네가 회사 안팎으로 주목을 받게 될 거고 움직임이 많이 노출될 거야. 그러니까 항상 의식하고 조심해서 생활해야 돼."

"네, 잘 알겠습니다. 프로젝트 관리방안을 거의 작성했으니 상무님께 곧 보고 드리겠습니다."

"그래, 그거 보고 다시 이야기하자. 이번 프로젝트는 나나 부 부장이 후렉스코리아에서 다시 한 단계 올라가 미래를 가지느냐 못가지느냐의 기로가 될 중요한 프로젝트야. 잘해야 해."

김호석 상무는 올 연말 개인 평가 시작 전에 부 부장을 이사로 진급시키려고 마음에 결정한 상태다. 비록 김호석 상무의 결정적 역할로 프로젝트가 시작되었지만 부 부장이 PM을 맡았으니 이미 프로젝트의 오너가 된 것이다. 평가 시 이번 프로젝트의 공은 부태인 부장이 가져가게 될 것이고 발주사 프로젝트 책임자 직급이 상무라는 직급인데 부장이 대응하기는 문제가 있다고 보고 진급이 필요하다고 판단하고 있다. 또 하나의 가장 큰 이유는 김호석 상무의 사람들을 자꾸 승진시켜 서서히 큰 그림을 그리는 데 있어 기회를 잡기 위해서이다.

여사장이 맥주 한 병, 참치의 특수부위라고 하는 서비스 안주를 들고 들어온다.

"제가 방해한 것 아니죠? 심각하게 말씀들 나누고 계시는데."

"하하, 아닙니다. 이야기는 다 끝났습니다. 아름다운 아가씨에 대한 접대가 소홀했습니다. 서 사장이라고 불러도 되지요?"

겸연쩍어하며 김호석 상무가 농담한다.

"네, 이렇게 미인에게 무관심하면 신사가 아니지요."

서 사장은 콧소리를 섞어 가며 농담을 잘 받아넘긴다.

"미안합니다. 뭐로 한잔하시겠습니까?"

"그럼 제가 용서하는 의미에서 맥주 한잔 받겠습니다."

술잔을 김호석 상무 쪽으로 내민 서 사장의 얼굴에는 호석에 대한 관심이 많은 듯 야릇한 미소를 띄운다.

"자, 한잔 받으세요. 부 부장 여기 끝나면 집으로 바로 갈 건가?"

"네, 상무님 전 일찍 집에 들어가려고요."

부태인 부장이 일찍 들어간다고 하니 부태인 부장의 와이프가 생각이 난다.

"사장님, 여기 활어회 초밥 3인분만 포장해 주세요. 아주 맛있게. 이 친구 갈 때 가져가게요."

"상무님, 괜찮습니다."

"아냐, 부 부장 집사람이 생각이 나네. 우리 집에 아무도 없어 놀러 오지도 못하고 섭섭해 할 거야. 내 마음이니까 가져가게."

"그렇잖아도 사모님하고 애들 이야기를 하곤 합니다. 가끔 사모님 계신 곳에 놀러 가고 싶다고도 합니다. 하하하, 미국에 잘 계시죠?"

"그래, 너무 잘 있어 문제지. 2년 만에 미국 여자로 바뀐 것 같아. 어찌나 당당해졌는지."

"호호, 상무님. 진짜 기러기인가 봐요. 어쩐지 아파트에서 사모님 얼굴 뵙기도 어렵고 저희 집에 안 오신다 했어요."

서 사장이 혼자 말없이 있기가 어색했던지 가족에 대한 대화에 끼어든다.

"아니, 내가 한 말을 농담으로 들었단 말입니까?"

"네, 그랬어요. 매일 식사는 어떻게 해결하세요? 제가 밑반찬이라도 몇 가지 챙겨드릴까요?"

"하하, 괜찮습니다. 집에서 거의 밥을 먹지 않습니다."

반찬 챙겨 준다는 말이 고맙지만 부태인 부장 앞이라 괜히 쑥스러운 생각이 들어 얼른 거절한다.

"아니에요, 사장님. 우리 상무님 가끔 좀 챙겨 주세요. 우리 상무님 집도 아시잖아요. 여기서 사업을 하시는 것을 보니 같은 아파트 단지인 것 같은데요. 하하하."

부 부장이 거들며 의미심장한 있는 미소를 지어 보인다.

"호호, 부장님. 제가 상무님 좀 챙겨도 될까요?"

여주인은 흐드러진 웃음소리로 알 듯 알 듯한 뉘앙스를 풍겨 며 자리를 뜨지 않고 있다. 자리가 재미가 있었는지 인터폰으로 주방장에게 안주를 더 만들어오라고 이야기를 한다.

"지난주 토요일 상무님 운동복 차림으로 내려가시는 것 봤어요."

김호석 상무가 이 앞을 지나는 것을 가끔 본 모양이다. 직업의식이 발동해서 그렇겠지 하고 흘려듣는다.

"그래요? 부르지 그랬어요. 운동 끝나고 혼자서 여기 들어오기가 쑥스러워 근처 식당에서 때웠는데. 내가 일식을 좋아하거든."

김호석 상무는 누군가 불러만 줬어도 그 사람과 같이 식사하든 차를 마시든 했을 것이다. 휴일에 약속을 잘 잡지 않으니까 늘 혼자서 무언가 해결을 해야 하기 때문이다.

"네, 다음부터는 상무님 지나가시면 무조건 불러 드릴게요. 그래도 되죠?"

"아, 물론입니다. 제가 더 감사한 일이지요."

집 근처의 오랜만에 즐겁고 유쾌한 식사와 술이라 전혀 부담되지 않는다. 혼자라는 특권이 이렇게 유용할 때도 있다는 것이 호석을 약간 흐트러지게 만든다.

"상무님, 잘 되었네요. 이제 식사하실 때가 우리 집으로 정해지셔서요."

"하하, 고맙소이다. 부태인 부장, 우리 들어가야지. 와이프가 식사할 시간은 줘야지. 밥 먹으면 안 되니까 출발하기 전에 문자 주고 가라."

"네, 그래야 할 거 같습니다. 문자 좀 보내겠습니다. 상무님이 사주신 초밥이니 더 좋아할 겁니다."

핸드폰을 들고 부태인 부장이 아내에게 문자를 보내는 사이 서 사장은 김호석이 건네준 카드를 들고 나간다. 부태인 부장의 핸드폰에 답신이 온 모양이다.

"상무님, 집사람이 고맙다고 꼭 전해달라고 합니다."

"하하, 그거 가지고 뭘. 건강하게 잘 지내라고 전해라. 나중에 한 번 같이 모여 식사라도 한번하자고 하고. 말 나온 김에 부 부장이 날 한번 잡아봐라."

카운터에 나온 두 사람은 카드전표에 사인하고 주차장으로 나온다.

"상무님, 전 차 여기에 두고 택시로 들어가겠습니다. 회사에서 그리 멀지 않으니까요. 아침 일찍 출근하면서 차를 꺼내 가겠습니다."

"아니, 대리기사 불러가지 왜 불편하게 살려고 하는가? 회사에서 비용을 통제하는 것도 아닌데. 내일 출근할 때 얼마나 불편하냐? 사장님, 여기 대리기사 한 명 불러 주세요."

"어머, 잠깐만 기다리세요."

서 사장이 대리기사를 부르기 위해 들어간 그사이에 두 사람은 또 프로젝트와 관련하여 이야기를 나누고 있다.

"부 부장 고생이 되겠지만, 열심히 해라. 그러면 좋은 소식이 있지 않겠는가? 부 부장도 이왕 한국에 들어와서 살고 있으니 빨리 자리를 잡고 위로 올라가야지. 나도 신경 많이 쓰고 있으니까 말이야."

"선배님 얼굴에 누가 안 되도록 열심히 하겠습니다."

서 여사장이 나와서 곧 대리기사가 도착할 것이라고 말을 전한다. 가볍게 이야기를 나누고 있는 중에 대리기사가 도착하여 어느 차로 가시냐고 물어본다.

"여기 있는 분이 갈 겁니다. 부 부장 조심해서 들어가고 도착하면 문자 하나 보내주는 것 잊지 말고."

"네, 알겠습니다. 상무님, 먼저 들어가겠습니다."

부태인 부장을 태운 승용차는 큰 도로 앞에서 우측으로 꺾어 들어가 시야에서 사라진다.

"상무님, 차를 가지고 들어가실 수 있으시겠어요? 한잔하셨는데?"

"아뇨, 나 몇 잔 안 마셨는데. 내일 출근해야 하기 때문에 차 가져가야 해요. 내가 운전해서 가야지요. 바로 옆인데."

"차가 워낙 큰 것이라 주차하시기도 불편하실 텐데 여기 두었다가 내일 가져가셔도 됩니다."

"그럴까? 하긴 이 시간에 빈 주차 공간 찾기가 어렵기도 하지요. 그럼 부탁합니다. 차 놔두고 갈 테니까."

"네, 그러세요. 명함 한 장 주세요. 혹 모르니까."

역시 노련한 장사꾼이다. 아무 저항 없이 명함을 건넬 수밖에 없는 상황을 만든다.

"내 명함이 없었나?"

"네, 언제 주셨나요? 전화할까 봐 겁나시나 봐. 주차료는 나중에 차나 한 잔 사세요."

"하하, 그럽시다. 차 한 잔가지고 되겠어? 원하는 것을 해 줘야지."

순간 아차 싶어 한다. 농담이 약속으로 변질되는 경계를 넘어가는 것을 느끼며 마음속에 빨리 수습해야겠다는 생각을 한다. 이

내 말투를 사무적으로 정색하듯이 바꾼다.

"난 갈 테니 일 보세요."

"분명 원하는 것으로라고 말씀하셨어요. 저한테 전화번호도 있고. 조심해서 들어가세요."

김호석 상무의 머릿속에 순간 무엇인가 길게 이어질 것 같다는 약간의 두려움이 스쳐 지나간다. 김호석 상무는 어떤 모임에 가서도 혼자 산다는 이야기를 하지 않는다. 괜히 무언가 항상 아쉬움에 사는 사람 같아 보이기도 하고 또 다른 목적이 있어서 모임에 참석하는 것처럼 비치지 않을까 하는 걱정 아닌 걱정이 들어서이기도 하다. 다른 사람들은 누구도 그렇게 생각하지는 않겠지만 어찌 되었든 가족 모두가 미국으로 떠난 후부터는 그렇게 살아가고 있다.

"하하하, 수고하세요."

작은 언덕을 올라 집 쪽으로 걸음을 옮긴다. 아파트에 다다르자 정문 경비가 반갑게 인사를 건넨다.

"오늘은 차를 안 가지고 오십니다."

"아, 네. 수고가 많으십니다. 가까운데 차를 세워두고 왔습니다."

"네, 조심해서 들어가십시오."

명절 때가 되면 꼬박꼬박 선물을 챙겨왔기 때문에 호석에게 늘 친절하게 대해준다. 연세 많으신 작은어머님을 생각하며 늘 챙겨 드리곤 했다. 아파트 엘리베이터는 집과 같다는 생각을 한다. 답답하고 이 시간이면 아무도 없는 것이 호석이 사는 곳과 별반 다를 것이 없다는 생각이 드는 쓸쓸한 곳이다. 언제나처럼 시키는 대로 정확하게 집 앞에 호석을 토해놓는다. 문을 열고 들어선 김호석 상무는 습관처럼 모든 전등의 스위치를 켠다. 이제서야 집에 들어온 것 같은 생각이 든다. 이렇게 일찍 집에 들어온 것이 오랜만이 아닌가 싶다. 늘 밖에서 약속을 소화하다 보니 12시를 넘기기가 일수였는데 지금은 호석에게는 대낮과 같은 시간인 것이다.

거실 소파에 상의를 던져놓고 TV를 켠다. 저녁 8시 막장 드라마 여주인공이 눈물을 짜고 있다. 저러지 않으면 시청률을 높이기가 어려우니 항상 사람의 감성을 되지도 않는 방법으로 자극하려 한다. 엉뚱한 생각을 하고 있는데 강 비서로부터 문자 메시지가 도착했다고 핸드폰에서 서비스 알람이 울린다.

'상무님, 저 가볍게 한잔하고 대리 불러 집에 들어가는 중입니다. 이야기는 다 잘했고요. 연구소장님은 업무 끝나면 바로 집으로 가시는 스타일이랍니다. 말씀하신 대로 목요일 낮에 구로 공장에서 만나시면 될 것 같습니다. 자세한 것은 내일 사무실에서 말씀드리겠습니다.' -강 비서

강 비서의 판단에는 문제가 없을 것 같다고 하였으나 그래도 몇 가지 확인할 사항이 있어서 전화한다. 대리기사가 운전을 한다니 전화는 문제가 없을 것 같다는 판단에서다.

"강 비서, 내가 이야기 한 것은 다 챙겼어?"

"네, 상무님. 이야기도 잘 되실 것 같아요. 한국에서 잘 적응하시려고 엄청 노력하시는 분이시라네요. 그렇게 친하게 지내는 사람은 없나 봐요. 전화하시면 무척 반가워하실 것이라 하네요."

"그래, 잘 되었구만. 술 좀 했나 보네. 대리까지 끌고 가는 걸 보면 말이야. 하하."

강 비서는 여간해서 술을 잘 마시지 않는다. 오늘은 대리까지 끌고 가는 것을 보면 분위기가 아주 좋았던 모양이다.

"그래, 조심해라. 잘 들어가고 내일 사무실에서 보자."

강 비서가 술기운에 이상한 이야기 할까 두려워서 서둘러 전화를 끊으려 하자 강 비서가 수화기를 잡는다.

"상무님, 댁이세요? 오늘 엄청 일찍 들어가셨네요? 저랑 한잔 더 하실래요?"

조금은 불만 섞인 말투로 이야기한다. 순간 김호석 상무는 적절하게 거절할 핑곗거리를 머릿속에서 찾는다.

"나 회에다 술 먹고 속이 안 좋아서 일찍 들어왔어."

평소 거의 발생할 가능성이 없는 생뚱맞은 거짓은 상대방을 기분 나쁘지 않게 하며 거절하는 수단이 되기도 한다.

"헐, 아닌 거 알거든요. 상무님의 빤한 거짓말 이젠 다 알거든요. 그래도 기분 나쁘지 않으니까 용서할 수 있어요."

매번 똑같이 써먹는 거짓말을 할 것을 뻔히 알면서도 김호석 상무를 떠보는 강 비서가 오히려 귀엽게 느껴진다.

"조심해서 들어가라. 내일 아침에는 정상 출근하실 건가? 하하하."

"네, 상무님도 편히 쉬세요."

김호석은 강 비서에게 때론 마음이 가지 않는 것은 아니나 그것은 김호석이 그어놓은 사내 연애 절대 불가 원칙을 위반하는 것이기에 인내심을 다지는 마지노선이 된다. 더군다나 강 비서에게 그 어떤 것도 지금 상태에서는 약속해줄 것이 없기 때문이기도 하고, 젊은 친구의 인생을 호석의 욕심을 위해서 잡고 있을 수 없다는 것이 일관된 생각이기도 하기 때문이다. 6년을 말없이 김호석을 보필한 강 비서에게 그저 미안한 마음만이 크게 자리 잡고 있을 뿐이다.

강 비서와의 전화 통화로 연구소장에 대한 문제까지도 어느 정도 정리가 되자 호석은 하루의 일과가 마무리된 느낌이 든다. 오랜만에 일찍 자야겠다는 생각에 욕실에 수도꼭지를 틀어 욕조에 물을 받아 놓는다. 내일 출근하면서 세탁소에 맡길 옷가지를 잘 챙겨 현관 쪽에 두고 벌거벗은 몸으로 욕실로 들어간다. 따뜻한 물에 몸을 담그니 긴장이 확 풀어지고 조금 전 마신 정종의 기운이 뒤늦게 올라오는 느낌이다. 눈을 감고 멍하니 욕조에 누워 물에 몸을 맡겨본다.

한국에 들어온 지 벌써 6년이 넘어가고 있다. 누가 보더라도 열심히 일하고 한국의 기업문화에 잘 적응하기 위하여 동분서주 노력했다. 지금의 자리까지 온 것에 대한 개인적인 성취감은 늘 호석을 만족하게 했지만, 가족을 잃어버리게 했다는 생각이 많이 든다. 특히 이혼을 요구하는 아내에게는 죄책감마저 들었다. 생각하기도 싫지만, 아내가 미국으로 가기 전 자신의 인생을 찾겠다고 진지하게 이야기할 때조차 호석은 심각하게 대응하지 못했었다. 그저 비용이나 충분히 만들어 주면 되겠지 하는 안일한 생각으로 요구하는 모든 것을 해주었다. 집을 빼고는 모든 것을 정리해서 아내와 애들의 유학 생활을 위하여 가져가게 했다. 자신의 성공을 위하여 형제들에게조차 소홀했고 부드럽지 못했던 것이 가슴에 밟힌다.

거의 모든 시간을 해외에서 보내고 이제 가족이라는 울타리에서 살아야겠다고 결정했는데 이제는 가족들이 호석을 떠나가게 되는 일이 일어난 것이다. 아내와 자식들은 미국으로, 부모님은 이미 하늘나라로 떠나가셨고 뒤돌아보면 젊은 나이에 해외에서 고생하며 학업을 마치고 국내에 와서는 많은 변화와 갈등 속에서 불리한 인맥을 극복하며 이 자리에 올라오기까지는 남몰래 피눈물을 흘린 것도 한두 번이 아니었다. 그러나 사회적 지위를 무시하고 결과가 지금의 상황이라는 것에는 후회가 한없이 밀려온다. 좀 더 잘할 걸 하는 단순한 생각이 머리를 어지럽힌다.

반복되는 회한과 어지러운 생각들을 깨우는 초인종 소리가 호석을 물속에서 꺼낸다. 이 시간에 초인종을 누를 사람이라곤 경비아저씨밖에 없다고 생각하고 모니터를 봤더니 일출 여사장이 아닌가. 야심한 시각에 무슨 일인가 하고 급히 가운만 걸치고 문을 살짝 열어준다.

"웬일이십니까? 이 시간에."

당황스러운 표장으로 김호석 상무가 물어본다.

"아까 밑반찬 몇 가지를 챙겨 놓았었는데 깜박 잊고 드리지 못했어요. 그래서 제가 가져 왔지요."

단순하게 술자리에서 한 농담으로 생각하고 웃자고 이야기한 것인데 진담으로 들었던 모양이다. 문밖에 세워두기가 그래서 대문을 활짝 열고 집안으로 서 사장을 불러들인다.

"들어오시죠. 이왕 오셨으니 차 한 잔 하고 가세요."

"남자 혼자 있는 집에 들어가도 되려나 모르겠네요."

이미 대문을 지나 들어와 있으면서 너스레를 떤다고 호석은 속으로 생각한다. 호석은 일부러 사무적인 말투로 이야기한다.

"무슨 차로 드시겠습니까, 커피? 녹차?"

"집이 깔끔하네요. 혼자 사신다는 생각이 안 들어요. 혹 여자분이 있는 것은 아니시죠?"

호석의 물음에는 대답할 생각도 안 하고 서 사장은 자기가 할 말만 쏟아 놓는다.

"커피 드릴까요? 아님 녹차로?"

호석이 다시 서 사장에게 물어보자 그제야 미안하다는 듯이 대답을 한다.

"커피 주세요. 아메리카노 가능하죠?"

희미한 미소의 서 사장의 모습이 예사로워 보이질 않는다.

"물론이죠. 진하게 아니면 완전 숭늉 같은 아메리칸 스타일로 드릴까?"

"숭늉 같은 스타일로 부탁합니다. 저도 가서 자야 하니까요. 감사합니다."

술을 몇 잔 한 모양인지 자세는 약간 흐트러져 있고 콧소리를 섞어서 이야기한다. 일출에서 보던 옷하고는 다른 것을 보니 퇴근을 하면서 들린 모양이다. 40대 과부라는 이야기는 들어서 알고 있지만 괜한 걱정이 들기도 한다. 커피 머신에서 커피를 뽑아 들고 소파로 온 호석은 머그잔을 서 사장 쪽으로 가져다 놓는다.

"커피 드세요. 맛이 있을 겁니다. 제가 바리스타는 아니지만 말입니다."

서 사장 앞에 커피잔을 내려놓은 호석은 작은 이동식 소파 의자를 끌어다가 풀썩 앉는다. 순간 호석은 자신이 욕실에서 나오면서 가운 외에는 아무것도 입지 않은 것을 알고 당황하여 벌떡 일어나 방으로 들어간다. 옷장에서 추리닝을 꺼내 입고 다시 거실로 나오자 여사장이 묘한 미소를 지어 보낸다. 아까부터 어쩐지 서 사장의 눈길이 이상하다 싶었는데 속옷을 입지 않았다는 것을 모르고 있었던 것이다.

얼굴이 화끈거려 잠시 거실 밖을 쳐다보고 있는 사이 여사장이 화장실 좀 쓰겠다고 하며 일어선다. 화장실을 간 사이 자리에 돌아온 호석은 어색함을 지울 수가 없다. 남의 집에 와서 화장실을 쓰겠다고 자연스럽게 가는 것을 보면 넉살이 참 좋다는 생각을 하며 나오기를 기다리고 있다. 잠시 후 화장실을 나오는 여사장을 보면서 이상하게 오늘따라 아랫도리가 불끈하는 것을 애써 자제하고 있다.

"커피 향이 진짜 좋아요. 맥주 몇 잔 마셨더니 이상하게 화장실을 가게 되네요. 처음 왔는데 미안해요."

"괜찮습니다. 저도 일조했으니까."

김호석은 속으로 완전히 예의 없는 여자는 아니라고 생각을 하며 오늘따라 분위기가 꽤 있어 보이는 귀엽고 귀티가 나는 얼굴이란 생각이 들었다.

"밑반찬이야 다음에 내가 갔을 때 주셔도 되는데. 피곤한데 일부러 가지고 오셨어요."

"싸 놓은 것이라 어찌할 수가 없잖아요. 그렇지 않으면 상하니까 제가 가지고 왔어요."

"아무튼, 고맙게 잘 먹겠습니다. 댁은 어디 신가요?"

"저도 이 아파트에 살아요. 바로 옆 동이에요. 그러니까 왔지요, 지나가는 길인지라. 호호호."

가까운 곳에 사는지는 알았지만 바로 옆 동이라는 것을 모르고 있었다.

"애들도 있나요? 아님 혼자 사십니까?"

"지금은 혼자 살아요. 작년까지는 아들하고 같이 살았는데 애가 올해 외국어 고등학교에 들어가 기숙사 생활을 하고 1~2주에 한 번씩 집에 오니까 보기가 쉽지 않죠."

여자 혼자 이렇게 큰 일식집을 그것도 한국에서 가장 비싸다는 곳에서 운영할 정도니 머리도 있고 자식도 똑똑한 모양이다.

"허, 이거 오늘 사고 나는 것 아닙니까? 혼자 사는 사람끼리 말입니다."

"사고 한번 치죠. 그거 뭐 어려운 일인가요?"

서 사장이 호석의 농담을 받아치는 것은 호석이 의도하는 방향으로 도무지 흘러가지 않는다. 일부러 강도 높은 농담으로 질리게 하려는 의도가 서 사장의 솜씨 좋은 대꾸에 무용지물이 되고 만다.

"하하하…."

헛웃음 뒤에 어색한 침묵이 흐른다. 그 어색함을 도저히 참을 수 없다는 듯이 김호석은 벌떡 일어나 서 사장의 곁으로 성큼 걸어간다. 김호석은 여사장의 입술에 자신의 입술을 갖다 댄다. 여사장은 기다렸다는 듯이 입을 벌려 호석의 혀를 받아들이다. 입을 벌려 받아들인 그녀의 입은 마치 진공청소기가 흡입하듯이 강력하게 빨아들이며 한껏 애무한다. 김호석의 아랫도리는 한껏 부풀어 오른 상태이고 작은 주머니 속을 빠져나오려 애를 쓰고 있다.

그녀의 손이 호석의 물건을 힘을 주어 움켜잡는다. 김호석도 그녀의 스커트를 들어 올리면서 흰색 팬티를 내리려 애를 쓴다. 소파의 한쪽 벽에 막힌 두 사람은 부자연스러운 자세로 포개져 있다. 그녀는 엉덩이를 들어 호석을 돕고 싶은 마음이나 이미 흥분의 도가 지나쳐 뜻대로 움직여지지가 않는다. 이 모든 것이 여의치 않자 호석은 그녀의 팬티를 내리는 것을 포기하고 이내 한쪽으로 거칠게 젖히고 자신의 성난 물건을 집어넣는다. 그녀도 이미 호석을 받아들일 준비를 끝냈는지 매끄럽게 받아들인다.

"아, 우리 제대로 해요."

이미 이성의 감각은 사라져버린지라 호석은 아무런 대꾸 없이 무

차별 공격을 가한다. 오랫동안 남자를 모르고 살았는지 과하다 할 정도로 흥분상태에 몰입해 있다. 그런 그녀의 모습을 즐기듯이 능숙한 솜씨로 그녀를 리드해간다. 서서히 정상을 향해가는 그녀의 신음은 더 격정적으로 변해간다.

"어, 억… 여보…."

그녀의 신음에 아랑곳없이 호석은 고지를 향하여 한 걸은 한 걸음 다가간다. 그녀의 몸 상태로 클라이맥스를 알아차린 호석은 마지막 힘을 쏟아부으며 허리를 움직인다.

"아, 악! 나 죽어…!"

축 늘어져 가는 그녀를 보면서 회심의 일격을 가한다. 그녀의 몸에서 몇 번인가 강렬한 진동을 느끼면서 괄약근에 힘을 주며 사정을 한다. 그녀 또한 호석의 마지막 움직임을 몸 안에서 느끼며 다시 한 번 정신이 빠져나가는 것을 느낀다. 두 사람은 모든 힘을 쏟아부은 사람들답게 가쁜 숨을 몰아쉬며 한 사람은 소파 바닥에 누워 있고 그녀는 소파 위에서 허공을 쳐다보며 가쁜 숨을 몰아쉰다. 옷을 입지 않아도 되는 그녀가 먼저 일어나 욕실로 들어가 시원한 물수건을 가져와서 호석의 곳곳을 닦아준다.

"운동을 열심히 하시니 몸이 엄청 좋네요."

구석구석을 닦으며 그녀는 쑥스러움도 신음과 사라졌는지 담담하게 장난을 치면서 이야기한다.

"운동은 무슨. 그냥 흉내만 내고 다니는 거지. 옷이 다 구겨져서 어떻게 하나. 집이 가까워도 그렇지."

옷을 벗지 않고 격렬한 운동을 해서 옷이 엉망이다.

"그러기에 좀 천천히 하시지. 어디 가는 것도 아닌데."

눈을 살짝 흘기는 서 사장이 참 귀엽다는 생각을 한다.

"하하, 미안해. 나도 당신을 보니 너무 오랜만이고 흥분을 해서 말이야. 당신 책임이 큰 거지."

"사모님이 입던 추리닝 같은 것 없으세요? 제가 입고 세탁해서 가져다 놓을게요."

하긴 지금 보니 미국 간 애엄마의 체구와 비슷한 것 같아 그녀에게 와이프가 버리고 간 트레이닝복을 가져다준다. 그것을 들고 욕실로 들어간 그녀는 샤워하는 모양인 듯 물소리가 간간이 들려온다. 잠시 후 산뜻한 모습으로 나오는 그녀는 조금 전의 흥분상태가 안 가신 듯 얼굴이 아직도 벌겋게 달아 올라있다. 아내의 핑크빛 트레이닝복이 더 잘 어울린다.

"이거 큰일 아닌가? 이웃사촌끼리 말이야."

호석은 조금 전의 쑥스러운 맘이 남아 있는 듯 너스레를 떤다.

"큰일은 무슨 큰일이 에요? 오히려 믿을 만한 사람끼리 좋지 않나요?"

호석과는 달리 그녀는 의외로 개방적이고 담담하게 이야기를 한다.

"여기 뭐 마실 것도 없고, 그저 잠만 자고 가는 곳이라 불편하지?"

"그럼 저희 집으로 오세요. 토요일만 빼고는 항상 혼자 있거든요."

호석이 생각해도 진도가 너무 빠른 거 아닌가 하는 우려가 들

정도로 둘은 급속도로 가까워지고 있다.

"하하, 그리로 이사 가는 거 아냐? 나도 진드기 같은 인생이야."

갑자기 일어난 일이라 어이가 없기도 하고 어떻게 다음을 이어가야 하는지를 고민하고 있는 와중에 김호석은 다시 한 번 용솟음치는 자신을 발견하고 그녀를 안고 안방 침대로 들어간다.

김호석은 그녀를 데려다주기 위하여 아파트를 내려와 옆 동으로 걸어간다. 부자들이 사는 아파트라 서로 간에 인간적인 유대관계가 없어서 오히려 다행이다 싶은 생각을 한다. 이렇게 스스럼없이 아파트를 걷고 있으니 호석은 괜찮지만, 장사하는 서 사장은 주위에 아는 사람들이 많을 듯싶어 걱정된다.

"저희 집에 들렀다 가실래요?"

"아니야, 나 내일 출근해야 돼. 또 발동하면 나 내일 쉬어야 하니까 안 돼."

"호호, 보약이라도 지어 드려야 할까나 봐요."

마누라라도 된 것 같은 이야기를 한다. 사별 후 살기 위하여 돈 버는데 정신이 팔려 남자는 꿈도 못 꾸었을 텐데 착한 심성에 오죽하랴 하는 측은한 마음이 든다. 그러나 호석은 이런 마음을 가지며 약해지면 안 된다는 다짐으로 냉정해지려고 애를 쓴다. 호석이 이런 일에 마음이 흔들리다니 웃음이 나온다.

"어서 올라가. 오늘 좋았어. 그리고 잘 먹을게."

"고맙긴 제가 더하죠. 편안할 때 전화 주세요. 올라갈게요."

"그래, 잘 자요."

진기를 다 쓴 기분이 들어 되돌아 나오며 내일 출근길이 걱정된다. 집으로 돌아온 김호석은 그새 정리된 구석구석을 보면서 서 사장이 부지런하고 깔끔하다는 것을 느낄 수 있었다. 건강한 피로가 숙면을 부른다. 내일 출근길이 걱정되어 일찍 잠을 청하는 호석은 오랜만에 깊은 잠에 빠져든다.

아침 일찍 일어난 김호석 상무는 모처럼 개운한 느낌을 받으며 출근 준비를 한다. 아침 식사는 회사에 가서 먹기로 하고 가방을 챙기고 입고 나갈 옷을 골라 본다. 오늘 별다른 일정이 없는 것을 확인한 김호석 상무는 금색 단추가 달린 짙은 감색 재킷에 회색 바지. 주황색 넥타이에 흰색 셔츠를 받쳐 입고 출근을 한다.

어제의 여흥을 느끼면서 상쾌하게 집을 나서는 김호석 상무는 엘리베이터를 타고 자신이 어제 주차해 놓은 일출 주차장으로 가기 위해 1층에서 내린다. 주차장으로 걸어가는 호석은 정문 경비에게도 인사를 하며 기분 좋은 하루를 시작한다. 주차장에서 차를 뺀 김호석 상무는 잠시 차를 멈추고 일출의 전화번호를 적어 놓는다. 그 많은 배웠다는 여자들이 접근해도 이런저런 모양으로 빠져나가며 여기까지 온 김호석인데 어떻게 보면 시장의 또순이같이 생각되는 여자와 하룻밤을 보내고 전화번호까지 메모하고 있으니 웃음이 나온다. 남들이 알면 여성 취향 참 독특하다고 할 것만 같았다.

사무실에 도착한 김호석 상무를 본 강 비서가 무슨 좋은 일이 있다는 것을 직감적으로 알아차리고 무슨 일일까 곰곰이 생각하는 눈치다. 어제 강 비서가 전화했을 때 특별하게 기분을 변화시킬

만한 사건이 없었던 것으로 알고 있는데 기분이 좋아 보이고 양복
또한 화사하게 입은 것을 보면 아무튼 오늘 김호석 상무의 컨디션
은 최고인 것만 틀림없어 보인다. B형인 김 석호의 성격은 어떤 때
는 알다가도 모를 조금은 괴팍하고 엉뚱한 부분이 있다.

   자리에 앉자 김호석 상무는 어제 보낸 메일에 대한 애엄마의 답
신이 궁금해서 얼른 노트북을 켠다. 수신함에는 많은 메일이 들어
와 있는데 역시 집사람의 이메일 제목은 굵은 문자로 제목이 씌어
있다. 내용을 읽어보니 다행스럽게 김호석이 제안한 조건에 대한
수락한다는 내용이다. 그러나 김호석이 보낸 제안에 대하여 자신
과의 이혼에 대하여 긍정적인 검토를 하겠다는 의사를 포함해야
한다는 사족을 달아서 보내온 것이다. 어차피 이혼이라는 것을 각
오하고 있었기 때문에 어떠한 조건이 달린다고 해도 그다지 당황스
럽지가 않았다. 신 부회장이 좋아하겠다는 생각을 하며 애엄마가
연희의 집으로 들어가는 것이 조금 부담스럽긴 하지만 졸업하고
일을 찾기 전까지는 이보다 더 좋은 것은 없다는 판단을 한다.

   점심이나 먹으면서 아내에게서 온 메일을 신 부회장에게 전해주
어야겠다는 생각으로 신 부회장에게 메일을 보낸다.

   선배님, 집사람이 제안을 받아들였습니다. 점심 어떠세요?

짧은 내용으로 신 부회장이 사적으로 쓰는 메일로 보낸다. 김호
석 상무는 자신이 오늘 옷을 화사하게 입고 온 이유를 머릿속으로

생각해 두고 강 비서를 불러 어제 전화 통화한 내용을 확인한다.

"강 비서, 어제 한 이야기 자세하게 해봐."

"네, 알겠습니다."

강 비서가 어제 연구소장 비서와 나누었던 이야기를 상세하게 이야기한다. 성향, 버릇, 만나는 사람 등 여비서가 알고 있는 시시콜콜한 이야기까지 해준다. 그리고 가장 중요한 것은 만나는 사람이 특별하게 없어 저녁에는 거의 일찍 들어간다는 것이다. 원칙주의자여서 정도를 벗어나는 일은 거의 없다고 한다.

"수고했군. 11시쯤 연구소장 연결해주라. 직접 통화해서 목요일 점심 약속하게. 연구소에 구내식당 있는데 오랜만에 공장 밥 한번 먹어보지 뭐. 같이 갈래?"

"네, 상황 보고 가겠습니다. 그리고 술은 못 드신다고 하시더라고요."

잘 되었다 싶은 생각이 들었다. 술을 못 마시니까 나중에 골프모임에 초대를 해야겠다는 생각을 한다.

"그래, 그럼 목요일 내 스케줄 잘 챙겨. 나가 봐."

감 비서가 나가려다 빙긋 웃는다.

"오늘 입으신 양복이 좀 튀어요. 단추하고 타이가요. 무슨 좋은 일이 있으신가 봐요."

"좋은 일은 무슨. 오늘 아무 스케줄 없잖아. 신 부회장 만나려고 하는데 옛날 미국에서처럼 좀 화사하게 입었어. 이렇게 튀는 옷차림 보기 어렵지?"

물론 신 부회장을 만나려고 하는 것은 사실이지만 또 강 비서에게 본의 아니게 호석의 기분을 속이는 결과가 되었다.

연희에게 핸드폰으로 문자를 보낸다.

'집사람이 제안을 받아들였어.'

바로 답신이 온다.

'진짜야, 오빠? 고마워요. 시간 되면 전화 주세요.' -연희

신 부회장의 쓸데없는 고민이 하나 해소되었다는 생각에 호석 자신의 문제가 해결된 것 같은 생각이 든다.

"상무님, 삼마그룹 신 부회장님 전화입니다."

"응, 돌려주라."

비서실 아가씨가 잠시 기다리라 하고 전화를 연결해준다.

"김호석입니다, 부회장님."

"호석아, 메일 받았다. 큰일 하나 해결해줬다. 이거 뭔가 좀 풀리는 조짐이 아닐까? 아무튼, 고맙다."

신 부회장은 자기가 키워주고 싶었던 마치 자신의 아들이라고 착각하는 연희의 아들을 믿을 만한 사람에게 맡기고 또 가끔 볼 수도 있겠다는 생각에 기대에 부풀어 전화한 것이다. 호석도 일단 아내로부터 착각하는 이혼 요구가 좀 잠잠해지지 않을까 하는 기대

를 하면서 서로 윈-윈 하는 좋은 일이라고 생각하며 한 일이다.

"뭘요, 선배님. 선배님의 배려에 껌벅 죽은 것이지요. 여자들이 다 그런 거 아닙니까."

김호석은 신 부회장이 약속한 일을 상기라도 시키듯이 공을 신 부회장에게 돌린다.

"어찌 되었든 잘 되었다. 연희에게 조금이라도 미안함을 씻을 수 있게 되어서 나에 대한 악감정도 좀 수그러들라나?"

"선배님도 연희를 아직 모르세요. 칼 같은 데가 있잖아요. 저도 그 성격에 일조한 면은 있지만 말입니다."

"하긴, 연희한테는 내가 전화할 테니까. 아무 말도 하지 마라."

김호석 상무가 이미 연희에게 문자로 알려줬는데 연희의 성격상 신 부회장이 이야기하면 완전히 비웃어버릴 텐데 하는 생각에 수화기를 든 상태에서 카톡을 켠다.

'연희야, 신 선배가 집사람이 동의한 거 너에게 이야기하지 말란다. 그러니 너도 전화 오면 모른척하고 받아라. 네게 생색 좀 낸다고 하니까. 나 지금 신 선배와 통화 중이거든. ㅠㅠ'

'알았어요, 오빠.'

"호석아, 점심이나 같이하자. 어디 좋은 데 있냐?"

"선배님, 저희 집 근처에 일식집 좋은 곳 하나 있는데 어떠세요? 초밥 진짜 잘합니다."

한국에 들어온 지 얼마 되지 않는 신 부회장은 아직도 어느 곳이 맛집인지 잘 모르고 있고, 미국에 있을 때 늘 즐겨 먹는 것이 일식임을 알고 있기 때문이다. 마침 일출 생각이 나서 그곳에서 만나자고 이야기하며 간단하게 위치를 알려준다.

"그럴까? 김 상무 집은 내가 대충 아니까 그곳에 가서 물어보면 되겠지."

"네, 부회장님. 제가 예약해놓겠습니다. 12시 30분쯤에 그곳에서 뵙지요."

"그래, 거기서 보자. 오늘 점심은 내가 산다."

기분이 좋은지 호탕하게 웃어댄다.

"하하, 저의 관할구역인데 제가 사야지요. 그래도 정 사시겠다면 할 수 없지만 말입니다."

두 사람의 과거 행적을 살펴보면 친형제나 다름없이 살았던 적이 있다. 물론 도움을 주로 받고 살던 처지였지만 그런 관계 이상을 떠나 지냈던 사이다.

"내가 고마워서 그런 거니까 나도 기회를 줘야지. 너무 저렴하다고 생각하는 거냐? 하하하."

"감사합니다, 그럼 이따가 뵙겠습니다."

전화를 끊고 김호석은 강 비서를 부른다.

"강 비서, 이것 좀 예약해줄래?"

김호석 상무는 강 비서에게 일출의 전화번호를 알려주고 삼마그룹 신 부회장의 이름으로 예약을 하라고 지시한다.

"그리고 초밥 3인분과 지리 같은 것으로 하나 해달라고 해. 12시 30분까지 간다고 하고."

"네, 알겠습니다."

"강 비서 초밥 좀 포장해올까? 그 집 잘하더라고. 강 비서 좋아하잖아."

"호호, 그럼 고맙지요. 상무님."

"그럼 한 2인분 정도 포장해서 가져올게. 좀 늦더라도 기다리던가. 아니지, 점심은 먼저 먹고 간식으로 먹으면 되겠다."

11시가 다 되어가는 것을 확인한 김호석 상무는 강 비서에게 보채듯이 연구소장을 연결해 달라고 이야기한다. 강 비서가 밖으로 나가자 김호석은 소파에 몸을 파묻고 잠시 눈을 감고 연구소장과 할 이야기를 정리해 본다.

"상무님, 연구소장 연결돼 있습니다."

얼른 수화기를 집어 들자 비서의 목소리가 들리고 잠시 기다리라고 한다.

"컨설팅 사업부 김호석 상무입니다. 안녕하십니까?"

어눌한 한국말로 응대하는 연구소장의 목소리가 들린다.

"네, 연구소장입니다. 반갑습니다. 무슨 용무이신지요?"

예상한 것처럼 사뭇 사무적이고 어색한 한국말을 쓴다는 느낌을 받는다. 그러나 호석이 느끼기에는 한국말로 마땅히 할 말을 찾지 못한 데서 오는 부자연스러움이라고 판단한다.

"아, 다름이 아니라 사장님의 지시로 연구소장님과 긴밀하게 의논드릴 일이 있어서 사전 양해도 없이 전화를 드렸습니다."

김호석 상무는 최대한의 예의를 지켜서 연구소장과 통화를 한다.

"아, 그렇습니까? 그런데 무슨 일인데 그럽습니까?"

약간 어눌한 말투이지만 한국사람이면 누구나 다 이해할 수 있을 정도의 유창한 한국어 실력이다.

"전화상으로 말씀드리기가 좀 곤란하고 제가 그쪽으로 가서 이야기를 드렸으면 합니다. 시간이 되신다면 말입니다. 양 대표께서 제게 주신 보여드릴 자료도 있고요."

호석도 미국에서 유학 생활과 회사에 다녀 봤기에 최대한 천천히 말을 이어간다.

"아, 그러십니까? 아, 네. 그럼 언제가 좋겠습니까?"

김호석 상무는 양 대표가 오픈해도 된다고 한 미국에서 온 메일을 가지고 갈 생각이다. 단문으로 끝나는 것을 보면 한국말에 아직은 100% 적응이 되지 않은 모양이다.

"목요일 점심 어떻습니까? 공장에 가서 오랜만에 식사하고 싶습니다."

원칙을 벗어나지 않는 스타일이라 하니 공장에서 식사하는 것이 좋겠다 싶어 공장 이야기를 한다.

"네, 좋습니다. 시간을 정하시죠."

"목요일 10시 30분까지 들어가겠습니다. 미팅하고 식사하는 것이 어떻습니까?"

수화기를 통해서도 꼼꼼하게 일 처리하는 연구소장의 스타일이 눈에 보이는 것 같다. 진상조사위원회 책임자로서는 최적이라는 판단이 든다.

"네, 그렇게 알고 있겠습니다. 전화 감사드립니다. 목요일 뵙겠습니다."

종합연구소도 아니고 어찌 보면 각종 장비의 현지화를 위한 목적의 연구소니 비중이 매우 작은 조직인 것은 사실이고 중요도에서 떨어지니 찾는 임원도 거의 없을 것이다.

"아닙니다. 약속해 주셔서 도리어 감사드립니다. 안녕히 계십시오."

"네, 목요일 봅시다."

한국말이 서툰 연구소장은 어설프지만 귀여운 맛이 있다. 수화기를 내려놓고 강 비서에게 목요일 약속 시간을 알려주는데 카톡에 연희로부터 반가운 문자가 도착했다.

'아직 바빠요?'

그렇게 오랜 기간 IT 분야에 종사해서 잔뼈가 굵어 왔지만, 키보드를 두드리는 실력이 모자라 수화기를 들고 전화를 건다.

"전화가 늦어 미안하다. 신 선배에게서 전화 없었냐?"

조금 전 신 부회장하고 통화한 내용이 생각나 물어본다.

"아니, 아직 안 왔는데. 아쉬우면 하겠지요. 신경 쓰지 마세요."

"나 한 시에 신 선배하고 점심 약속했어. 우리 집 근처에 있는 일식집에서."

"엄청 자주들 만나시는군. 앞으로 더 만날 거 아냐? 그래도 나를 안주로 올리지 마세요."

여자의 직감이란 무섭다는 생각을 한다.

"하하, 그렇게 되었다. 그래도 후배라고 큰 건 하나 챙겨줬는데 최선을 다해야지."

약간은 당황했지만, 정신을 가다듬고 화제를 얼른 돌린다.

"언니는 내가 미국 들어가서 만나야 하겠네. 쉽지 않았을 텐데 어떻게 설득했어?"

조금 전 신 부회장과의 통화에서 이야기했던 것처럼 신 부회장이 아주 좋은 조건을 내세웠다고 하면 거부반응과 함께 또다시 신뢰에 먹물을 튀길 것 같아 연희에게도 비밀로 하기로 한다.

"하하하, 이혼은 긍정적으로 검토하기로 하는 조건으로 이야기를 좀 했어. 내가 지금도 이혼 상태보다 더한데 뭐가 그리 급하냐고 그랬지. 그리고 연희 네가 동문이라는 것도 많이 작용했고. 그래서 좀 도와줘야 하는 거 아니냐고 설득 좀 했지."

신 부회장의 학비지원까지 들먹이면서 아내가 승낙했다고 하면 무슨 내막이 있나 하고 거부할 것이 분명하다. 신 부회장의 간곡한 부탁이 있어서 한 것도 사실이지만 김호석 자신도 아내를 이렇게 챙기다 보면 이혼이니 뭐니 하는 이야기가 좀 들어갈 것 같아 자신을 위해서 이야기했다고 하는 것이 더 타당한 이유가 될 것이다.

"참, 오빠도 내가 언니 만나면 잘 이야기할게. 빨리 이혼하라고. 호호호. 조크예요, 조크."

은연중에 하는 농담이지만 연희의 심중에 아내를 연적으로 생각하는 것은 아닌가 하는 느낌이 든다.

"하하하, 나 점심 먹고 와서 다시 전화할게. 아님 이쪽으로 나오 든가."

"알았어요. 오빠. 내가 급한 일 처리 끝내고 시간 봐서 4시쯤 그 곳으로 가서 전화할게요. 출발하기 전에 전화하든가 할게요."

김호석 상무는 시간을 내서 연희가 들어갈 사무실을 둘러봐야 겠다는 생각을 한다.

"그래, 있다가 보자. 들어가."

"네, 오후에 뵐게요."

연희는 호석이 신 부회장을 만나면 옛날 미국에 있을 때처럼 일 방적으로 고생만 하는지 아는 모양이다. 하긴 학교 다닐 때는 신 부회장의 온갖 일을 도와주면서 생활했으니까 그 모습이 머리에 박혀 있을 것이다.

"강 비서, 잠깐 들어 와봐."

"네, 상무님."

강 비서는 오늘은 병아리 같다. 김호석 상무의 방으로 들어서는 강 비서는 노란색 줄무늬가 간간이 들어간 주름치마를 입고 있다.

"사무실 알아보라고 한 거 어떻게 되었냐?"

"네, 메일 보내 드렸는데. 다 이 근처이고 세 곳 정도 좀 괜찮다 고 하더라고요. 전체 다섯 곳을 추천했는데 관리실 이야기는 우리 사무실 뒤쪽 세 곳만 보셔도 될 것 같다고 해요."

"아, 그래. 알았고. 출력해서 2부만 줄래? 4시쯤에 가지고 나갈 거야."

"네, 상무님. 잘 알겠습니다."

강 비서의 깔끔한 일 처리는 갈수록 의지하게 만들고 편안하게 만든다.

"그래, 고마워. 나 신 부회장하고 점심 약속 때문에 나간다. 윤 기사 대기 시켜줘."

"네, 상무님."

일출로 가는 차 속에서 김 상무는 양 대표에게 전화를 건다.

"사장님 계신가요? 나 컨설팅 사업부 김 상무입니다."

"네, 상무님. 돌려드리겠습니다."

"양 대표요."

"네, 사장님. 김호석 상무입니다. 중간보고라도 드려야 할 것 같아서요."

"아, 위원회 건. 말씀하세요."

무척이나 기다리고 있었던 모양이다. 하긴 본사에서 강력하게 주문한 내용이니 별수 있겠는가. 대표 자신도 배제되고 더군다나 후렉스코리아의 핵심 멤버와 관련된 일이니 더욱 그럴 것이고 특별하게 담당해줄 사람이 없으니 김호석 상무의 미팅 결과가 기다려졌을 것이다.

"네, 목요일 오전에 소장을 만나기로 했습니다. 분위기상으로는 말을 것 같기도 합니다만 목요일 만나서 가능하도록 설득하겠습니다."

"아, 김 상무 빨리 구성해야 할 것 같아요. 오늘 또 본사에서 메일을 받았어요."

김호석 상무는 손가락으로 막을 일을 몸을 꾸겨 넣어 막아도 힘들게 되었다는 생각을 한다.

"이번 주에는 결론이 날 것입니다. 사장님께서도 조사위원회 멤버들이나 구성해 놓으시죠. 그러면 바로 시작하실 수 있을 것입니다."

양 대표가 듣기에 따라서는 '연구소장 설득이 안 되면 저라도 하겠습니다' 하는 소리로 들릴법한 확신에 찬 김호석 상무의 단호한 목소리다. 그런 김호석 상무의 확신에 찬 목소리에 마음이 조금은 안심이 되는 모양이다.

"아, 그래요. 다행입니다. 목요일 미팅 끝나면 바로 연락 주시오. 비서한테 메모해놓을 테니까 뭘 하든지 관계없이 말이오. 미팅 중에라도 전화를 받을 테니까 부탁해요. 본사 쪽에서 하도 다그치니 말이오."

"죄송합니다. 괜한 심려를 끼쳐 드린 것 같아서요."

후렉스라는 회사가 어떤 회사인가? 도덕성 측면에서는 세계 최고의 명성을 가지고 있고 그 원칙에 정면으로 위배된 일을 황 부사장이 저질렀고 그 레포팅 매니저^{Reporting manager: 일 처리에서 결과를 보고받는 사람}가 양 대표니까 두 사람이 결정적인 책임이 있는 것이다. 미국에서 근무하다가 한국으로 들어온 김호석 상무는 본사의 경영진들을 누구보다도 잘 알고 있다. 한 사람이 절대 회사를 흔들지 못하며 조직이 움직이는 것이 회사의 기본 시스템이다. 경영진 1~2명이 회사를 좌지우지할 수 없을 뿐 아니라 그 1~2명이 없다 하여 회사가 위급한 상황에 빠져들 일도 없기 때문에 모든 문제의 원인과 책임을 따져서 과감하게 인사 처리를 하는 것이 후렉스의 인사 스타일이다. 그러한 문화를 잘 아는 양 대표도 본사의 지시에 지체할 여유가 없는 것이다.

"네, 사장님. 잘 알겠습니다. 그럼 들어가겠습니다."

"수고해요, 김 상무."

12시 40분. 대충 점심시간이 끝난 시간이다. 그래도 일출의 주차장에는 차량으로 가득하다.

"윤 기사, 여기서 식사해요. 먹고 싶은 것 아무거나. 오늘 삼마그룹 신 부회장님이 사는 거니까."

"감사합니다. 저는 회사 근처에서 식사 먼저 했습니다."

기사들은 언제 나갈지 모르고 식사자리에 같이 가지를 못 하니까 시간이 나면 뒤도 안돌아보고 식사를 해야 한다.

"그럼 나 세 시 정도에 나갈 거니까. 요 위에 올라가면 커피숍 있어. 쉬다 와도 되네."

"네, 상무님 감사합니다."

차에서 내린 김 상무는 일출로 들어간다. 어제의 일로 좀 쑥스러웠지만 당당하게 들어간다.

"어서 오세요. 어머, 상무님. 예약도 없이…."

"삼마그룹 신 부회장 이름으로 예약이 있을 거야."

강 비서가 신 부회장 이름으로 예약을 했으니 내가 올 줄을 몰랐을 것이다.

"아, 상무님이 모시는 손님이군요. 저는 삼마그룹 부회장이 이곳에 어떻게 알고 오나 의아하게 생각했거든요."

하긴 재계 3위의 그룹 부회장이 이 작은 일식집에 온다는 것 자체가 이상한 것일 수 있다. 김호석이 신 부회장과 막역한 사이고 미국에서 공부한 신 부회장은 격식이나 체면 따위를 그다지 중요하게 생각하지 않는 스타일이기 때문에 가능한 것이다.

"나하고 미국에서 같이 공부한 선배야. 내가 여기 오자고 했어요. 초밥 맛있다고 이야기했으니까 신경 좀 써주세요."

"네, 주방장에게 이야기해 뒀어요. 부담이 조금 가네요. 출근은 잘하셨어요?"

"그럼. 원래 회사는 잘 가. 세 시쯤 나갈 거니까. 초밥 3인분 포장 부탁해요. 직원들 가져다주려고."

직원들을 갖다 준다는 소리에 서 사장은 김호석 상무가 의외로 자상한 분이구나 하는 생각을 한다.

"잘 알겠어요. 푸짐하게 준비할게요."

"그리고 가격은 상관없지만, 그 대신 최고로."

예약된 방으로 안내하면서 서 사장은 또 와서 고맙다는 듯이 다정하게 대한다. 남들이 안 보는 틈을 타서 엉덩이를 슬쩍 만져 본다. 역시 반응은 빠르다.

"어머, 왜 그러세요. 혼나시려고, 호호호."

싫지 않다는 듯이 애교를 섞어 몸을 비튼다. 하룻밤 지냈다고 이렇게 바뀔 수가 있는가? 이렇게 순식간에 가까워질 수 있다니 여자란 알다가도 모를 이상한 존재다.

"신 부회장 오면 잘 안내해줘요. 재미있는 사람이야."

"네, 들어가 계세요."

자리를 잡고 앉자 아가씨가 깨끗한 물수건과 따뜻한 녹차를 가져다준다. 요즘은 어디를 가도 조선족 아가씨들이 많이 있다. 다 좋은데 무뚝뚝한 것이 흠이랄까. 조금 있다가 문이 열리고 신 부회장이 들어온다.

"내가 좀 늦었나? 기사한테 알려 줬더니 잘 모르는 거야. 그래서 조금 헤매느라 늦었다."

"아닙니다. 제시간에 오셨네요. 주택가라 특이한 건물이 없어 찾기가 쉽지 않아요."

"김 상무가 추천한 맛집이니 한번 먹어 봐야지. 김 상무 미국에 있을 때 미식가로 이름을 날렸잖아."

"네, 선배님 믿으셔도 됩니다. 깔끔하고 상당히 맛있습니다."

"자네 입맛이야 옛날부터 알고 있으니까 이곳으로 왔지. 그 스테이크 소스 뭔가? 가끔 얻어먹었잖아. 미국에서. 환상적인 맛이었어."

김호석 상무는 미국에서 스테이크 소스를 만들어 돈을 주고 팔기도 했었다. '샤슈르 소스'라는 것인데 진짜 매혹적인 맛이었다. 한번 먹어 본 사람들은 또 언제 만들어 파나 하고 재촉하기도 했던 것이다. 미국은 고기가 워낙에 저렴하고 가장 간단하게 해먹을 수 있는 식재료이기 때문에 용도가 많았다.

"하하, 선배님. 그걸 기억하고 계시는 걸 보니 맛은 있었나 봐요?"

"그거 꽤 유명했잖아. 돈가스, 오므라이스, 불고기에도 뿌려 먹던 슈퍼 소스였지. 그걸로 돈 좀 벌었지? 하하하."

"선배님은 별걸 다 기억하십니다."

서 사장이 들어와 식사 올려도 되냐고 물어본다.

"네, 초밥하고 지리하고 같이 먹을 수 있게 주세요. 아, 선배님. 이곳 사장입니다. 여기 계신 분은 삼마그룹 부회장님이세요."

"영광입니다. 이런 곳에 방문해 주시고…."

서 사장이 예의를 갖추어 인사를 한다.

"아닙니다. 우리 김 상무가 이곳 초밥이 맛있다고 해서 왔어요. 초밥이 아니라 이곳 사장님이 예뻐서 오자고 한 건 아닌지 모르겠어요. 미인이십니다. 하하하."

여자만 보면 그저 농담 한번 흘려서 관심 끄는 버릇은 20년이 지나도 변함이 없다. 여자들이 가짜 미끼에 넘어가니 문제이지 신 부회장의 속마음은 그저 아무 생각이 없이 한 인사치레의 농담이다.

"호호호, 감사합니다. 칭찬으로 받겠습니다. 식사 올리겠습니다."

스르르 미닫이문을 닫고 나가자 신 부회장은 오늘 만남의 이유가 된 김호석 상무 와이프 일에 대해서 물어본다.

"제수씨가 어떻게 받아들이게 됐냐?"

김호석 상무는 신 부회장이 제시한 조건을 받았다고 말하기보다 자신의 현안인 이혼 문제를 부각함으로써 아내의 체면도 살려주고 김호석 상무의 희생으로 이루어진 것임을 은근히 내세우고자 한다.

"이혼해준다고 확답을 하라고 해서 그런다고 하고 받아들였어요. 기가 차서."

김호석 상무가 이혼하든 말든 신 부회장의 신경 쓸 사안이 아닌 것이고 그런 부분에 대한 사고는 지극히 자유스럽기 때문에 그다지 심각하게도 생각하지 않을 것이다.

　"그래, 일단 우리 미국 지사에 등록하고 서류도 여기서 만들어 보내면 되지. 아니 비자 바꾸려면 한번 들어와야 하니까 그때 해도 된다. 알아봐. 혹시 그쪽 대사관에서 체류신분 변동이 가능할지도 모르니까."

　"그렇게 하겠습니다. 제가 알기로는 일시 취업비자를 받은 것이기 때문에 취업비자로 바꾸려면 들어와야 할 것입니다. 연희가 미국에 나간다고 하니까 둘이 만나고 난 후 와이프가 들어와야 한다면 연희보다 먼저 들어 왔다가 가라고 한번 해보겠습니다. 그리 급한 것은 아닙니다."

　김호석 상무는 집사람이 한번 들어와야 할 것 같은 생각이 들어 이번에 들어오면 좀 잘해주어 점수 좀 따야겠다는 생각도 해본다.

　"너 미국 출장 갈 일이 있을 때는 나하고 꼭 같이 가자. 미국 가면 와이프한테 갈 거 아니냐?"

　"하하, 선배님도. 결국 목적은 연희 아들 얼굴 보는 거 아닙니까?"

　"겸사겸사 가려는 거야. 뉴욕지사는 내가 큰 애정을 가지고 관리하던 곳 아니냐? 거기다 너라도 끌고 가면 제수씨가 거기 있으니까 자연스럽잖아."

　"선배님 일단 연희에게는 와이프한테 이런저런 조건 걸었다는 이야기 하지 마십시오. 그럼 속셈 뻔히 알고 백지로 돌릴 수도 있으니까. 이혼할 거라는 사실도 기억하시길 바랍니다."

"내가 바본지 아냐? 그걸 얘기하게. 하하하, 걱정 붙들어 매라. 그리고 이혼은 아직이 시작도 안 했잖아."

호석의 판단으로는 연희가 이 모든 상황을 대충은 예상도 하고 고려도 했을 것이라는 것이다. 연희의 아들에게도 관심이 있는 것은 알고 있었지만 신 부회장에게는 과거 연희에게 선배로서 잘 해주지 못하고 나온 것에 더 많은 죄책감이 자리 잡고 있다는 것도 연희가 알고 있기 때문이다. 또한, 연희에게도 안심하고 자식을 맡길만한 사람이 필요했을 것이라고 판단하는 것은 어려운 일이 아닌 것이다. 그래서 신 부회장에게도 이런 이야기를 했을 것이고 호석에게 직접 이야기는 못 하고 신 부회장을 통해서 하는 것이 자연스러울 것이라 판단했을 수도 있다고 호석은 생각한다.

"제수씨 들어오면 내가 좀 잘해줘야겠다. 연희야 한국에 들어와 있을 거니까 제수씨가 이젠 나의 VIP다, 하하하."

어찌 보면 목적이 틀리지만 김호석에 이어 애엄마까지도 신 부회장을 돕는 사람으로 되어버린 꼴이다. 김호석 상무는 이게 무슨 운명의 장난인가 하는 생각을 한다.

"하여튼 선배님은 못 따라가겠어요."

서 사장이 직접 식사를 가지고 들어온다.

"주방장이 바짝 긴장하고 만든 활어 초밥입니다. 맛있게 드세요."

그러면서 복지리를 작은 국그릇에 직접 담아 준다.

"이거 사장님이 직접 서빙을 하시니 맛없다는 말은 못하고 갈 것 같습니다. 하하하."

신 부회장이 생각 없는 농담을 또 한마디 던진다.

"부회장님 입맛에 맞을는지 모르겠어요. 김 상무님 얼굴에 먹칠하는 것은 아닌지 걱정스러워요. 호호호."

신 부회장의 의미 없는 농담을 서 사장은 능숙하게 잘 받아넘긴다. 신 부회장은 익숙한 솜씨로 초밥을 손으로 잡더니 간장에 생선 부분만 살짝 찍어서 입에 집어넣는다.

"역시 부회장님 제대로 초밥을 드시네요."

"와, 진짜 맛있는데. 김 상무의 미각은 믿을 만해."

맛이 있는 활어 초밥인 것은 확실하지만 사실 김호석 상무는 선어로 만든 초밥이 감칠맛이 더하기 때문에 좋아한다. 더군다나 오늘 주방장이 더 신경을 썼다고 하니 오죽하랴.

"김 상무, 빨리 식사하자고. 여기 사장한테 눈을 못 떼네그려. 하하하."

눈치 빠른 신 부회장은 남녀관계의 조그만 변화도 알아내는 재주가 있다. 신 부회장의 말을 받아 얼른 화제를 돌린다.

"하하, 선배님도. 어떻습니까? 솔직한 평가는?"

"진짜야! 진짜 맛있어."

김 상무와 신 부회장은 술 없이 맛있게 점심을 먹는다. 기분이 무척 좋아진 신 부회장은 추가로 더 시켜서 양껏 먹는 바람에 김 상무도 과식인가 싶게 식사를 한다. 초밥은 먹고 난 후 30분 정도 흘러야 배가 불어나게 돼 있다. 밥을 손으로 눌러 만드니 목구멍을 통과한 양으로 가늠하면 반드시 과식하게 되는 것이다.

"복지리도 아주 맛있군. 요즘이 참 복철인가? 내가 아는 일본 친구는 주방장에게 이야기하여 독을 살짝 발라서 먹더라고. 그러면서 혀가 살짝 마비되는 것을 즐기더라고."

아무리 자격을 가진 자가 조리를 한다고 해도 기분 좋고 안전하게 먹어야 할 음식을 불안에 떨며 먹어야 한다니 호석은 일본에서 먹어봤지만 자주 즐기지는 않는다.

"그런가요. 조심해서 발라야 할 텐데 말입니다. 일본에는 그런 일들을 즐기는 마니아들이 많잖아요."

"이거 너무 많이 먹은 거 아냐. 조금 있으면 배 터질 것 같은데. 하하."

"저도 그렇습니다."

벽면에 시계를 보니 세 시가 다 되어간다.

"선배님 맛있으면 포장 좀 할까요? 저는 비서 애들 주려고 포장 좀 시켰습니다."

김호석 상무는 혼자만 싸가는 것이 눈치가 보여 넌지시 물어본다. 물론 부회장 기사가 이미 계산은 했을 것이고, 들어오기 전에 이야기했으니 서 사장이 윤 기사에게 미리 챙겨 주었겠다고 생각을 한다.

"아니야, 나 사무실에 들어가야 해. 프로젝트 관련해서 보고회가 있어. 결정해서 내려보내려고. 업무준비나 잘해라. 가자."

밖으로 나온 신 부회장은 서 사장에게 다음에 한 번 더 오겠노라고 인사를 한다. 기사가 열어주는 차에 타고 일출을 벗어난다. 윤 기사 또한 차를 갖다 대고 출발 준비를 한다.

"윤 기사가 챙겼어요. 오늘 고마워요. 여기 온 최고위급 인사예요."

"고맙긴 뭘, 가끔 데리고 올게. 앞으로 비슷한 수준의 사람들도 많이 오게 될 거야."

"무리하게 그러실 필요 없어요. 호석 씨만 자주 온다면 저는 괜찮아요. 호호호."

더 이상 이야기를 못 하게 차문을 열고 뒷좌석에 올라탄다. 차에서 김호석 상무는 창문을 내리고 인사를 한다.

"고마웠어. 오늘 나중에 전화할게요."

"네, 조심해 들어가세요."

호석의 BMW740도 미끄러지듯 도로로 접어들어 사무실로 향한다. 4시에 연희가 온다고 하니 오늘 저녁은 연희와 하면 되겠다고 생각을 하고 포만감에 눈을 스르르 감는다.

"윤 기사, 그 초밥은 강 비서 전해줘. 기다릴 거야."

"네, 상무님. 그리고 상무님, 요번 주에 특별한 일이 없으시고 괜찮으시다면 3일 정도 휴가를 썼으면 합니다. 집안에 일이 좀 있어서요."

"그래? 무슨 일인가? 좋은 일인가? 아닌가?"

평소에 전혀 휴가를 쓰지 않던 윤 기사가 휴가를 낸다는 소리에 걱정되어서 물어본다. 아주 급한 일이 아니면 기사들은 휴가를 잘 쓰지 않는다. 자신이 모시는 분과 가능하면 일정을 맞추어서 쓴다. 그런 원칙을 알면서도 휴가를 쓴다고 하는 것은 그만한 급박한 이유가 있다는 것인데 더 궁금해진다.

"아닙니다. 특별한 일은 아니고 혼자 사시던 아버지께서 새장가를 가십니다. 뭐 자랑할 만한 일도 아니어서 조용하게 치르려고요."

"아니, 그거 좋은 소식이구만. 회사에서 기본적으로 주는 휴가 있지 않은가? 2일인가? 3일인가. 알아봐 강 비서한테."

괜히 미안하니까 하는 소리인지 알지만 이미 알고 있을 것이다. 그래도 3년째 내 차를 몰고 있는 사람이니 잘 챙겨야 한다는 생각을 한다. 어찌 보면 호석의 생명을 잡고 있는 사람 아닌가?

"죄송합니다. 바쁘신데. 제가 편안하게 모시고 다녀야 하는데 홍 기사가 필요하실 때 운전을 할 것입니다. 강 비서에게 이야기해두 겠습니다."

"그래, 어른들이 혼자 사시는 것보다 같이 사시도록 하는 게 효도야. 잘 생각한 거야. 그건 그렇고 어디서 하시나? 전주에 사시나 아직?"

"네, 전주에 사십니다. 가족들만 모여서 치르기로 했습니다."

"알았고 편안하게 일보고 올라오시게. 난 이번 주에 차 쓸 일도 별로 없을 거야."

"감사합니다, 상무님."

새장가라 난 지금 있는 애엄마도 건사하기 어려운데 무슨 좋은 일이 있을 거라고 그 연세에 또 여자를 맞아들이는지 또 다른 생각이 들어 웃음이 나온다. 차는 회사 정문에 다다르고 김 상무는 내려서 사무실로 올라간다. 아직 4시가 되려면 30분 정도의 여유가 있다. 화장실에서 양치하고 강 비서가 자리에 올려놓은 사무실 후보지를 살펴본다.

여의도 바닥에서는 고급스럽게 건물을 지은 것으로 유명한 바로 옆 일흥증권 건물도 빈 공간이 있다. 조건이 맞으면 여기가 최적이라는 생각을 한다. 그 밖에는 그저 평범한 사무실이다. 어차피 인테리어는 다시 해야 하니까 별문제는 되지 않을 것이고 여러 상황을 판단해보면 그래도 신축 건물이 좋을 것이라는 생각을 한다.

"강 비서, 잠깐만."

윤 기사의 일을 지금 이야기하지 않으면 잊어버릴 것 같아 강 비서를 부른다.

"네, 상무님. 시키실 일이라도. 초밥을 엄청 푸짐하게 포장해 주셨네요. 감사합니다. 튀김도 넣었어요. 새우튀김 아직도 바삭해요. 여직원들과 같이 먹으려고요."

"응. 윤 기사 아버님이 재혼하시는 거 알고 있었나?"

"아뇨, 처음 듣는 이야기인데요. 연세 꽤 되시는 것으로 알고 있는데 재혼하신대요?"

"나도 오늘 처음 들었어. 휴가 낸다고 해서 뭔 일인가 물어봤더니 그런 일이 있다고 이야기하더라고. 회사에서 뭐 챙겨 줄 것 있으면 강 비서가 잘 챙겨 주고 화환 고급스럽게 보내고 내 이름으로 축의금도 보내야지. 내 기사인데 백만 원 정도면 될까?"

"네, 상무님. 제가 잘 챙겨드릴게요."

"돈 있지?"

"제가 알아서 할게요."

"직원들은 뭐 해주는 것이 없나?"

"기사분들은 저희하고 별도로 관리팀에서 챙기니까 따로 하지는 않고 있어요."

"강 비서가 잘 챙겨서 섭섭하지 않게 지원해주라."

"네, 상무님, 걱정하지 마세요."

필요한 업무를 지시하고 김호석은 연희의 전화를 기다리며 퇴근 준비를 한다. 내일은 삼마그룹 프로젝트 팀원 전체 회식이 있는 날이다. 다 끝날 때쯤 가도 술 폭탄을 맞을 것이 빤한데 벌써부터 걱정스럽다. 핸드폰이 울리고 번호를 보니 연희의 전화번호다.

"응, 나야."

"오빠, 나 지금 후렉스코리아 1층 게스트 룸에 와 있어."

"그래, 금방 내려가마."

연희가 옛날에 어렵게 살며 인생이 꼬였던 것이 호석에게도 책임이 있다는 생각에 연희가 원한다면 무엇이든지 해주려고 마음먹고 있다. 그때 왜 그런 어리석은 오해를 하고 연희로부터 마음이 멀어지고 스스로 어리석은 결정으로 결혼을 해버렸는지. 후에 3년 정도 만났지만 왜 연희와의 연락을 완전히 끊어버렸는지에 대하여 많은 후회도 하고 자책을 하기도 했다. 1층으로 내려가자 40대 초반이라고 생각할 수 없을 정도로 화사하게 차려입고 앉아 있는 연희를 발견한다. 안면이 있는 몇몇 고객과 직원들도 김호석 상무에게 인사를 한다.

"자기 내려왔어?"

갑자기 김호석의 가슴이 덜컹 내려앉는다. 장난기가 발동한 연희는 골탕 좀 먹으라는 듯이 일부러 큰 소리로 이야기한다.

"하하하, 장난치지 마라. 김 사장."

주변 사람들이 큰 오해를 할 수도 있겠다 싶어 직원들 들으라고 크게 웃어 버린다. 연희는 한술 더 떠서 팔짱을 낀다.

"우리 나가요. 여긴 답답해."

미워하려야 미워할 수 없는 사람이다. 김호석 상무는 마음속으로 오해 좀 받으면 어떠냐 하는 생각이 없는 것은 아니었다.

"그래, 나가자. 갈 곳이 있어. 가까우니까 걸어가자."

젊고 아름다운 여인과 팔짱을 끼고 나가는 김호석 상무에게 부러운 듯이 시선을 보내고 있는 사람들은 모두가 내일쯤이면 김호석 상무를 도마 위에 올려놓고 난도질하고 있을 사람들임을 잘 알고 있다.

"어디 갈 건데?"

애교가 과분하게 넘치는 목소리는 몇 년 만에 들어보는 연희의 트레이드마크인 콧소리다.

"너 왜 이래? 나 내일부터 회사 출근해서 온갖 사람들의 이상한 눈초리를 느끼며 지내야 하는 것 봐야 속 시원하겠냐? 이건 복수다, 피의 복수. 하하하."

그러한 호석의 말투에도 싫지 않은 애정이 듬뿍 담겨 있는 자상한 남편 같은 마음이다. 연희가 그것을 모를 리 없을 터. 즐기고 있는 모습이 역력하다.

"호호호, 한번 해 봤어요. 심심해서. 오빠가 일이 바쁘다는 핑계로 전화 한 통 안 주니까 얄미워서 골탕 좀 먹이려고 일부러 그런 거예요."

그래도 오전에 전화를 한번 해야 했나 하는 생각을 했는데 조금 소홀한 것에 미안한 마음이 드는 김호석 상무는 그저 묵묵히 웃고만 있다.

"사무실 몇 군데 가보자. 환경이 열악한 곳부터 가볼까? 아님 좋은 곳부터 가볼까?"

"최고 좋은 곳부터 보고 마음에 들면 결정해 버리지 뭐. 다 그보다 못할 것 아냐? 호호."

역시 현명한 여자다. 세계 최고의 금융 컨설팅 회사라는 명성에 걸맞게 사무실 내부도 중요하지만, 건물 외관도 중요하다는 생각에 호석과도 가깝고 가장 마음에 들 것 같은 일홍증권日興證券: 일본계 증권회사 빌딩으로 들어가 관리실을 찾는다.

"경비 아저씨, 사무실 구경 좀 하려는 데요. 관리실이 어디 있습니까?"

"네, 지하 1층 계단 내려가서서 우측에 있습니다."

관리실에 들어서자 어떻게 오셨나 물어본다. 사무실 임대하려고 왔다고 했더니 후렉스코리아에서 오셨냐고 물어본다.

"네, 후렉스코리아에서 왔습니다."

이미 연락을 받은 것 같아 김호석은 명함을 담당자에게 명함을 내민다.

"아, 김호석 상무님. 후렉스코리아 관리팀에서 연락받았습니다. 후렉스코리아에서 쓰실 것이 아니라고 하시던데."

관리팀에서 이곳 담당자와 통화를 해서 대충 협상을 하고 나에게 자료를 보낸 모양이다.

"아, 네. 외국계 금융 컨설팅 투자회사가 들어올 것입니다. 임대할 사무실 도면 좀 볼 수 있을까요?"

조감도를 보면 사무실의 효율성이나 구조를 알 수 있으니까 의사결정에 도움이 될 수 있겠다 싶어 요청한다.

"네, 여기 조감도 있습니다. 이곳입니다. 27층에 한강이 보이는 최고의 사무 공간입니다."

"우리가 사무실 인테리어 설계도를 드리면 그대로 해주실 수 있나요? 실 평수 90평 정도에 맞춘 설계도인데요. 구조도 이것처럼 직사각형이니까 맞을 것도 같아요."

연희는 한국에 나올 때 인테리어 설계도를 가지고 나온 모양이다. 하긴 전 세계 공통적인 콘셉트로 사무실을 만드니까 이런저런 효율을 따져서 만든 것일 것이다.

"네, 저희에게 주시면 인테리어 업자를 선정해서 견적을 뽑아 드릴 수 있습니다."

"한번 올라가서 직접보고 더 이야기해야 할 것 같네요. 괜찮죠?"

많이 성장했다는 생각을 다시 한다. 김호석 상무는 자신감 있고 당당하게 성장한 연희가 자신보다 훨씬 낫다는 생각을 한다.

"연희야, 너 멋있다. 하하. 일을 진행하는 모습이 웬만한 남자 뺨치겠는데."

"호호, 오빠는. 이렇게 되기까지 얼마나 고생했겠어."

"자, 27층 현장으로 가보시죠."

"그럽시다. 올라가 봅시다."

엘리베이터를 탄 일행은 27층까지 올라가 빈 공간으로 남아 있는 사무실로 들어간다. 여의도 공원이 보이고 우측으로 한강 줄기가 보인다.

"조망은 아주 좋은데요. 너무 높은 거 아닌가요. 오빠는 몇 층이지요?"

"난 21층이야. 다행이라 싶다. 우리 쪽 방향이 아니라."

연희가 물어보는 의도를 알아차린 김호석은 미리 방어막을 친다. 요즘 건물이 밖에서 안이 안 보이게 처리를 하지만 왠지 모르게 옆 건물에서 누군가에 의해 감시당하는 느낌이 들 때도 있다.

"일거수일투족을 감시 당할까 봐 걱정하시는군요. 내가 스토커인 줄 아나 봐. 유부남을 내가 관심이라도 가질까 봐요."

사무실은 조감도에서 본 모습하고 똑같다. 반대편에는 PwC^{Price-} ^{waterhouse coopers}의 한국지사가 들어 온 모양이다.

"그럼 내려가서 세부적인 사항 좀 논의할게요."

사무실로 내려온 그들은 여러 가지 세부조항을 의논한다. 주차 대수, 식사할 수 있는 곳, 문의 개폐시간, 보안, 화재 시 대피방법

등등 꼼꼼하게 챙긴다. 본사에서 체크리스트를 가져 왔을 것이다. 무엇보다 외국회사의 장점이 1차적으로 직원의 안전을 우선으로 챙긴다는 것이다. 그것이 만족되지 않으면 임대 자체를 허용하지 않는 경우도 있으니까. 동양계 회사들이 그 부분에서는 미주, 유럽계 회사들보다는 많이 뒤처진다. 일본계 건물이라 안전설비 등이 잘 갖추어져 있다.

"건물 전체가 금연 구역이지요?"

"네, 그렇습니다. 연기 센서가 달려있어 어디서도 피울 수가 없습니다."

"잘 됐군요. 한국에서는 비상계단에서 몰래 피우는 건물이 많더라고요."

이것저것을 꼼꼼히 챙긴 연희도 만족해한다.

"오빠 고마워요. 좋은 곳을 소개해줘서. 복비라도 드려야 하는 것 아녜요, 호호호."

그리고 그들에게 명함을 내민다. 골드만삭스 코리아 지사장 김연희라는 은색 글씨가 선명한 명함을 자연스럽게 준다.

"네, 골드만삭스군요. 영광입니다."

"인테리어 도면은 택배로 보내드릴게요. 인테리어 견적서를 보내주시고 없는 소재는 동일 기능의 소재로만 대체가 가능하고 사후검사에 엉터리 쓴 것이 발견되면 사법적 책임도 진다는 조항을 계약서에 넣을 거예요. 특히 인테리어 하고 나서 마감작업을 철저히 해주세요. 끝마무리가 잘 안 되면 아무리 비싸고 고급스러운 자재를 썼다 해도 의미가 없거든요. 이런 조건을 수락하는 업체로 선정해서 보내주세요. 부탁드려요."

연희가 이것저것 필요한 조건을 상세하게 이야기를 한다.

"오빠, 다 되었어요. 이제 가도 되죠?"

"네, 지사장님. 말씀하신 것 잘 참고해서 보내 드리겠습니다. 걱정하지 마십시오."

모든 일을 일사천리로 처리해 버리는 모습이 시원하다 못해 통쾌하기까지 하다.

"그래, 나가지."

김 상무가 끼어들 틈이 없게 깔끔한 일 처리로 오히려 할 말을 잊게 만들었다. 밖으로 나온 그들은 여의도 증권가의 거리를 터벅터벅 걸어간다. 마치 다정한 부부처럼 팔짱을 끼고서 데이트하듯이.

"복비 대신 제가 저녁 살게요. 무엇으로 하실래요? 부담 갖지 마시고 원하는 것으로다. 호호호."

"하하, 복비라 그거 받고 평생 후회하는 거 아니냐?"

과거의 인연처럼 무엇이든지 서로가 끈끈하게 이어지려고 하는 매개체를 만들어 가고 있는 두 사람은 이제 서로의 사무실을 지척에 두고 지내게 된 것이다.

"보자, 어디로 가나. 네가 먹고 싶은 거를 말해 봐."

"한국에 와서 배 나왔어. 너무 먹어서. 청국장집에 다시 가서 오늘은 여유 좀 갖고 먹게."

김호석 상무는 연희의 스타일을 잘 아는지라 그곳에 가자고 할 줄 알고 물어본 것이다. 자신의 사회적 지위나 그 무엇을 봐도 매우 소박하고 겸손하게 살아간다. 사치를 부릴 줄을 모르고 먹는 음식 또한 매우 소박하다.

"겨우 그거냐? 하하, 좋지. 나도. 저녁 먹고 근처에 분위기 있는 라이브 카페 있잖아. 거기도 가자. 옛 추억도 떠올릴 겸 말이야."

"그래, 오빠. 그러자. 우리 한국에 들어오면 가던 카페 이름이 뭐였지? 백마역 근처."

"예전이지. 벌써 까먹었냐? 너도 머리는 퇴화돼 가는 모양이다. 하하하."

"그 말은 그럼 몸은 젊어졌다는 거야? 기분 나쁘진 않은데 오빠한테 들으니까. 호호호."

이런저런 썰렁한 농담을 하며 둘은 김호석 상무의 사무실로 걸어가고 있다. 그럴 것이 진짜 관리를 잘한 탓일까 몸매, 피부는 더 좋아졌다, 아니 성숙해져 있다고 하는 것이 정답일 것이다.

"하하하, 농담을 못 하겠네. 정말 착각하지 마라."

"호호호, 정색을 하시긴. 나도 알아 한번 해본 소리야."

둘은 오후의 시원한 가을 햇살을 받으며 여의도 거리를 천천히 즐기며 걷고 있다. 내일 출근하게 되면 듣게 될 구설수는 아랑곳하지 않고 김호석은 오히려 이 순간이 계속 이어지면 어떨까 생각한다.

"시간이 좀 이른데 뭘 좀 할까? 6시쯤 출발할까, 아님 지금 갈까? 차도 안 막히고 그게 좋겠다."

"그래요, 오빠 좋으실 때로 하세요. 나 여기 있을까?"

"아니야, 차있는 데로 가자. 다른 길로 갈 거니까."

지하 주차장에서 나온 차를 본 경비가 거수경례를 올리는 것을 보지도 못한 채 김호석 상무는 차를 몰고 여의도 국회의사당 뒷길을 지나 올림픽 대로를 타고 김포공항 방향으로 차를 몰고 가고 있다.

"신 선배 전화 안 왔었냐? 바로 전화할 것처럼 이야기해서 난 한 줄 알았지."

"하든 말든. 자기 딴엔 타이밍 찾고 있을 거야. 그 잘난 머리로."

지금 하고 있는 일이 바쁘고 아쉬울 것이 없는 연희 입장에서 신경 쓸 이유조차 발견하지 못 하는 것이다.

"애엄마가 너 미국 들어오면 한 번 나올 것 같던데."

"그래요. 내가 미국에 가서 만나야지. 언니하고는 첫 대면인데 오빠가 이야기 잘해줘요. 특히 애에 대해서 잘 부탁한다고 하세요. 뭐 숨길 거도 없어요. 창피한 일도 아니니까. 그러나 신덕훈 선배의 애는 아니란 것은 꼭 이야기해 주세요. 알게 될 거예요. 아니란 것을. 씨 도둑질은 못 한다는 옛말이 있잖아요. 호호호."

연희의 의미 있는 이야기와 웃음이 내심 걸리기도 했지만, 호석은 별 의미를 두려하지 않는다.

"아내에게 이야기해도 되겠어? 괜찮겠냐?"

"언니도 알고 있어야 나중에 신 선배가 전화해도 방어를 잘할 거 아네요. 제 생각인데 오빠가 미국 출장이라도 가면 같이 가려고 할 걸요. 그 사람 생각은 내가 대충 알거든요. 이해가 안 갈 때가 많지만."

김호석 상무는 속으로 뜨끔 하는 마음이 들지만 애써 태연하게
이야기한다.

"넌 벌써 거기까지 생각을 하고 있단 말이냐? 너 생각이 무척 광
범위해졌고 깊어졌는데. 옛날에는 그렇지 않았잖아? 이거 놀라울
일인데. 발전이야, 발전. 하하하."

와이프가 연희의 사정을 잘 알고 있으면 적당한 수준에서 잘 대
처하리라 생각한다.

"그건 그러네. 만일 내가 신 선배하고 미국 출장같이 가서 와이
프 만나러 갈 때 같이 가자고 하면 어떡하지? 제수씨 보러 간다고
하면 어떻게 거절하겠냐."

김호석 상무는 미리 신 부회장이 하고자 하는 일을 가지고 이야
기하며 연희의 속마음을 슬며시 떠본다.

"오빠, 걱정 안 해도 돼. 필립스가 보딩 스쿨이니까. 일요일 저녁
에 들어가면 금요일 저녁에 데리고 나오고 나와서는 다른 거 배우
러 다니느라 정신없어. 학교에서는 사전에 등록된 사람 외에는 만
나게 하지도 않아."

필립스고등학교. 부시 가문의 자녀들이 전통적으로 다니는 고등
학교가 아니던가. 명문 고교로 치자면 세계에서 둘째가라면 서러
워할 곳이다.

도로가 막히지 않아 차는 호수공원 근처를 지나고 있다. 차를
호수공원 주차장에 세운 두 사람은 늦은 햇살이 비추고 있는 호수

공원 산책로를 걷고 있다. 복장으로 본다면 바람난 중년이라고 보기에 딱 어울리는 모양새 아니 부부라고 하는 편이 더 어울리는 모습이다.

"오빠, 이번 삼마 프로젝트는 얼마짜리야?"

"응, 530억 정도 돼. 꽤 큰 거야. 정보기술 쪽에선 지금까지 가장 크다고 할 수 있지."

"그 짠돌이 삼마그룹에서 웬일이래요. 그렇게 큰돈을 다 쓰고. 호호호."

"돈 많이 벌고 있잖아. 많이 성장했지. IMF 거치면서 외형과 내실이 다 좋아졌어."

여러 가지 복합적인 이유로 결국은 후렉스코리아가 가져왔지만 향후 10년의 성장을 바라보며 투자하는 것이다. 그러니까 연간 약 50억 정도의 비용지출이라고 생각하면 그다지 큰 것도 아닐 수도 있다. 그러나 프로젝트가 한번 들어가면 부수적으로 발생하는 계열사 프로젝트비용, 유지보수에서 생기는 비용 등을 따지면 프로젝트 금액의 3~4배 정도의 비용 집행이 뒤따르게 되는 것이다. 그러니 국내 어느 기업이든 예산을 잡아서 연간 200억 정도의 비용을 10년 이상 장기적으로 집행하는 것은 그리 쉬운 일은 아니다. 거의 불가능하다고 보는 것이 정답이다. 몇몇 잘나가는 대기업을 제외하고는 엄두도 못 내는 일인 것이다. 찔끔찔끔 소요되는 현상 유지 차원의 정보기술 관련 비용 집행은 효과 측면에서 무의미한 것이다. 근본적인 프로세스 개선이 없는 현상 유지는 비용만 들어

가지 창출되는 효과 즉, 바뀌어 가는 사업 환경에 빠른 대응과 그에 따른 회사의 지속적 성장과 연결되는 효과가 전혀 없다고 해도 과언이 아니다.

이런 측면에서 삼마그룹은 이번 프로젝트로 제대로 한번 비용지출 대비 효과를 매출 증대라는 큰 목표로 극대화하고, 전사적인 관리 시스템을 제대로 만들어 업계에서 한번 선점한 경쟁우위를 지속적으로 유지하고자 하는 의지가 강하다. 그 변화의 중심에 그룹 부회장이 서 있는 것이고, 자신의 입지 구축과 맞물려 후렉스코리아가 전략적인 선택이 되고 이제 의욕적인 개발을 통하여 결과만을 남겨 두고 있는 것이다. 신 부회장 덕분에 후렉스코리아의 수많은 하청업체와 인력들이 살아가게 된 것이다.

"오빠 프로젝트의 핵심은 뭐야? 리엔지니어링 수준인가? 아님 단순 현 시스템을 오픈시스템^{Open System: 메인프레임 Mainframe에 대비되는 개방형 시스템을 이름}으로 마이그레이션^{Migration: 컴퓨터 시스템을 구축하는 것}하는 차원이야? 어느 쪽이야?"

"이번 시스템 구축은 전사 차원이야. 삼마 데이터시스템^{삼마그룹 정보기술관련 자회사}에서 프로세스는 잡아 놨더라고. 그걸 근간으로 제안되었고 우리가 완전하고 새롭게 추가하는 것은 전사데이터 통합 작업이야. 그룹의 전사데이터를 가지고 의사결정 지원시스템^{DSS: Decision Support System}인 빅 데이터시스템^{Big Data system}을 구축하는 거야. 전체적으로 보면 과거의 정보시스템을 대규모 신전략정보시스템으로 확장하는 것이야."

"빅데이터인가 하는 거? 요즘 금융계도 많이 떠들고 있던데 정확하게 실체를 모르겠어. 개념적인 거야, 아님 실체를 이야기하는 거야?"

"네가 의사결정할 때 주변의 여러 팩터(Factor)들을 모아서 하게 되잖아. 그리고 자신의 판단도 곁들여서 말이야. 이러한 모든 것들을 계량화, 구체화하여 구현하는 것이지. 그런데 수십 년간의 자료를 갈고 다듬어서 멀티디멘전^{Multi-Dimension: 다차원}으로 구성하는 것이니까 지금까지 의사결정권자가 하는 것보다 훨씬 정확하고 다양하게 할 수가 있지."

"그럼 대표 한 사람만을 위한 시스템이야?"

"아니야. 너 지식 노동자^{Knowledge Worker: 의사결정권자의 의사결정을 지원하는 일에 종사하는 사람}라는 거 알지? 의사결정하는 사람들을 돕기 위하여 자료 같은 거 만드는 사람들을 위한 시스템이라고 하는 것이 이해하기 쉬운 표현일 것이야. 데이터를 정보에서 지식으로 진화시켜서 잘 정리한 다음 관심 가는 것을 하나의 주제라는 카테고리에 넣은 다음 여러 가지 각도 즉, 차원으로 꺼 내 보는 거야. 어느 부서에서, 어느 방향에서 쳐다보느냐에 따라 모양이 달라지잖아. 차원으로 돼 있으니까. 그것을 가능하게 하겠다는 거야."

어려운 전문용어를 가지고 이야기하는 것은 연희를 처음부터 질리게 할 수도 있기 때문에 김호석 상무는 가능하면 비유를 들어 이야기하고 있다.

"그게 지금 내가 매일 보고 있는 자료 아닌가? 압축된 보고서 같은 거 말이에요."

"뭐 그렇다고도 할 수 있는데 어떠한 시스템을 구축해서 만들었는가에 따라 조금 다를 수 있어. 빅데이터기술은 수십 년 데이터를 절차탁마하여 빈틈없이 정비한 후에 그것을 다시 주제영역, 즉 관심분야별로 데이터를 정리하는 것이야. 그것을 여러 가지 차원으로 각 부서의 지식노동자들이 필요한 형태로 유연하게 활용하는 것이지. 아무튼, 관련되어 있는 책 줄 테니까 한번 보는 것도 좋을 거야."

수십 년간 정보기술이 진화하면서 하드웨어와 업무기반의 응용기술은 서로가 밀어주고 당겨 주면서 하드웨어 벤더나 컨설팅 업체들의 주머니만 채워왔다. 알고 보면 내용은 똑같으나 지금 현실의 필요성을 교묘하게 짜 맞추어 적절하게 용어만 바꾸고 고객들에게 어필하며 팔아먹는 게 거의 대부분이 아닌가? 물론 새로운 개념은 몇 가지 생겨나고 하드웨어적인 측면에서도 신기술들이 나오는 것도 부인할 수 없는 사실이다.

한국에서는 비교되는 업체와 적절하게 경쟁을 시키면 자기들이 가진 시스템을 새롭게 바꾸고 적절한 처리용량을 고려하지 않고 경쟁자보다도 크고 뛰어나야 한다는 일종의 강박관념을 가지고 있기 때문에 스스로 오버사이징^{Oversizing: 실제보다 하드웨어의 자원을 크게 부풀리는 것} 하는 경우가 많고 제안 회사들도 고객들의 그런 성향들을 적절하게 이용하여 영업을 하기도 한다.

"오빠는 미국 본사로 언제 들어가나요?"

"돈 벌기는 한국이 훨씬 좋아. 미국은 출장 업무가 너무 많고 빡

빡하잖아."

"무슨 돈을? 급여가 더 많다는 이야기야? 그건 아니잖아?"

"그렇지. 그러나 한국은 아직 융통성이 많고 프로젝트를 통하여 떨어지는 떡고물이 많은 곳이야. 숨 쉴 수 있는 공간도 많고, 하하하."

"아, 그래도 오빠 인맥이면 미국에서 이사회에도 들어갈 수 있을텐데. 그럼 연봉 한 150억 이상은 받잖아."

그렇다. 본사의 이사회 구성원들은 기본연봉이 1,500만 불 이상은 되니까 한국보다는 훨씬 많은 돈을 모을 수도 있다. 그러나 사람이 급여만 많으면 뭐하겠는가. 변화무쌍한 재미도 있어야지. 미국이라는 나라 자체가 재미가 없는 나라지만 지금은 가족들도 다 따로따로 살고 있기도 하지만 이곳에서 호석의 기반이 어느 정도 많이 잡혔기 때문에 지금은 한국이 훨씬 살기가 좋은 곳이 되었다.

"한국이 훨씬 재미있어. 미국에 있어 봤잖아."

"뭐, 매일 술집 가고 골프 하고. 떡고물 많이 생겨서?"

"아니, 기반도 닦았고 친구들이 많이 있잖아. 형제들도 있고 그게 사는 거지. 너 한국에 잘 들어온 거야. 몇 년 있을 거냐?"

"나는 5년 예정으로 나온 거야. 미국에서는 한국의 경제여건이 선진국 수준으로 올라가려면 최소한 7~8년 이상 걸릴 거라고 예상하고 있는데 난 그렇게 생각 안 하거든. 내가 볼 때는 5년 정도면 충분할 것 같아요. 우리나라 사람들 냄비근성 있잖아. 한 단계 한 단계 착실하게 가는 것이 아니라 목표 지점까지 바로 달려가는 추진력이 있잖아요. 그래서 난 5년만 있다가 다시 들어가려고 해요.

또 다른 중요한 사업이 있긴 하지만 아직은…"

5년이라는 기간이 김호석은 삼마그룹 프로젝트 종료 시점하고 거의 일치하겠구나 하는 생각을 한다. 그것이 끝날 때쯤이면 김호석 상무도 후렉스코리아에서 크든가 아님 다른 곳으로 가든가 결정이 이루어지겠지 하는 생각을 한다.

"미국으로 돌아가면 한자리 차지하게 되겠구나."

"그야 아직 모르지. 그래서 본사 쪽에도 신경이 많이 쓰여. 금융계가 원래 사람이 자주 바뀌는 데다가 나는 동양 사람이잖아. 그러니까 주변의 눈이 더 의식되기도 해."

프로젝트와 연희의 일을 이야기하다가 김호석 상무는 갑자기 말을 바꿔 신 부회장과의 일로 화제를 돌린다. 신 부회장의 의지가 자꾸 마음에 걸리기 때문이다.

"그리고 너 신 부회장하고 어떻게 관계 설정을 할 거냐?"

"오빠, 갑자기 그건 왜요? 난 신 부회장하고 엮이는 것 자체가 부담스러워. 애 문제는 미안해서 신 부회장이 하는 소리인 것을 알기 때문에 난 신경도 안 써요."

"난 너의 생각이 어떠한 방향으로 확고한가 확인해 보고 싶었다. 우리 밥 먹으러 가자, 배고프다."

연희의 단호한 생각에 말도 못 꺼내고 차를 가지고 식사 장소로 이동하는 동안 둘은 말이 없이 침묵을 이어간다. 김호석 상무는 연희의 신 부회장에 대한 호칭도 바뀌었음을 알고 연희의 마음에서 이제 신 부회장에 대한 기억을 완전히 지우려는 의지가 있음을 볼 수 있었다. 식사를 거하게 마친 두 사람은 예전이라는 오래된 카페에 자리를 잡는다. 다시 얼굴이 화사하게 펴진 연희가 이야기를 꺼낸다.

"오빠, 진짜 오랜만에 왔어. 시설만 현대식으로 조금 바뀌었을 뿐 내부 분위기도 옛날하고 거의 똑같아."

두 사람은 운전해야 할 것 같은 부담이 들어서 술을 한잔할까 생각하다 차를 주문한다. 또 술을 시키면 시간이 오래 걸릴 것 같고 한잔하다 보면 괜한 생각이 들어서지 않을까 걱정이 돼서이기도 했다. 출연한 통기타가수가 열창을 해대며 분위기를 서서히 끌어올리고 이곳저곳 시끄러운 모임들, 차분하게 분위기를 즐기는 커플, 막걸리 특유의 향기와 파전이 기름 위에서 구워지는 소리 등이 학생 때의 분위기를 떠오르게 한다.

"매우 정감 있는 분위기지? 우리가 한국에서 대학은 안 다녔어도 이곳에 자주 온 것 같은 착각에 빠지는 유전자가 있어, 하하하."

40대 중후반의 사람들이 많이 있다. 사회가 우리 나이에 있는 사람들이 편안하게 즐길 수 있는 공간을 충분하게 제공하지 않기에 이런 곳은 차고 넘친다. 물론 술집도 대부분의 고객층이 경제력이 풍부한 40~50대 아니겠는가?

"그러게, 놀기 좋아하는 민족의 피를 타고나서 그런가 봐. 40대만 되면 작동을 시작하지."

"한국지사의 주 수익원을 뭐로 잡고 있냐?"

갑자기 대화의 흐름을 바꾸는 김호석 상무는 한국 정부가 요구하는 컨설팅 하나로 할 일 없이 지사를 낼 골드만삭스가 아니라는 생각에 궁금증이 갑자기 들었다.

"오빠도 잘 알지 않아요? 이 상황에서 뭐로 먹고살려고 들어오는 건지."

IMF와 리먼 사태를 겪으면서 한국이라는 회사는 시장에서 값어치가 형편없이 떨어져 있는 것이 사실이다. 설마 돈놀이 하러 들어오는 것은 아닐 것이라 생각한다.

"설마 내가 생각하는 것은 아니겠지. 하하."

"내가 오빠 생각을 조금 안다고 말할 수 있으니까 그럴 수도 있어. 상황이 딱 맞아 떨어지잖아. 그래도 일반 소매금융이 아니라 더 큰 것으로, 호호호."

다른 사람이 듣는다면 도저히 이해할 수 없는 대화라고 생각할 수 있겠으나 7년 가까이 똑같은 전공으로 공부한 둘은 눈빛으로도 무엇을 심중에 담았는지 알 정도로 서로를 너무 잘 알고 있었다.

"하하, 어느 정도 규모로 들어오는데? 헤지펀드냐? 사모냐?"

"30억 달러 정도로 시작하려고 하고 필요하다면 더 들어올 수도 있어."

"초반부터 크게 시작하네. 정부에서도 감사하다고 할 정도의 규모인데?"

"그렇다고 할 수 있어요. 한국 정부가 지금은 까만 고양이든 흰 고양이든 쥐만 잡아주면 좋아할 상황이야. 기획재정부에서 미국 본사에 요청해 우리도 공식적으로 결정된 거니까 정부 승인이 곧 떨어질걸."

IMF에 혼나고 금융위기에 화들짝 놀란 강박관념은 달러의 가치가 강력한 기운을 자랑한다. 거기다 국제적으로 명성과 신뢰성을 보유한 금융기관이 한국에 투자한다니 쌍수를 들어 환영할 일이다. 기업들이야 헐값에 날아가든 아니든 상관이 없는 것이다.

"뭘 하든 상관없이 승인이 날 것이다. 그만큼 목이 말라 있으니까."

"나도 그렇게 생각해요. 확답 없이 우리가 들어올 이유가 없잖아요."

"뭐부터 시작할 건데?"

"강남의 건물부터 몇 개 사려고 하고 있어. 필요하다면 금융기관도 한 개 정도 인수할 생각도 있어요. 극비 사항이지만 오빠에게만 이야기하는 거예요. 미국에서 전문가 그룹이 곧 파견될 거야."

부동산 거래가 완전히 끊겨 있다. 강남의 빈 건물이 수두룩하다. 금융위기 사태가 지나간 지 몇 년이 다 되가고 있으나 아직도 갈팡질팡하고 있는 상황이다. 현금만 있다면 기업들이 소유한 고층빌딩들이 헐값에 나올 수 있을 것이다.

"그럼 경기회복을 긍정적으로 보는 거냐?"

"내가 그랬잖아. 5년 이내에 회복이 아니라 치고 올라갈 가능성이 무척 커요."

하긴 최고의 금융전문가 집단에서 진단하고 있다면 정확한 것일 것이다. 김 상무는 이참에 아파트나 하나 더 사놓을까 아니면 조그만 빌딩이라도 하나 사둘까 생각을 한다.

"너 돈 좀 만지겠다. 이참에."

"오빠, 모든 게 돈으로 결론이 나는 것 같아요."

"그럼 다른 사업 계획은 없는 거야."

"하나 특별한 것이 있긴 있는데 결정되면 오빠한테 미리 알려 줄 테니까 기다려보세요. 한국 내 제조 관련 회사가 하나 있어요."

"어떤 제조 회사인데?"

"기술이 하도 독특하고 첨단 기술인지라 내가 가서 직접 현장 확인하는 일이 남았어요. 미국에서 계속 연락을 주고받았거든요. 나도 한국 정부 내 지인이 연결해줘서 알았어요. 지금 사업 현황은 영 아니고 그래서 자금난을 겪고 있다고 할 수 있어요. 어렵지요."

이야기하다 보니 시계가 9시를 가리키고 있다. 호텔에 데려다주고 집으로 가면 11시 정도는 될 것 같아 일어나자고 말을 한다.

"우리 가자. 가면서 이야기하자."

시간이 늦은지라 차를 가지고 강북 강변을 따라 내려가는 길은 한가하다.

"나중에 은행 인수할 때 나한테 말해주라 주식 좀 사놓게, 하하하."

"어머, 은행이라고 확정적으로 이야기 안 했는데 오버하지 마세요. 호호호."

"인수할 것이라곤 시중 은행밖에 더 있냐? 되팔기도 쉽고 삼척동자도 알 일을."

외국 자본이 금융기관을 인수하는 데 있어서 한국에서는 은행

만큼 매력 있는 곳이 없을 것이다. 경기 좋아지면 값이 오르고 인수회망자가 많아 쉽게 팔릴 것이고 매각 차액 또한 조 단위로 가게 될 것이다.

"오우, 감각이 죽진 않았는데. 그냥 책상 앞에만 앉아 있는 선비인 줄 알았더니만."

"하하, 너만은 못 하겠지만 나 아직 죽지 않았다."

"알았어. 오빠 꼭 일러줄게. 걱정하지 마세요. 돈이나 준비해놔."

도로에 차가 없어 하얏트호텔에 예상보다 일찍 도착한 김호석 상무는 연희가 호텔 안으로 들어가는 것을 확인하고 집 쪽으로 차를 돌려 출발한다. 오늘 삼마그룹 내부에서 프로젝트가 결정이 된다고 했는데 궁금하다. 사전에 결정되어서 진행된다고 하지만 공식적인 결과를 빨리 듣고 싶은 것은 사람이라면 다 똑같을 것이다. 그러나 먼저 전화 걸 수는 없는 법이어서 편안하게 마음먹고 기다리기로 한다. 그래도 궁금한 것은 사실이다. 내일부터는 삼마그룹 프로젝트 관련해서 정리할 것들은 타이트하게 챙겨야겠다는 다짐을 하고 여의도를 통과하여 올림픽대로를 이용하려고 63빌딩 쪽으로 차를 움직인다.

아파트로 올라가는 길에 일출은 아직 영업이 끝나지 않은 모양이다. 통과하여 아파트로 들어가 주차를 하고 일찍 올라가 쉬고 싶은 생각뿐이다. 비록 아무도 없는 집이지만 일단 집에 돌아오면 편안함을 느낀다. 그저 아무것도 안 하고 잠잠하게 쉰다고 누가 말을 거는 사람도 없고, 옷을 다 벗고 있다고 해도 잔소리할 사람도 없으니 여기선 왕이란 느낌도 든다. 내일은 전체회식이니 각오를 해야 할 것 같고 대충 30명 정도 오지 않을까 생각이 든다.

스르르 눈이 감겨온다. TV는 켜져 있고 소파에는 옷도 벗지 않은 김호석이 늘어지게 코를 골고 있다. 초인종이 울리고 모니터에서 사장의 모습이 나타났지만, 호석은 비몽사몽 눈을 뜬다. 서 사장은 김호석의 집 초인종을 여러 번 눌렀지만, 응답이 없자 발길을 돌리려고 한다. 잠에서 막 깨어난 호석은 서 사장인 것을 확인하고 잠에 취한 얼굴로 문을 열어준다.

"자고 있었나 봐요. 옷도 안 벗고."

"응, TV 보다가 나도 모르게 잠이 들었어. 들어와."

조그마한 냄비에 무엇인가를 가져 왔다. 집에서 거의 음식을 안 해먹는 호석은 누가 가져다주는 것이 고맙지만, 자꾸 버리게 되니까 부담을 많이 가진다.

"뭘 가져왔어?"

"매운탕거린데 끓이기만 하면 돼요. 아침을 잘 드시고 나가셔야지요."

"자느라 아침 먹을 시간이 어디 있냐?"

"내가 와서 해 주고 갈게요. 아침에 그래도 되지요?"

밤이 늦도록 장사를 하는 여자가 아침에 일어나기 어려울 것이 뻔한데 어떻게 일어나며 아침부터 여자가 혼자 사는 남자의 집에 오는 것도 이상해 보일 것 같았다.

"피곤한데 어떻게 오냐. 무리하지 마."

"괜찮아요. 그 정도야 할 수 있어요. 우리 집으로 와도 되고요. 호호호."

"난 차나 한잔 마시고 갈게요. 괜찮죠?"

자기가 마치 안주인인 것처럼 자연스럽게 행동한다.

"그래, 난 샤워 좀 할 테니까. 서 사장이 내려서 마시고 있어."

"제가 등 좀 밀어드릴까요, 호호호."

이제는 아예 거침이 없다. 김호석은 어느 정도 경계선을 유지해야 한다고 자신을 다그친다.

"난 때 안 밀어. 그거 피부 다 망가지는 거잖아. 때 미는 민족은 우리밖에 없을 거야."

우리 민족처럼 때 빡빡 밀고 시원함을 느끼는 민족도 없을 것이다. 때가 더 나오는 것도 아니고 샤워겔을 쓰니 미국에서는 한번도 때를 밀어보지 않았다.

"그래도 어느 정도 밀어야 시원하지 않나요? 빨리 들어가세요."

서 사장은 커피를 내리려고 커피메이커가 있는 주방으로 간다. 호석은 샤워라도 하고 잘 생각으로 얼른 욕실로 들어간다. 거실에 앉아 커피를 마시고 있는 서 사장은 허전한 마음이 어딘가 모르게 채워지는 기분에 안정감을 느낀다. 자기 집인 줄로 착각한다. 샤워를 마치고 가운을 걸치고 나오며 호석은 거실에 앉아 있는 서 사장에게 말을 건다.

"커피 뺐어? 나도 한 잔 줘라."

"이 저녁에 드시려고요? 잠 안 오시면 어쩌려고요."

"나 커피하고 잠하고 상관이 없어 마셔도 돼."

커피를 뽑아온 서 사장은 베란다를 등지고 김호석과 마주 앉아 있다. 첫날의 실수를 반복하지 않으려고 호석은 옷을 입고 나왔다. 무엇인가 기대를 하고 있는 서 사장에게 피곤하다는 신호를 보내는 셈이다.

"피곤하지요?"

빨리 가라고 말을 하고 싶었으나 그다지 냉정한 성격이 안 되는 김호석 상무는 애써 에둘러 이야기를 한다.

"피곤하기는 직장인들 다 똑같지."

"몇 시에 집에서 나가세요? 쌀은 있어요?"

"8시에 나가. 쌀? 신경 쓰지 마. 아침 안 먹어도 되니까. 그 시간에 눈 감고 있는 것이 훨씬 나."

김호석이 아침을 해 먹으려면 최소한 7시에는 일어나야 할 텐데 아침에 단 10분이라도 더 잘 수 있는 자유를 침해당하고 싶지 않았다.

"차라리 그러지 마시고 푹 주무시고 우리 집에서 먹어도 되겠어요. 그건 더 힘들겠지요?"

김호석은 서 사장이 전자키 번호를 알려달라고 하자 알려주며 안 와도 된다고 신신당부하듯이 이야기한다.

"일찍 쉬어요. 나도 갈 거예요."

"나 안 나가도 되지?"

문 앞까지만 배웅하고 김호석은 얼른 침대로 들어가 잠을 청한다. 내일부터는 여러 가지 일로 본격적으로 바빠질 것 같은 생각이 들어 가능하면 한눈팔지 않으려고 마음먹는다.

아침이 되어서 일어나려 하니 무언가 옆에서 걸리는 것이 느껴진다. 무의식적으로 더듬었더니 여자의 몸이었다. 놀라 눈을 떠보니서 사장이 아닌가.

"도대체 몇 시에 온 거야?"

"조금 전에 왔어요. 아직 7시도 안 되었어요. 좀 더 주무세요. 내가 깨울게요."

풋풋한 향기가 코를 강하게 자극한다. 강하게 김호석을 자극하지만, 오늘의 일정을 생각하고 다른 생각을 하며 가슴속의 욕망을 제어하며 이불을 걷고 욕실로 간다. 시원한 물에 몸을 씻고 나니 정신이 번쩍 든다.

"잠도 없어? 안 와도 된다니까 왜 왔어, 피곤한데."

"잠은 어제 푹 잤어요. 원래 새벽에 일찍 일어나요. 보통 새벽에 시장 보러 가는데 오늘은 시장을 안 가는 날이고 점심에 전화로 주문한 것 가져다주는 날이라 왔어요."

"그래, 오늘은 아침부터 포식하는 날이네. 오늘 그러잖아도 회식 있어서 고민하고 있었는데. 체력이 떨어지면 빨리 취하거든."

"조금만 기다려요. 밥이 아직 안 되었어요."

저번에 가져간 핑크색 추리닝을 입고 나타났다. 몸에 짝 달라붙은 추리닝은 가끔 말초신경을 자극할 때가 있다.

"오늘 저녁은 몇 시에 끝나?"

"9시 30분이면 집에 있어요. 거의 정해져 있어요. 어제는 아주 특별한 날이었어요. 거절할 수 없는 손님들이 예약해 놓은 것이라."

"오늘 술 취해도 당신 집으로 갈게. 기다리고 있어. 내 옷 한 벌 가져다 놔. 내일 입고 거기서 출근하게."

얼굴에 화색이 돌면서 서 사장은 김호석을 사랑스러운 눈으로 쳐다보며 대답을 한다.

"그러실래요? 알았어요."

미안함에 김호석은 오늘 저녁에 서 사장의 집으로 가겠다고 약속을 해버린다. 서 사장의 기다림의 눈빛을 더 이상 외면하기는 마음 약한 호석으로서는 어려운 일이었다.

"내 핸드폰으로 키 번호 적어 보네. 내가 늦더라도 들어갈 테니까."

"알았어요, 뭐 좀 준비해 놓을까요?"

"아니야, 회식인데 배불러서 갈 텐데 뭐."

아침을 서둘러 먹고 김호석은 출근할 준비를 한다. 와이프는 안 해 주었던 넥타이와 와이셔츠까지 챙겨 준다. 와이프는 늘 입든지 말든지 알아서 하라고 내버려두었다.

"넥타이 색들이 다 환해서 좋아요. 역시 명품은 어디가 달라도 다르단 말이에요. 국내에서 나오는 것은 이렇게 밝은 색상이 안 나와요."

장사수완에 색감이 뛰어난 눈을 가졌다. 생선을 고르는 것이 색을 구별하는 감각이 뛰어난 것과 관련이 있지 않겠는가?

"잘 골라 주어서 그렇지. 잘 어울려?"

"네, 얼굴이 확 사네요. 여자분들에게 인기가 좋으시겠어요."

"쓸데없는 소리 하지 마시고. 나 먼저 나가니까 쉬다가 가든지 알아서 해."

운전하여 출근하는 것은 의외로 피곤하다. 기사가 운전하는 차를 타다가 직접운전을 하니 도로가 더 복잡해 보인다. 사무실에 도착해서 사무실에 들어가는 길이 평소에 분위기 하고 조금 달라 어색하다. 김 상무는 눈치가 빨라 어제 연희하고 관련된 일이라고 생각하고 강 비서를 부른다.

"강 비서, 나 좀 볼래?"

"네, 상무님."

김호석 상무의 방으로 들어온 강 비서는 의미심장한 눈빛으로 김호석을 쳐다본다.

"벌써 소문이 났냐? 어제 일이, 하하하. 분위기가 다른 것 보니까."

다 알고 이야기하는 거니까 사실대로 이야기하라는 투의 김호석 상무의 다그침에 강 비서는 분위기를 전한다.

"어제 1층 게스트 룸에서 상무님이 젊은 여자와 팔짱 끼고 나갔고 이 주위에 두 분이 돌아다니는 것 봤다고 소문이 쫙 났어요. 호호호."

"하하하, 그렇게 날 줄 알았어. 내가 해명해야 하나?"

"상무님 팬들이 얼마나 많은데요. 저한테만이라도 이야기하세요. 제가 다른 소문으로 쫙 퍼뜨려 버릴 테니까요."

"그 여자분 골드만삭스 코리아 지사장이야. 그리고 내가 미국에서 학교 다닐 때 같은 과 후배였어. 미국에서 같이 살기도 했어. 이건 너만 알고 있어."

되었냐는 듯이 김 상무가 내뱉어 버리자 강 비서가 사실을 알게 되어 이해되었다는 표정을 지어 보인다. 강 비서의 속마음을 잘 알고 있는 김 상무는 속으로 쓴웃음을 진다.

"어머, 그렇게 젊은 분이요."

"젊다고 40세야. 관리를 잘해서 그렇지."

"소문은 엄청 젊은 여자분이라고 났던데요."

"소문난 것이 아니라 강 비서가 그렇게 알고 있는 거 아니냐, 하하하."

그러면서 김호석은 아내가 연희의 집으로 들어가 살게 된 것 하며 신 부회장과의 관계 등도 이야기를 해준다. 강 비서는 집사람이 연희의 집으로 들어가 살기로 하고 연희는 5년간 한국에 있을 것이라는 것을 이야기해주자 엄청 고마워하는 눈치이다. 굳이 자기한테 그렇게 상세한 이야기까지 해줄 필요도 없는데 배려해서 해주었으니 얼마나 감격이겠는가?

"다들 오해하고 있었네요. 거기다가 상무님 대학 후배이시기도 하니. 진짜 젊어 보였다고 하더라고요."

"그래, 우리 사무실에도 한 번 올 거야. 내가 만나면 그 이야기는 꼭 전할게."

기분이 좋아져서 나가는 강 비서의 뒷모습을 보면서 자신이 실수하면 큰일 나겠다는 생각을 한다.

"나가서 부태인 부장 좀 불러줘."

"네."

강 비서는 얼른 내선을 눌러 부태인 부장을 찾는다.

"부장님 상무님이 찾으세요."

김 상무의 집무실에 들어온 부태인 부장은 두툼한 서류철을 가지고 들어온다.

"응, 앉아라. 뭐야, 이건?"

"네, 프로젝트 관리방안에 대하여 정리 좀 했습니다."

"벌써 준비했어. 부태인 부장 요즘 일 처리가 빨라졌어. 아주 좋은 현상이야. 하하하, 농담일세."

"미국 본사에서 제공하는 프로젝트 관리 방법론을 한글화하는 작업은 오래전부터 해 왔었습니다. 그걸 기본으로 상무님 말씀하시는 것과 다른 프로젝트 경험을 잘 참고해서 작성해 봤습니다. 그리고 말씀하신 다른 내용은 개인 메일 계정으로 보냈습니다."

"그래, 고생했다. 그거 이번 프로젝트에 적용하고 나서 전 세계적인 표준 방법론으로 만들어 버리지 그래? 부 부장은 충분히 능력이 있다고 생각하는데. 앞단에 전사 프로세스도출 방법론이 추가된다면 더욱 좋겠지."

본사에서 제공하는 방법론을 미국에서 공부하고 온 부태인 부장의 입장에서 정확하게 이번 프로젝트에서 겪은 부분까지도 감안하여 재구성한다면 귀중한 족보 같은 자료가 되는 것이다. 국내에서 반복적인 프로젝트로 타성에 젖은 인력들에게는 어마어마한 일이고 대단하게 보여질 일인 것이다.

"그래, 이건 두고 가고 내가 한번 볼게. 중요한 것은 메일이 되겠구먼. 그리고 오늘 회식은 어디서 할 건가? 나 좀 천천히 가도 되지?"

프로젝트 방법론이야 차차 정리하고 완성하면 되는 것이고 김호석 상무에게 가장 중요한 것은 부태인 부장에게 챙기라고 지시한 비자금에 대한 한 부태인 부장의 실행 계획인 것이다.

"네, 상무님. 끝날 때쯤 오서도 문제는 없을 것 같습니다. 다들 술을 과하게 마실 것 같은 분위기이거든요. 그간 고생도 워낙 많이 한 것도 있고요."

"좋아. 그리고 내가 지시한 것은 빠짐없이 정리했냐? 프로젝트도 중요하지만 그건 열심히 하면 당연하게 성공하는 것이고 이제 PM이니까 내가 지시한 내용이 중요한 거야."

"네, 다 정리한다고는 했는데 한번 보시고 다시 이야기하시죠."

"그래, 그건 내가 한 번 보고 이야기해줄게."

"그리고 너 김연희 씨 알지?"

"네, 잘 알죠. 그 선배 골드만삭스에 있지 않습니까?"

아니 부태인 부장도 알고 있었단 말인가? 호석하고만 교류가 없었을 뿐이지 이들은 선후배로 교류들이 있었던 거 아닌가 하는 생각이 든다. 아니면 이놈들이 나하고 연희하고의 관계를 알고 나한테는 쉬쉬한 것 같다는 생각이 든다.

"하하, 잘 알고 있구먼. 그 친구 요번에 골드만삭스 코리아 대표로 온단다. 사무실도 우리 옆으로 와."

"상무님하고 가까운 사이였는데 어떻게 오랜만에 만나신 거네요. 후배들은 다 그렇게 알고 있습니다."

워낙에 유명한 관계이었던지라 동문들 사이에 잘 알려진 일이고 둘이 헤어지고 김호석이 결혼한다고 했을 때 그 속사정을 모르는 많은 사람들은 안타까워했던 일이기도 했다. 신 부회장이 관계된 일이라는 것도 다 알고 있는 사실이다.

"그런 이야기는 그만두고 앞으로 우리 사무실에도 놀러 올지도 모르겠다. 잘 대해드려라. 신 부회장하고는 아무 사이도 아니라고 하더라. 나도 최근에 두 사람한테서 오해를 풀었어. 신 부회장은 여전히 매달리는 것이 있기도 하지만."

"잘 되었네요. 40대 초반이실 텐데 아닌가요?"

모른 체하고 내숭을 떠는 것인지 부태인 부장은 아직 회사에 떠도는 소문을 듣지 못한 모양이다.

"오늘 회식 좀 일찍 시작해. 한 6시 30분경부터 하라고 너무 늦어지면 다들 부담 가고 내일 낮에 나는 구로 연구소에 출근해서 연구소장 만날 약속 있어."

"네, 그렇게 하도록 하겠습니다. 회사에서 가까운 곳으로 하고 2차는 저희들끼리 하겠습니다."

"그래, 그러는 것이 좋겠지? 내가 따라가면 다들 불편해질 테니까."

"네, 알겠습니다. 상무님."

"오전 중으로 신 부회장으로부터 어제 최종 보고서가 어떻게 올라왔는지 연락이 올 거야. 이미 왔을지도 모르겠다. 일단 팀원들에게는 이야기 해주지 마라. 내가 회식자리에서 발표할 테니까. 아니다, 다들 알고 있을 텐데 공개해도 된다."

모든 일에는 극적인 효과가 이루어져야 하고 그것이 성취감을 극대화하는 방법이기도 하지만 이미 분위기상으로는 일고 있으니까 의미가 없다.

"네, 알겠습니다. 오늘 회식이 거의 광란의 극치가 될 것 같은데요. 다들 내일 휴가라도 써야 하는 것 아닌지도 모르겠습니다. 하하."

"하하, 그 정도는 이해해줘야 하는 거 아니냐. 난 끝날 때쯤 되어서 갈 테니까."

부태인 부장도, 강 비서도, 김호석 상무도 모두가 기분이 좋아지는 아침이다.

"강 비서, 결재할 것들 다 가져와."

매주 화요일은 경비 관련 결재가 있다. 물론 일정 금액 이상에 대해서만 김 상무의 결재가 필요한 것이지 나머진 전결처리 한다.

"이렇게 많냐?"

조직이 크고 프로젝트가 많다 보니 매주 비용 관련 결재 서류가 많다. 오늘같이 기분 좋은 날 일이 잘 풀릴 때는 웬만한 결재 서류들은 가능하면 코멘트를 달지 않는다. 팀장들이나 이사들이 검토한 후에 올리는 것이니까 믿어 줘야 한다. 아니더라도 대충 눈감아주는 것도 있어야 한다. 그들은 김 상무가 모른다고 생각하고 올리겠지만 알고도 넘어가는 것이 대부분이다. 그것이 조직의 원활한 운용을 위해서도 필요한 것임을 김호석 상무는 한국에서 이사회

구성원이 되고 나서 알게 된 것이다.

"자슥들, 코멘트 없이 내려보낸 것 다들 고맙게 생각해야 돼. PM 한테."

"호호호. 오늘은 결제가 수월하게 넘기시네요. 코멘트도 전혀 없이."

"자, 이거 다 가지고 나가 복잡하다. 오전에는 나 일정 없잖아. 메일 좀 확인해야겠다."

책상이 정리되자 김호석 상무는 메일을 보기 위하여 노트북을 부팅시킨다. 변함없이 ID카드를 리더기에 집어넣자 암호해독이 되고 영상인식 소프트웨어가 가동되면서 노트북이 사용 가능한 상태로 간다. 아니나 다를까 신 부회장에게서 온 메일이 있다.

2권에서 계속